Zu diesem Buch

«Der Stil ist Pop, angefangen vom Titel, der einer Reklame der General Mills Inc. für Cornflakes entstammt. Gleich auf der ersten Seite steht auch schon ein klassischer Gag, eine Reklame für den Sommerschlußverkauf von Strohhüten: ‹Bei solchen Preisen können Sie die Hüte getrost an Ihr Pferd verfüttern und sie dann Ihren Rosen aufsetzen.› Pop sind die vielen Vonnegut-Zeichnungen, die den Text im wörtlichsten Sinne illustrieren. Abgebildet zu Nutz und Frommen des Lesers sind ferner Kühe und Käfer (Tier und Volkswagen), Hamburger (das Gericht) und Rugbyball, Unterhose und elektrischer Stuhl. Pop ist schließlich die ‹Religion› des munteren Werkchens, die sich aus Abscheu vor Chemikalien, brennendem Interesse für Sex und schwankendem Glauben an Wissenschaft und Fortschritt zusammensetzt... Vonneguts Narrheit und Kindlichkeit erlauben ihm von Zeit zu Zeit überraschende Funde, vor allem in Dialogen, die in knappem Witz und offener Pointe manchmal an Brechts Flüchtlingsgespräche erinnern. Wer eine auf den Kopf gestellte Philosophie mag, wird bei Vonnegut zu lachen haben und zu denken finden. Er stößt zwar auf ein höllisches Durcheinander, aber der's erzählt, ist aufgeräumt. So lautet Vonneguts literarisches Glaubensbekenntnis: nicht Ordnung ins Chaos bringen, sondern Chaos in die Ordnung» («Frankfurter Allgemeine Zeitung»).

Kurt Vonnegut jr., geboren am 11. November 1922 in Indianapolis, ehemaliger Public Relations-Manager bei General Electric, schrieb Dramen, Kurzgeschichten und Romane.

Von Kurt Vonnegut erschienen als rororo-Taschenbücher außerdem: «Schlachthof 5 oder Der Kinderkreuzzug» (Nr. 1524), «Gott segne Sie, Mr. Rosewater» (Nr. 1698), «Geh zurück zu deiner lieben Frau und deinem Sohn» (Nr. 1756), «Slapstick oder Nie wieder einsam» (Nr. 4502), «Die Sirenen des Titan» (Nr. 5318) und «Galgenvogel» (Nr. 5423).

Vonnegut hat sechs Kinder und lebt als freier Schriftsteller in Massachusetts.

Kurt Vonnegut

Rowohlt

Die Originalausgabe erschien unter dem Titel «Breakfast of Champions»
bei Delacorte Press / Seymour Lawrence, New York
Umschlagentwurf Dieter Ziegenfeuter

26.–28. Tausend Mai 1987

Veröffentlicht im Rowohlt Taschenbuch Verlag GmbH,
Reinbek bei Hamburg, März 1977
«Breakfast of Champions» © Kurt Vonnegut, 1973
Copyright © 1974 by Hoffmann und Campe Verlag, Hamburg
Satz Aldus (Linotron 505 C)
Gesamtherstellung Clausen & Bosse, Leck
Printed in Germany
780-ISBN 3 499 14047 0

Roman

**Mit vielen Zeichnungen
vom Autor**

Dem Andenken von Phoebe Hurty,
bei der ich in Indianapolis Trost fand –
während der großen Wirtschaftskrise.

Aus der Versuchung durch ihn
werde ich hervorgehn als Gold.
Hiob

Vorrede

Die Bezeichnung *Frühstück für starke Männer* ist ein eingetragenes Warenzeichen der *General Mills Inc.* für ein Frühstücksgericht aus Getreideflocken. Mit der Verwendung dieser Bezeichnung als Titel dieses Buches ist weder beabsichtigt, die General Mills zu fördern oder eine Verbindung mit ihr anzudeuten, noch sollen dadurch ihre ausgezeichneten Produkte in Verruf gebracht werden.

Die Person, der dieses Buch gewidmet ist – Phoebe Hurty nämlich –, weilt, wie man so sagt, nicht mehr unter den Lebenden. Sie war, als ich sie gegen Ende der großen Wirtschaftskrise in Indianapolis kennenlernte, Witwe. Ich war sechzehn oder so. Sie war etwa vierzig.
Sie war vermögend, aber sie hatte zeit ihres Lebens Tag für Tag gearbeitet, und so blieb sie dabei. Sie schrieb unter der Rubrik «Ratschläge für unglücklich Verliebte» regelmäßig eine von gesundem Menschenverstand zeugende, witzige Kolumne für die *Indianapolis Times*, eine gute Zeitung, die inzwischen eingegangen ist.
Eingegangen.
Sie schrieb Anzeigen für die Warenhausgesellschaft William H. Block, die heute noch in einem von meinem Vater entworfenen Gebäude floriert. Für den Sommerschlußverkauf von Strohhüten schrieb sie diese Anzeige: «Bei solchen Preisen können Sie die Hüte getrost an ihr Pferd verfüttern, um sie dann Ihren Rosen aufzusetzen.»

Phoebe Hurty stellte mich an, Anzeigentexte für Teenager-Kleidung zu schreiben. Ich mußte die Kleidung, die ich anpries, selbst tragen. Das gehörte zu dem Job. Und ich freundete mich mit ihren beiden Söhnen an, die so alt waren wie ich. Ich war die ganze Zeit in ihrem Haus.
Sie nahm kein Blatt vor den Mund, wenn sie auf ihre deftige Weise mit mir, ihren Söhnen und unseren Freundinnen, falls wir sie dabei hatten, redete. Sie war witzig. Sie hatte in ihrer Art etwas Befreiendes. Sie brachte uns bei, alles andere als taktvoll zu sein, nicht nur, wenn wir über sexuelle Themen sprachen, sondern auch über amerikanische Geschichte und berühmte Helden, über die Vermögensverteilung, über die Schule, über alles.
Mit dieser Art Unbefangenheit bestreite ich jetzt meinen Lebensunterhalt. Ich bin darin ziemlich unbeholfen. Ich versuche, die Taktlosigkeit nachzuahmen, die bei Phoebe Hurty so reizvoll war. Ich glaube, daß es ihr leichter gefallen sein muß, sich anmutig zu geben, als mir heute, und

zwar wegen der Mentalität, die während der großen Wirtschaftskrise herrschte. Sie glaubte, was damals so viele Amerikaner glaubten: daß die Nation glücklich und gerecht und vernünftig werden würde, wenn erst die Prosperität kam.
Ich habe dieses Wort *Prosperität* lange nicht mehr gehört. Es war einmal gleichbedeutend mit *Paradies*. Und Phoebe Hurty war noch imstande zu glauben, daß die von ihr empfohlene Unbefangenheit dem amerikanischen Paradies erst Gestalt geben würde.
Heute ist ihre Art von Unbefangenheit allgemein Mode. Aber niemand glaubt noch an ein neues amerikanisches Paradies. Phoebe Hurty fehlt mir, muß ich sagen.

Was den Verdacht angeht, den ich in diesem Buch äußere – daß nämlich menschliche Wesen Roboter, Maschinen sind –, so sollte bedacht werden, daß, als ich Junge war, Leute, vor allem Männer, die an Syphilis, und zwar an ihrem letzten Stadium, der *tabes dorsalis*, litten, in der Stadt Indianapolis und in Vergnügungszentren eine ganz allgemeine Erscheinung waren.
Diese Leute waren von kleinen, fleischfressenden Spiraltierchen verseucht, die nur unter dem Mikroskop erkennbar waren. Die Rückenwirbel der Opfer waren ineinander verklemmt, wenn die Spiraltierchen das Fleisch zwischen ihnen weggefressen hatten. Die Syphilitiker wirkten enorm würdevoll – sie hielten sich aufrecht, ihre Augen waren starr geradeaus gerichtet.
Einen sah ich einmal auf dem Bürgersteig an der Ecke Meridian- und Washington Street unter einer Uhr stehen, die mein Vater entworfen hatte. Die Einheimischen nannten diese Kreuzung unter sich die *Drehscheibe Amerikas*. Der Syphilitiker dachte hier an der Drehscheibe Amerikas angestrengt darüber nach, wie er seine Beine dazu bewegen könnte, vom Bürgersteig auf die Fahrbahn zu treten und ihn über die Washington Street zu bringen. Er schauderte still vor sich hin, als surrte in ihm ein kleiner Motor. Sein Problem war: sein Hirn, von dem die Anweisungen an seine Beine ausgingen, war bei lebendigem Leibe von den Spiraltieren weggefressen worden. Die Drähte, die die Anweisungen zu übermitteln hatten, waren nicht mehr isoliert oder glatt durchgefressen. Schaltsignale gerieten an Lücken oder wurden gekappt.
Dieser Mann sah aus wie ein uralter Mann, obwohl er vielleicht nur dreißig Jahre alt war. Er dachte und dachte. Und dann kickte er zweimal vor sich in die Luft wie ein Ballettmädchen.
Für mich als Jungen, der ich war, sah er fraglos wie eine Maschine aus.

Auch halte ich menschliche Wesen für große, gummiartige Teströhren, in denen es von chemischen Reaktionen brodelt. Als Junge habe ich eine Menge Leute mit Kröpfen gesehen. Wie Dwayne Hoover auch, der

Pontiac-Autohändler, der die Hauptperson dieses Buches ist. Die Schilddrüsen dieser unglücklichen Erdbewohner waren derart geschwollen, daß man meinte, Kürbisbrei wüchse ihnen im Schlund.

Um ein normales Leben führen zu können, brauchten sie nur, wie sich herausstellte, täglich weniger als ein Millionstel einer Unze Jod zu sich zu nehmen.

Meine eigene Mutter ruinierte ihr Gehirn mit Chemikalien, die ihr eigentlich Schlaf bringen sollten.

Leide ich unter Depressionen, dann nehme ich eine kleine Pille und bin wieder obenauf.

Und so fort.

So bin ich, wenn ich eine Romanfigur erfinde, sehr in Versuchung zu sagen, sie sei, wie sie sei, weil eine fehlerhafte Übermittlung vorliege oder weil sie an dem fraglichen Tag entweder mikroskopische Mengen an Chemikalien zu sich genommen oder sie zu sich zu nehmen versäumt habe.

Was halte ich selbst gerade von diesem Buch? Mir wird elend, wenn ich dran denke, aber mir wird immer elend, wenn ich an meine Bücher denke. Mein Freund Knox Burger sagte einmal von einem unförmigen Roman: «... er läse sich wie von Philboyd Studge geschrieben.» Der ist es, für den ich mich halte, wenn ich schreibe, was zu schreiben ich anscheinend programmiert bin.

Dies Buch ist mein Geschenk zu meinem fünfzigsten Geburtstag an mich. Ich fühle mich, als überquerte ich den First eines Daches – zu dem ich an der Schrägseite hochgeklettert bin.

Ich bin mit fünfzig dazu programmiert, mich kindisch aufzuführen – mit einem Filzschreiber das Sternenbanner zu verunglimpfen, eine Nazi-Flagge, ein Arschloch und eine Menge anderer Dinge aufs Papier zu sudeln. Um einen Eindruck von der Reife meiner Illustrationen zu diesem Buch zu geben, zeichne ich hier ein Arschloch hin:

Ich unternehme den Versuch, denke ich, mit all dem Plunder in meinem Kopf aufzuräumen – mit den Arschlöchern, den Fahnen, den Unterhosen. Ja – ein Bild von einer Unterhose gibt es auch in diesem Buch. Auch Charaktere aus meinen anderen Büchern werfe ich raus. Ich habe nicht vor, weiterhin Puppentheater zu machen.

Ich will versuchen, meinen Kopf so leer zu machen, wie er es war, als ich vor fünfzig Jahren auf diesem beschädigten Planeten zur Welt kam.

Dies, habe ich den Verdacht, ist etwas, das die meisten weißen Amerikaner und nichtweißen Amerikaner, die weiße Amerikaner imitieren, tun sollten. Die Dinge, die andere Leute *mir* eingetrichtert haben, passen jedenfalls nicht recht zusammen, sind oft sinnlos und häßlich, stehen nicht recht in Beziehung zueinander oder zum Leben, wie es sich tatsächlich außerhalb meiner selbst abspielt.

Ich habe innerlich keine Kultur, meinem Hirn fehlt es an menschlicher Harmonie. Ich kann ohne Kultur nicht mehr leben.

So ist dieses Buch ein Bürgersteig, übersät von Abfall, von Plunder, den ich auf meiner Reise zurück in die Zeit, zum elften November neunzehnhundertundzweiundzwanzig, von mir werfe.

Ich werde auf dieser Reise an einen Zeitpunkt kommen, wo der elfte November, zufällig mein Geburtstag, ein geheiligter Tag, genannt *Waffenstillstandstag*, war. Als ich Junge war, und als Dwayne Hoover Junge war, schwiegen alle Leute aller Nationen, die im Ersten Weltkrieg gekämpft hatten, während der elften Minute der elften Stunde des Waffenstillstandstages, welcher der elfte Tag des elften Monats war.

In dieser Minute des Jahres neunzehnhundertundachtzehn hörten Millionen und Abermillionen menschliche Wesen auf, sich gegenseitig abzuschlachten. Ich habe mit alten Männern gesprochen, die während dieser Minute auf Schlachtfeldern waren. Sie haben mir auf die eine oder andere Weise gesagt, daß diese plötzliche Stille die Stimme Gottes war. So haben wir also noch einige Männer unter uns, die sich daran erinnern, daß Gott vernehmlich zur Menschheit gesprochen hat.

Der Waffenstillstandstag ist zum Tag der Veteranen geworden. Der Waffenstillstandstag war Feiertag. Der Tag der Veteranen ist es nicht.
Also werfe ich den Tag der Veteranen von mir. Den Waffenstillstandstag aber behalte ich. Was geheiligt ist, werfe ich nicht weg.
Was sonst ist geheiligt? Oh, *Romeo und Julia* zum Beispiel.
Und alle Musik.

Philboyd Studge

Kapitel 1

Dies ist die Geschichte einer Begegnung zweier einsamer, ausgezehrter, ziemlich alter weißer Männer auf einem Planeten, der eines raschen Todes starb.
Einer von ihnen war ein Science-fiction-Schriftsteller namens Kilgore Trout. Er war zu der Zeit ein Niemand und der Ansicht, mit seinem Leben sei es vorbei. Er war im Irrtum. Eine Folge dieser Begegnung war, daß er zu einem der verehrtesten und höchstgeachteten Männer in der Geschichte der Menschheit wurde.
Der Mann, dem er begegnete, war ein Automobilhändler, ein Pontiac-Händler namens Dwayne Hoover. Dwayne Hoover war im Begriff, den Verstand zu verlieren.

Also: Trout und Hoover waren Bürger der Vereinigten Staaten von Amerika, einem Land, das abgekürzt *Amerika* genannt wurde. Dies war ihre Nationalhymne – reiner Quatsch, wie so vieles, von dem erwartet wurde, daß sie es ernst nahmen:

> O sage mir, siehst du im frühen Licht,
> Was wir so stolz im vergehenden Zwielicht begrüßten,
> Und dessen Streifen und Sterne,
> Die wir im harten Kampf überm Grabenrand
>   so ritterlich wehen sahn?
>
> Und das Glühn der Raketen und das Sprühn
>   der Bomben, die in der Luft zerbarsten,
> Bewiesen uns in der Nacht,
> daß unsre Flagge noch da war.
>
> O sag, weht das sternengeschmückte Banner
> Noch über der Heimat der Tapfren
>   und dem Lande der Freien?

Es gab eine Billiarde Nationen im Universum, aber die Nation, der Dwayne Hoover und Kilgore Trout angehörten, war die einzige mit einer Nationalhymne, deren Kauderwelsch mit Fragezeichen gesprenkelt war.
So sah ihre Fahne aus:

Zu den Gesetzen ihrer Nation gehörte ein Fahnengesetz, das es bei keiner anderen Nation gab, es lautete: «*Die Fahne darf vor keinerlei Person oder Gegenstand gesenkt werden.*»
Das Flaggensenken war eine freundschaftliche und Achtung bezeugende Begrüßungszeremonie, die darin bestand, daß die Fahne an ihrer Stange dem Erdboden genähert und dann wieder gehoben wurde.

Dwayne Hoovers und Kilgore Trouts Nation hatte als Devise «*E pluribus unum*», was in einer nicht mehr gesprochenen Sprache *Aus Vielen Eines* bedeutete.
Die unsenkbare Fahne war etwas Schönes, und die Hymne und die nichtssagende Devise waren an sich belanglos, wenn nicht folgendes gewesen wäre: viele der Bürger fanden sich dermaßen übergangen, betrogen und geschmäht, daß sie meinten, sie wären womöglich in dem falschen Land oder gar auf dem falschen Planeten, und daß irgendein furchtbarer Irrtum vorgefallen sein müßte. Es hätte sie vielleicht etwas getröstet, wenn in ihrer Hymne und ihrer Devise Gerechtigkeit oder Brüderlichkeit oder Hoffnung oder Glück erwähnt und sie dadurch in der Gesellschaft und auf deren Grund und Boden willkommen geheißen worden wären.
Wenn sie auf ihrem Papiergeld nach Anhaltspunkten darüber suchten, wie es mit ihrem Land bestellt sei, fanden sie unter einer Menge verschnörkelten Plunders das Bild einer gekappten Pyramide mit einem strahlenumringten Auge darüber, ähnlich wie dies hier:

Nicht einmal der Präsident der Vereinigten Staaten wußte, was das alles sollte. Es war, als verkündete das Land seinen Bürgern: «*Im Unsinn liegt die Stärke.*»

Vieles von diesem Unsinn war nur das harmlose Ergebnis der Verspieltheit, die die Gründer von Dwayne Hoovers und Kilgore Trouts Nation an den Tag legten. Die Gründer waren Aristokraten und legten Wert darauf, mit ihrer unnützen, durch das Studium von allerlei antikem Hokuspokus erworbenen Bildung zu prunken. Miese Dichter waren sie außerdem.
Aber einiges an diesem Unsinn war von Übel, denn es steckten große Verbrechen dahinter. So schrieben zum Beispiel Schullehrer in den Vereinigten Staaten diese Jahreszahl wieder und wieder auf die Tafeln und forderten die Kinder auf, sie stolz und freudig auswendig zu lernen:

1492

Die Lehrer erzählten den Kindern, dies sei das Jahr, in dem ihr Kontinent von menschlichen Wesen entdeckt worden sei. Tatsächlich aber führten 1492 bereits Millionen von menschlichen Wesen auf dem Kontinent ein reiches, von Phantasie erfülltes Leben. Es war dies schlichtweg das Jahr, in dem Seeräuber sie zu betrügen, auszuplündern und umzubringen begannen.
Ein weiterer übler Unsinn, der den Kindern beigebracht wurde, war: daß die Seeräuber später eine Regierung geschaffen hätten, die für die menschlichen Wesen in aller Welt zu einer Fackel der Freiheit wurde. Bilder und Statuetten dieser angeblichen, imaginären Fackel gab es, die sich die Kinder betrachten konnten. Es war eine Art in Flammen stehende Eiskrem-Tüte, die so aussah:

In Wirklichkeit besaßen die Seeräuber, die alle Hände voll zu tun hatten, eine neue Regierung auf die Beine zu stellen, Menschen als Sklaven. Sie benutzten menschliche Wesen als Maschinen, und selbst als die Sklaverei wegen ihrer Peinlichkeit abgeschafft wurde, hielten sie und ihre Nachkommen gewöhnliche Menschen weiterhin für Maschinen.

Die Seeräuber waren weiß. Die Leute, die, als die Seeräuber kamen, bereits auf dem Kontinent waren, waren kupferfarben. Als die Sklaverei auf dem Kontinent eingeführt wurde, waren die Sklaven schwarz.
Auf die Hautfarbe kam es an.

Dies sind die Gründe, weswegen die Piraten in der Lage waren, anderen, was immer sie wollten, abzunehmen: sie hatten die besten Schiffe der Welt, sie waren gemeiner als alle anderen und sie hatten Schießpulver, das sich zusammensetzte aus Salpeter, Holzkohle und Schwefel. Sie brachten dieses anscheinend leblose Pulver mit Feuer zusammen, und es verwandelte sich gewalttätig in Gas. Dieses Gas trieb Geschosse mit ungeheurer Geschwindigkeit durch Metallrohre. Die Geschosse durchdrangen mit Leichtigkeit Fleisch und Knochen, und so konnten die Piraten die Drähte oder die Bälge oder die Leitungen widerspenstiger menschlicher Wesen auch dann vernichten, wenn sie weit, weit entfernt waren.
Die Hauptwaffe der Seeräuber aber war ihre Fähigkeit, andere in Erstaunen zu versetzen. Keiner konnte sich vorstellen – oder doch erst dann, wenn es viel zu spät war –, wie herzlos und gierig sie waren.

Als Dwayne Hoover und Kilgore Trout sich begegneten, war ihr Land bei weitem das reichste und mächtigste Land auf dem Planeten. Es hatte die meisten Lebensmittel und Bodenschätze und Maschinen, und es brachte andere Länder dadurch zur Räson, daß es sie mit großen Raketen oder mit Dingen bedrohte, die es aus Flugzeugen abwerfen würde.
Die meisten Bewohner anderer Länder hatten nicht einen Pfennig auf der Naht. Viele dieser Länder waren kaum noch bewohnbar. Sie hatten zu viele Einwohner und nicht genug Platz. Sie hatten alles verkauft, was irgend Wert hatte, und zu essen gab es auch nichts mehr, und doch hörten die Leute nicht auf zu ficken.
Ficken war, wie man Kinder macht.

Viele Leute auf dem zerschundenen Planeten waren *Kommunisten*. Sie vertraten die Theorie, daß alles, was noch von diesem Planeten übrig war, mehr oder weniger gleichmäßig unter den Leuten verteilt werden sollte, die sich ja ihrerseits keineswegs um einen Platz auf dem Planeten gedrängt hatten. Mittlerweile kamen ständig mehr Babys hinzu – strampelnd und schreiend und nach Milch quäkend.

In manchen Gegenden machten sich die Leute daran, Schlamm zu verzehren oder an Kieseln zu lutschen, während wenige Schritte weiter Babys geboren wurden.
Und so fort.

Dwayne Hoovers und Kilgore Trouts Land, wo es noch alles im Überfluß gab, war gegen den Kommunismus. Man war der Ansicht, daß Erdbewohner, die viel hatten, dies nur dann mit anderen teilen sollten, wenn sie es wirklich auch wollten, und die meisten wollten es nicht.
Also brauchten sie es nicht zu tun.

In Amerika waren alle darauf eingestellt, an sich zu raffen, was sie kriegen konnten, und es nicht wieder herzugeben. Einige Amerikaner verstanden sich sehr gut aufs Ansichraffen und Festhalten und waren unheimlich reich. Andere kamen an den Zaster einfach nicht ran.
Dwayne Hoover war, als er Kilgore Trout begegnete, unheimlich reich. Genau das flüsterte eines Morgens ein Mann einem Freund zu, als Dwayne vorbeikam: «Unheimlich reich.»
Und alles, was Kilgore Trout in jenen Tagen von dem Planeten besaß, war: Keinen Pfennig auf der Naht.
Und Kilgore Trout und Dwayne Hoover trafen sich im Herbst 1972 auf einem Kunst-Festival in Midland City, der Heimatstadt Dwaynes.
Wie schon gesagt wurde: Dwayne war ein Pontiac-Händler und im Begriff, den Verstand zu verlieren.
Verursacht war Dwaynes Verrücktheit hauptsächlich natürlich durch Chemikalien. Dwayne Hoovers Körper produzierte gewisse Chemikalien, die seinen Verstand aus dem Gleichgewicht brachten. Aber wie alle angehenden Irren brauchte Dwayne auch einige schlechte Ideen, weil seine Verrücktheit nur so Gestalt und Richtung gewinnen konnte.
Schlechte Chemikalien und schlechte Ideen waren das Yin und Yang des Irreseins. Yin und Yang waren chinesische Symbole für Harmonie. Sie sahen so aus:

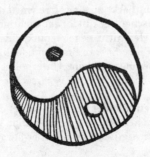

Die schlechten Ideen wurden Dwayne durch Kilgore Trout geliefert. Trout hielt sich selbst nicht nur für harmlos, sondern auch für unsichtbar. Die Welt hatte ihm so wenig Beachtung geschenkt, daß er sich für tot hielt.
Er *hoffte*, er sei tot.
Aber die Begegnung mit Dwayne lehrte ihn, daß er noch lebendig genug war, einem Gefährten Ideen zu übermitteln, die diesen in ein Monstrum verwandeln würden.
Dies stand als Kerngedanke hinter den schlechten Ideen, die Trout an Dwayne gab: Jeder auf Erden ist ein Roboter, mit einer Ausnahme – Dwayne Hoover.
Von allen Geschöpfen des Universums war Dwayne der einzige, der dachte und fühlte und sich sorgte und plante und so fort. Keiner sonst wußte, was Schmerz war. Keiner sonst hatte die Möglichkeit, sich für dies oder jenes zu entscheiden. Alle anderen waren vollautomatische Maschinen, deren Zweck es war, Dwayne anzuregen. Dwayne war ein neuer Typ, ein Geschöpf, das durch den Schöpfer des Universums erprobt wurde.
Nur Dwayne Hoover hatte einen freien Willen.

Trout hatte nicht erwartet, daß man ihm glauben würde. Er brachte die schlechten Ideen in einem Science-fiction-Roman unter, und dort fand sie Dwayne. Das Buch richtete sich nicht nur an Dwayne. Trout hatte nie etwas von Dwayne gehört, als er das Buch schrieb. Es richtete sich an alle, die es zufällig aufschlugen. Es wendete sich einfach an jeden mit der Botschaft: «He, wissen Sie was: Sie sind das einzige Geschöpf mit einem freien Willen. Wie ist Ihnen dabei zumute?» Und so fort. Es war eine *tour de force*. Es war ein *jeu d'esprit*.
Aber es war geistiges Gift für Dwayne.

Es brachte Trout auf den erregenden Gedanken, daß selbst *er* Übel in die Welt bringen könnte – in der Form von schlechten Ideen. Und nachdem Dwayne in einer Zwangsjacke zu einer Irrenanstalt gekarrt worden war, wurde Trout ein fanatischer Verkünder der wichtigen Funktion, die Ideen als Ursachen von und Heilmittel gegen Krankheiten hatten.
Aber keiner hörte auf ihn. Er war ein schmuddeliger alter Mann in der Wildnis, der unter Bäumen und im Unterholz rief: «Ideen oder der Mangel an Ideen können Krankheiten verursachen!»

Kilgore Trout wurde ein Pionier auf dem Gebiet der geistigen Gesundheit. Er brachte seine Theorien als Science-fiction getarnt an den Mann. Er starb 1981, fast zwanzig Jahre nachdem er Dwayne Hoover so krank gemacht hatte.
Zu dieser Zeit war er als großer Künstler und Wissenschaftler anerkannt.

Die Amerikanische Akademie der Künste und Wissenschaften veranlaßte, daß ein Monument über seiner Asche errichtet wurde. Auf der Vorderseite war ein Zitat aus seinem letzten, seinem zweihundertneunten Roman eingemeißelt, der, als er starb, unvollendet war. Das Monument sah so aus:

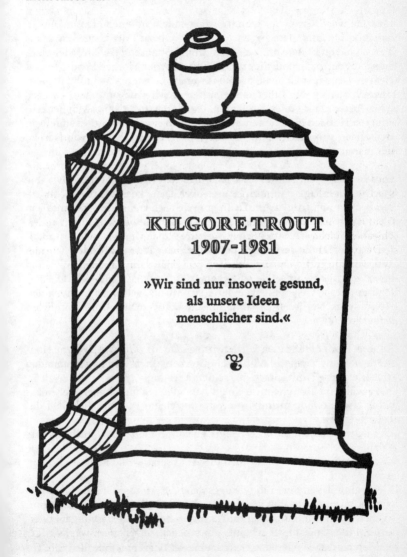

Kapitel 2

Dwayne war Witwer. Er wohnte nachts allein in einem Traumhaus in Fairchild Heights, dem begehrtesten Wohnbezirk der Stadt. Ein Haus dort zu bauen kostete mindestens einhunderttausend Dollar. Jedes Haus stand auf einem Grundstück von mindestens vier Morgen Land.
Dwaynes einziger Genosse nächtens war ein Labrador-Jagdhund namens *Sparky*. Sparky war außerstande, mit dem Schwanz zu wedeln – wegen eines Autounfalls vor vielen Jahren –, und so hatte er keine Möglichkeit, anderen Hunden mitzuteilen, wie freundlich er war. So war er ständig in Beißereien verwickelt. Seine Ohren waren zerfetzt. Er war von Narben verunstaltet.

Dwayne hatte ein schwarzes Dienstmädchen namens Lottie Davis. Sie machte jeden Tag bei ihm im Haus sauber. Dann kochte sie das Abendessen für ihn und trug es auf. Dann ging sie nach Hause. Sie stammte von Sklaven ab. Lottie Davis und Dwayne sprachen nicht viel miteinander, obwohl sie sich gern hatten. Dwayne hatte seinen Gesprächsstoff großenteils für den Hund reserviert. Er pflegte sich auf den Fußboden zu legen und sich mit Sparky herumzuwälzen und sagte dann Sätze wie: «Du und ich, was Sparky!» und «Na, wie gehts, alter Freund?» und so fort.
Und an dieser Gewohnheit änderte sich nichts, selbst als Dwayne den Verstand zu verlieren begann, so daß Lottie nichts Ungewöhnliches bemerkte.

Kilgore Trout besaß einen Wellensittich namens *Bill*. Wie Dwayne Hoover war Trout nachts allein und hatte außer seinem Liebling niemanden um sich. Auch Trout sprach mit seinem Liebling.
Aber während Dwayne mit seinem Labrador-Jagdhund über Liebe babbelte, zischelte und murmelte Trout mit seinem Wellensittich über das Ende der Welt.
«Ist jeden Moment so weit», sagte er gewöhnlich. «Und auch höchste Zeit.»
Nach Trouts Theorie würde sich die Atmosphäre bald nicht mehr zum Atmen eignen.
Trout ging davon aus, Bill würde, sobald die Atmosphäre giftig wurde, wenige Minuten vor ihm draufgehen. Darüber alberte er mit Bill herum. «Wie ists mit dem Luftholen, Bill?» sagte er dann, oder: «Lungenerweiterung, Bill – macht dir scheints ein bißchen zu schaffen, was?» oder: «Haben nie darüber geredet, was für eine Art Begräbnis du willst, Bill. Du

hast mir noch nicht einmal gesagt, welcher Religion du angehörst.» Und so fort.

Er sagte zu Bill, daß die Menschheit es verdient habe, auf gräßliche Weise umzukommen, nachdem sie sich auf einem so lieblichen Planeten so verheerend und grausam benommen habe. «Jeder von uns ist ein Heliogabalus, Bill», pflegte er zu sagen. Das war der Name eines römischen Kaisers, der sich von einem Bildhauer aus Eisen einen lebensgroßen, hohlen Stier mit einer Tür an der Seite machen ließ. Die Tür konnte von außen verschlossen werden. Das Maul des Stieres war offen. Es war außer der Tür die einzige nach außen führende Öffnung.

Heliogabalus pflegte durch die Tür ein menschliches Wesen in den Stier befördern zu lassen; dann wurde die Tür verschlossen. Geräusche, die das menschliche Wesen drinnen von sich gab, drangen durch das Maul des Stieres nach außen. Heliogabalus lud Gäste zu einer netten Party mit vielen Speisen und Wein und schönen Frauen und hübschen Jungen ein und ließ durch einen Diener ein Feuer machen. Das trockene Holz, das zu diesem Zweck angezündet wurde, befand sich unter dem Stier.

Trout tat noch etwas, das manche vielleicht für exzentrisch gehalten hätten: Spiegel nannte er ein *Leck*. Er hatte Freude daran, sich vorzustellen, Spiegel wären Löcher zwischen zwei Universen.

Wenn er ein Kind in der Nähe eines Spiegels sah, schüttelte er warnend den Finger und sagte mit großem Ernst: «Geh nicht zu nah an das Leck. Du willst doch nicht in das andere Universum gezogen werden, nicht wahr?»

Manchmal sagte jemand in seiner Gegenwart: «Entschuldigung, ich habe ein Leck zu verrichten.» Das war die Art, sich auszudrücken, wenn jemand beabsichtigte, seinen Körper durch eine Röhre im Unterleib von flüssigen Ausscheidungen zu entleeren.

Und Trout erwiderte dann verschmitzt: «Wo ich herkomme, bedeutet das, daß Sie im Begriff sind, einen Spiegel zu stehlen.»

Und so fort.

Zu der Zeit, als Trout starb, sprachen selbstredend alle von *Lecks*, wenn sie Spiegel meinten. So respektabel waren selbst seine Witze geworden.

1972 wohnte Trout in einem Kellergeschoß in Cohoes, New York. Seinen Lebensunterhalt bestritt er durch die Anfertigung kombinierter Doppel- und Drahtfenster aus Aluminium. Mit der finanziellen Seite der Sache hatte er nichts zu tun, weil er keinen Charme besaß. Charme war eine Methode, Fremde dazu zu bringen, eine Person augenblicklich zu mögen und ihr zu trauen, ganz gleich, was der Charmeur im Sinn hatte.

Dwayne Hoover besaß eine Menge Charme.

Ich kann eine Menge Charme aufbringen, wenn ich will.

Viele Leute besitzen eine Menge Charme.

Trouts Arbeitgeber und seine Mitarbeiter hatten keine Ahnung, daß er Schriftsteller war. Kein reputierlicher Verleger hatte, was das anging, je von ihm gehört, obwohl er zu der Zeit, als er Dwayne begegnete, einhundertundsiebzehn Romane und zweitausend Erzählungen geschrieben hatte.
Er machte von allem was er schrieb, keine Durchschläge. Er verschickte Manuskripte, ohne für deren Rücksendung frankierte und mit der eigenen Adresse versehene Umschläge beizulegen. Manchmal gab er nicht einmal eine Rückadresse an. Er bezog Namen und Adressen von Verlegern aus Magazinen, die sich mit dem schriftstellerischen Handwerk befaßten, und die er eifrig in den Zeitschriftenabteilungen öffentlicher Bibliotheken las. So kam er in Kontakt mit einer Firma, die sich «Bibliothek der Weltklassiker» nannte und in Los Angeles in Kalifornien handfeste Pornographie veröffentlichte. Sie verwendeten seine Geschichten, in denen gewöhnlich Frauen überhaupt nicht vorkamen, um Bücher und Magazine mit zotigen Bildern auf den nötigen Umfang zu bringen.
Nie benachrichtigten sie ihn, wann oder wo er gedruckt erscheinen würde. Und was sie ihm zahlten: Keinen roten Heller.

Sie schickten ihm auch keine Belegexemplare der Bücher und Magazine, in denen er erschien; also mußte er sie sich selbst in Pornographieläden zusammensuchen. Und die Titel, die er seinen Geschichten gab, wurden oft geändert. Aus «Pangalaktischer Vorarbeiter», zum Beispiel, wurde «Wilder Mund».
Noch verwirrender aber waren für Trout die Illustrationen, für die sich die Verleger entschieden, und die nichts mit seinen Erzählungen zu tun hatten. So hatte er zum Beispiel einen Roman über einen Sterblichen namens Delmore Skag geschrieben, einen Junggesellen, in dessen Nachbarschaft lauter enorm kinderreiche Familien lebten. Dieser Skag war Wissenschaftler, der eine Methode erfand, mittels derer er sich selbst in Hühnersuppe reproduzieren konnte. Er kratzte lebende Zellen aus der Innenfläche seiner rechten Hand, mischte sie in die Suppe und setzte die Suppe der kosmischen Bestrahlung aus. Die Zellen wurden zu Babys, die genau wie Delmore Skag aussahen.
Bald schon brachte Delmore es täglich auf mehrere Babys, und er lud seine Nachbarn ein, daß sie an seinem Stolz und Glück teilhätten. Er veranstaltete Massentaufen von gleichzeitig einhundert Babys. Er wurde berühmt als Familienvater.
Und so fort.

Skag hoffte, sein Land zu einer Gesetzgebung gegen übermäßig anwachsende Familien zu zwingen, aber die Gesetzgeber und Gerichte lehnten es rundheraus ab, sich mit dem Problem zu befassen. Sie erließen statt dessen harte Gesetze, die unverheirateten Personen den Besitz von Hühnersuppe verboten.

Und so fort.

Illustriert war dieses Buch mit finsteren Fotografien von verschiedenen weißen Frauen, die alle auf den gleichen, aus gewissen Gründen mit einem mexikanischen Sombrero bekleideten Schwarzen einschlugen.

Um die Zeit, als er Dwayne Hoover begegnete, war Trouts weitverbreitetstes Buch *Pest auf Rädern*. Der Verleger änderte den Titel nicht, aber er brachte ihn und Trouts Namen großenteils durch eine schmutzigbraune Bauchbinde zum Verschwinden, auf der stand:

WEIT OFFENE BIBER!

Unter einem weit offenen Biber war die Fotografie einer Frau ohne Unterhose zu verstehen, die ihre Beine so weit gespreizt hatte, daß die Öffnung ihrer Vagina zu sehen war. Der Ausdruck wurde zuerst von Zeitungsfotografen benutzt, die Frauen oft bei Unfällen, bei Sportveranstaltungen, auf Feuerleitern und so fort unter die Röcke sahen. Sie brauchten ein Code-Wort, um anderen Zeitungsmännern und freundlichen Polizisten und Feuerwehrleuten und so fort zurufen zu können, was es, falls sie darauf aus waren, zu sehen gab. Das Wort, das sie riefen, war: «Biber!»

Ein Biber war in Wirklichkeit ein großes Nagetier, das Wasser liebte und deswegen Dämme baute. Es sah so aus:

Die Sorte von Bibern, an der sich die Zeutungsfotografen so sehr ergötzten, sah so aus:

Dies war es, wo Babys herkamen.

Als Dwayne Junge war, als Kilgore Trout Junge war, als ich Junge war, und selbst als wir ins mittlere Alter kamen und darüber hinaus noch älter wurden, war es die Pflicht der Polizei und der Gerichte, bildliche Darstellungen so allgemein vorhandener Öffnungen davor zu bewahren, von Personen, die nicht als Mediziner praktizierten, betrachtet und diskutiert zu werden. Man hatte sich darauf geeinigt, daß weit offene Biber, die es zehntausendfach häufiger als richtige Biber gab, gesetzlich unter den strengsten Geheimschutz zu stellen waren.
Also waren alle verrückt nach weit offenen Bibern. Ebenso wie alle nach einem weichen, schmiegsamen Metall verrückt waren, einem Element, das irgendwie zum begehrtesten aller Elemente erklärt worden war, Gold nämlich.

Und diese Sucht nach weit offenen Bibern wurde, als Dwayne und Trout und ich Jungen waren, auf Unterhosen ausgedehnt. Mädchen suchten ihre Unterhosen um jeden Preis zu verbergen, und Jungen suchten um jeden Preis ihre Unterhosen zu Gesicht zu bekommen.
Weibliche Unterhosen sahen so aus:

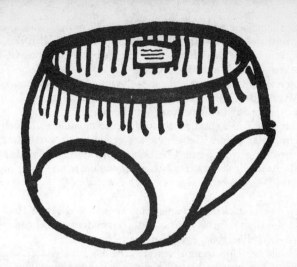

Tatsächlich war mit das erste, was Dwayne als kleiner Junge in der Schule lernte, ein Gedicht, das er, falls er auf dem Spielplatz die Unterhose eines Mädchens zu Gesicht bekam, laut rufen mußte. Seine Mitschüler hatten es ihm beigebracht. Es lautete:

> *Ich seh Briten,*
> *seh Franzosen;*
> *seh eines Mädchens Unterhosen!*

Als Kilgore Trout 1979 den Nobelpreis für Medizin entgegennahm, erklärte er: «Einige Leute behaupten, so etwas wie Fortschritt gebe es nicht. Die Tatsache, daß die Menschen heutzutage die einzigen Tiere sind, die es noch auf der Welt gibt, stellt, gebe ich zu, eine verwirrende Art von Sieg dar. Diejenigen von Ihnen, die mit dem Wesen meiner früher veröffentlichen Werke vertraut sind, werden verstehen, warum ich ganz besonders dem Tod des letzten Bibers nachtrauere.
Es gab, muß ich sagen, als ich Junge war, zwei Monstren, die sich mit uns in den Planeten teilten, und ich begrüße die Tatsache, daß sie jetzt ausgerottet sind. Sie waren dazu bestimmt, uns zu vernichten oder zumindest unser Leben sinnlos zu machen. Es ist ihnen nahezu gelungen. Es waren grausame Feinde, was meine kleinen Freunde, die Biber, nicht waren. Löwen? Nein. Tiger? Nein. Löwen und Tiger dösten die meiste Zeit vor sich hin. Die Monstren, die ich bei Namen nennen werde, dösten nie. Sie hausten in unseren Köpfen. Es waren die tyrannischen Gelüste nach Gold und, Gott steh uns bei, nach einem Blick auf die Unterhosen von kleinen Mädchen.

Ich danke jenen Gelüsten dafür, daß sie so lächerlich waren, denn sie lehrten uns, daß es für ein menschliches Wesen möglich ist, alles zu glauben, und sich leidenschaftlich für die Beibehaltung dieses Glaubens einzusetzen – *jedes* Glaubens.
So können wir jetzt darangehen, eine selbstlose Gesellschaft aufzubauen, indem wir die Besessenheit, mit der wir einst auf Gold und Unterhosen aus waren, jetzt auf die Selbstlosigkeit übertragen.»
Er machte eine Pause, und dann zitierte er mit gequälter Traurigkeit im Blick den Anfang eines Gedichtes, das er als Junge auf Bermuda laut herauszurufen gelernt hatte. Das Gedicht wirkte um so eindringlicher, als es die Angehörigen zweier Nationen erwähnte, die nicht mehr existierten. «Ich seh Briten», sagte er, «seh Franzosen . . .»

Zur Zeit der historischen Begegnung zwischen Dwayne Hoover und Trout waren in der Tat weibliche Unterhosen drastisch abgewertet. Das Steigen des Goldwerts dagegen hielt weiterhin an.
Fotos weiblicher Unterhosen waren nicht das Papier wert, auf das sie gedruckt waren, und selbst hochwertige, farbige Filmbilder von weit offenen Bibern gingen auf dem Markt betteln.
Es hatte Zeiten gegeben, in denen ein Exemplar von Trouts bisher populärstem Buch, *Pest auf Rädern*, seiner Illustrationen wegen gut und gern zwölf Dollar gebracht hatte. Es wurde jetzt für einen Dollar angeboten, und Leute, die auch nur das bißchen zahlten, taten es nicht für die Bilder. Sie zahlten für die Wörter.

Die Wörter in dem Buch handelten, nebenbei bemerkt, vom Leben auf einem sterbenden Planeten mit Namen *Lingo-Drei*, dessen Bewohner amerikanischen Automobilen ähnelten. Sie hatten Räder. Sie waren innerlich mit Verbrennungsmotoren bestückt. Sie ernährten sich von fossilem Steinöl. Sie wurden allerdings nicht fabrikmäßig hergestellt. Sie vermehrten sich. Sie legten Eier, die Automobilbabys enthielten, und die Babys wuchsen in Öllachen heran, die aus den Motorgehäusen der Erwachsenen geflossen waren.
Lingo-Drei wurde von Raumfahrern besucht, die in Erfahrung brachten, daß die Kreaturen aus folgendem Grunde im Aussterben begriffen waren: sie hatten die Nahrungsquellen einschließlich der Atmosphäre des Planeten vernichtet.
Die Raumfahrer hatten nicht viel an materieller Hilfe zu bieten. Die automobilen Geschöpfe hofften, sich etwas Sauerstoff borgen zu können, oder daß die Besucher doch wenigstens eins ihrer Eier zu einem anderen Planeten bringen würden, wo es ausgebrütet werden und eine neue Automobil-Zivilisation beginnen könnte. Aber das kleinste Ei, das sie aufzuweisen hatten, war ein 48-Pfünder, und die Raumfahrer selbst waren nur einen Zoll groß – ihr Raumschiff hatte knapp das Ausmaß

eines auf der Erde üblichen Schuhkartons. Sie kamen von Zeltodimar.
Der Sprecher der Zeltodimarier war Kago. Kago sagte, er könnte nur eins tun: nämlich den anderen im Universum berichten, was für wunderbare Kreaturen die Automobil-Geschöpfe gewesen seien. Das hier sagte er zu all den rostenden Junkern, denen der Stoff ausgegangen war: «Ihr werdet dahingegangen, aber nicht vergessen sein.»
Illustriert war die Geschichte an dieser Stelle mit zwei anscheinend identischen chinesischen Zwillingsschwestern, die mit weit gespreizten Beinen auf einer Couch saßen.

Also durchstreiften Kago und seine braven kleinen Zeltodimarier, die alle homosexuell waren, das Universum und hielten die Erinnerung an die Automobil-Geschöpfe wach. Sie kamen am Ende zu dem Planeten Erde. In aller Unschuld erzählte Kago den Erdbewohnern von den Automobilen. Kago wußte nicht, daß menschliche Wesen ebenso leicht durch eine einzige Idee wie durch Cholera oder Beulenpest gefällt werden können. Gegen Kuckucksideen gab es auf der Erde keine Immunität.

Und dies war nach Trout der Grund, weshalb menschliche Wesen Ideen, nur weil sie schlecht waren, nicht verwerfen konnten: «Ideen waren auf Erden Abzeichen der Freundlichkeit oder der Feindschaft. Ihr Sinn war ohne Belang. Freunde stimmten mit Freunden überein, um der Freundlichkeit Ausdruck zu geben. Feinde stimmten mit Feinden nicht überein, um der Feindschaft Ausdruck zu geben.
Die Ideen, die Erdbewohner hatten, waren seit Hunderttausenden von Jahren belanglos, da sie an ihnen sowieso kaum etwas ändern konnten. Ideen konnten ebensogut Abzeichen oder sonstwas sein.
Sie hatten sogar ein Sprichwort über die Nutzlosigkeit von Ideen: ‹Wären Wünsche Pferde, könnten Bettler reiten.›
Und dann erfanden die Erdbewohner Werkzeuge. Plötzliche Übereinstimmung mit Freunden konnte eine Form von Selbstmord oder Schlimmeres sein. Aber Vereinbarungen wurden weiterhin getroffen, nicht aus gesundem Menschenverstand oder Anstand oder zur Selbsterhaltung, sondern um der Freundlichkeit willen.
Die Erdbewohner fuhren fort, freundlich zu sein, wo sie statt dessen hätten denken sollen. Und selbst als sie Computer bauten, die für sie denken sollten, entwarfen sie diese nicht so sehr um der Weisheit als um der Freundlichkeit willen. Also waren sie der Verdammnis ausgesetzt. Auf Mord bedachte Bettler konnten reiten.»

Kapitel 3

Innerhalb eines Jahrhunderts nach Klein-Kagos Ankunft auf der Erde war alles Leben auf dem einst so friedlichen, bewässerten und Nahrung spendenden Erdball am Erlöschen oder tot. Überall lagen die Hülsen der großen Käfer herum, die die Menschen hergestellt und verehrt hatten. Es waren die Autmobile. Sie hatten alles vernichtet.
Klein-Kago starb, lange bevor es mit dem Planeten zu Ende ging. Er hatte in einer Bar in Detroit versucht, einen Vortrag über die dem Automobil innewohnenden Übel zu halten. Aber er war so winzig, daß niemand ihn beachtete. Um sich auszuruhen, legte er sich einen Moment hin, und ein betrunkener Automobilschlosser hielt ihn für ein Streichholz. Er tötete Kago, indem er ihn wiederholt an der Unterseite der Theke anriß.

Vor 1972 hatte Trout nur einen Brief eines Anhängers erhalten. Er stammte von einem exzentrischen Millionär, der ein privates Detektivinstitut beauftragt hatte, herauszubekommen, wer und wo er sei. Trout war so unsichtbar, daß die Nachforschung achtzehntausend Dollar kostete.
Der Brief dieses Fans erreichte ihn in seiner Kellerwohnung in Cohoes. Er war handgeschrieben, und Trout kam zu dem Schluß, der Schreiber müsse ungefähr vierzehn Jahre alt sein. In dem Brief stand, *Pest auf Rädern* sei der größte Roman in englischer Sprache, und Trout müßte Präsident der Vereinigten Staaten werden.
Trout las den Brief laut seinem Wellensittich vor. «Es geht aufwärts, Bill», sagte er. «Habs doch gewußt. Hier – eine Kostprobe, hör zu.» Und dann las er den Brief vor. Nichts deutete in dem Brief darauf, daß der Schreiber, der Eliot Rosewater hieß, ein Erwachsener und unheimlich reich war.

Kilgore Trout hätte, nebenbei bemerkt, ohne eine Verfassungsänderung nie Präsident der Vereinigten Staaten werden können. Er war nicht im Lande geboren. Sein Geburtsort war Bermuda. Sein Vater Leo Trout hatte dort, ohne seine amerikanische Staatsbürgerschaft aufzugeben, lange Jahre für die «Königliche Ornothologische Gesellschaft» gearbeitet, welche die einzige in der Welt vorhandene Brutstätte der Bermuda-Adler in Obhut hatte. Diese großen grünen Seeadler starben später aus, trotz allem, was für sie getan werden konnte.

Trout hatte als Kind diese Adler einen nach dem anderen eingehen sehen. Sein Vater hatte ihm die melancholisch stimmende Aufgabe übertragen,

die Flügelspannweite der Kadaver zu messen. Es waren die größten Geschöpfe, die je auf dem Planeten mit eigener Muskelkraft geflogen waren. Und der letzte Kadaver hatte von allen die größte Flügelspannweite, nämlich fünf Meter und siebenundachtzig Zentimeter.
Nach dem Aussterben der Adler wurde entdeckt, woran sie eingegangen waren. Es war eine Pilzkrankheit, die ihre Augen und Hirne befiel. Menschen hatten diese Pilzkrankheit in der harmlosen Form von Dermatophytose zu ihren Brutplätzen gebracht.
So sieht die Fahne von Kilgore Trouts Heimatinsel aus.

Kilgore Trout hatte also trotz all der Sonne und frischen Luft eine bedrückende Kindheit. Der Pessimismus, der ihn im späteren Leben überkam, und der seine drei Ehen zerstörte und seinen einzigen Sohn Leo mit vierzehn aus dem Hause trieb, hatte sehr wahrscheinlich seine Wurzeln in dem bittersüßen Multsch verwesender Seeadler.

Der Brief seines Fans kam viel zu spät. Er brachte keine gute Nachricht. Kilgore Trout empfand ihn als ein Eindringen in seine Privatsphäre. Rosewater versprach in seinem Brief, er würde aus Trout einen berühmten Mann machen. Mit seinem Wellensittich als einzigem Zuhörer sagte Trout darüber: «Laßt mich, Teufel noch eins, in meinem Schlafsack in Ruhe.»
Ein Schlafsack war eine große Plastic-Hülle für einen frisch getöteten amerikanischen Soldaten. Es war eine neue Erfindung.

Ich weiß nicht, wer den Schlafsack erfunden hat. Ich weiß nur, wer Kilgore Trout erfunden hat. Ich selbst.

Ich gab ihm vorstehende Zähne. Ich gab ihm Haar, aber ich machte es weiß. Ich ließ nicht zu, daß er es kämmte oder zum Friseur ging. Er hatte es sich lang und wirr wachsen zu lassen.
Ich gab ihm die gleichen Beine, die der Schöpfer des Universums meinem Vater gegeben hatte, als mein Vater ein erbarmenswerter alter Mann war. Es waren weißblasse Besenstiele. Sie waren unbehaart. Sie waren auf phantastische Weise mit Krampfadern verschnörkelt.
Und zwei Monate, nachdem Trout den ersten Brief eines Fans erhalten hatte, ließ ich ihn in seinem Briefkasten eine Einladung finden, wonach er als Sprecher bei einem Kunst-Festival im amerikanischen Mittelwesten auftreten sollte.

Der Brief kam von Fred T. Barry, dem Vorsitzenden des Festivals. Er wandte sich voller Respekt, fast ehrerbietig an Kilgore Trout. Er beschwor ihn, als einer von verschiedenen prominenten Auswärtigen bei dem fünftägigen Festival aufzutreten. Anlaß war die feierliche Eröffnung der *Mildred Marry-Gedenkstätte für die Schönen Künste* in Midland City.
Dem Brief war das nicht zu entnehmen: Mildred Barry war die verstorbene Mutter des Vorsitzenden. Fred T. Barry, der reichste Mann von Midland City, hatte die Mittel zum Bau dieses neuen Zentrums für die Schönen Künste zur Verfügung gestellt. Es war eine durchsichtige Himmelskugel auf Stützen. Es hatte keine Fenster. Wenn es nachts innen erleuchtet war, glich es einem aufgehenden Erntemond.
Fred T. Barry war, nebenbei bemerkt, ebenso alt wie Trout. Sie waren am gleichen Tag geboren. Aber sie sahen sich keineswegs ähnlich. Fred T. Barry sah nicht einmal mehr wie ein Weißer aus, obwohl er rein englischer Abstammung war. Als er älter und älter und immer glücklicher wurde und sein Haar überall am Körper ausfiel, sah er schließlich aus wie ein verzückter alter Chinese.
Er sah so sehr wie ein Chinese aus, daß er dazu übergegangen war, sich wie ein Chinese zu kleiden. Richtige Chinesen hielten ihn oft für einen richtigen Chinesen.

Fred T. Barry gestand in seinem Brief, daß er die Werke von Kilgore Trout zwar noch nicht gelesen habe, dies aber mit Freuden bis zum Beginn des Festivals tun werde. «Sie sind von Eliot Rosewater aufs wärmste empfohlen worden», schrieb er, «der mir versichert, daß Sie vermutlich der größte lebende amerikanische Romanschriftsteller sind. Das ist das denkbar höchste Lob.»
Dem Brief angeheftet war ein Scheck über eintausend Dollar. Das sei, erklärte Fred T. Barry, zur Deckung der Reisekosten und als Honorar gedacht.
Eine Masse Geld. Trout war plötzlich unheimlich reich.

Und so kam es zu Trouts Einladung: Mittelpunkt des *Midland City Festivals der Schönen Künste,* hatte Fred T. Barry sich gedacht, sollte ein unheimlich wertvolles Ölgemälde sein. So reich er war, konnte er es sich doch nicht leisten, eins zu kaufen, also faßte er den Entschluß, eins zu leihen.

Als ersten suchte er Eliot Rosewater auf. Dieser besaß einen El Greco, der drei Millionen Dollar oder mehr wert war. Rosewater sagte, er würde das Bild nur unter einer Bedingung für das Festival herausgeben, und die wäre, daß man als Sprecher den größten lebenden Schriftsteller englischer Sprache, Kilgore Trout nämlich, engagierte.

Trout lachte über die schmeichelhafte Einladung, bekam es dann aber mit der Angst. Wieder einmal mischte sich ein Fremder in die Privatsphäre seines Schlafsacks ein. Wild mit den Augen rollend, stellte er seinem Wellensittich diese Frage: «Woher plötzlich dieses große Interesse an Kilgore Trout?»

Er las den Brief noch mal. «Sie wollen nicht nur Kilgore Trout», sagte er, «sie wollen ihn in einem *Smoking,* Bill. Da muß ein Irrtum vorliegen.»

Er zuckte mit den Schultern. «Vielleicht haben sie mich eingeladen, weil sie wissen, daß ich einen Smoking habe», sagte er. Er besaß tatsächlich einen Smoking. Er war in einem Kabinenkoffer, den er seit mehr als vierzig Jahren von Ort zu Ort mit sich schleppte. Er enthielt Kinderspielzeug, die Knochen eines Bermuda-Adlers und viele andere kuriose Dinge – darunter den Smoking, den er 1924 bei einem Abschlußball unmittelbar vor seiner Graduation am Thomas Jefferson College in Dayton, Ohio, getragen hatte. Trout war in Bermuda geboren und hatte dort die Vorschule besucht. Später war dann seine Familie nach Dayton gezogen.

Seine Schule war nach einem Sklavenbesitzer benannt, welcher der Welt größter Theoretiker über das Thema der menschlichen Freiheit war.

Trout holte seinen Smoking aus dem Koffer und zog ihn an. Er glich sehr einem Smoking, den ich meinen Vater hatte tragen sehen, als er ein sehr, sehr alter Mann war. Er war von grünlicher Patina aus Schimmel überzogen. Einige der Wucherungen, die ihm anhafteten, ähnelten Placken aus feinem Kaninchenfell. «Der ist für die Abende genau richtig», sagte Trout. «Aber sag mir, Bill – was trägt man in Midland City im Oktober, bevor die Sonne untergeht?» Er zog die Hosenbeine hoch, so daß seine grotesk dekorierten Waden sichtbar wurden. «Bermuda-Shorts und Ringelsocken, was, Bill? Letzten Endes *bin* ich von Bermuda.»

Er betupfte seinen Smoking mit einem feuchten Lappen, wodurch sich die Pilzkulturen leicht entfernen ließen. «Ich hasse das, Bill», sagte er, während er die Pilze mordete. «Pilze haben genau wie ich das Recht zu leben. Sie wissen, was sie wollen, Bill. Verdammt will ich sein, wenn *ich* das noch wüßte.»

Dann dachte er darüber nach, was Bill sich vielleicht wünschen mochte.

Es war leicht zu erraten. «Bill», sagte er, «ich hab dich so gern, und ich bin ein solcher Knüller im Universum, daß ich dir deine drei größten Wünsche erfüllen werde.» Er öffnete die Tür des Käfigs – etwas, das Bill auch in tausend Jahren nicht geschafft hätte.
Bill flog hinüber zum Fenstersims. Er drückte seine kleine Schulter gegen das Glas. Jetzt war nur noch eine Glasschicht zwischen Bill und dem großen Außerhalb. Obwohl Trout in der Doppelfenster-Branche arbeitete, hatte seine eigene Wohnung keine Doppelfenster.
«Jetzt geht dein zweiter Wunsch in Erfüllung», sagte Trout, und wieder tat er etwas, was Bill niemals geschafft hätte. Er öffnete das Fenster. Aber das Öffnen des Fensters war für den Wellensittich eine so aufregende Sache, daß er zu seinem Käfig zurückflog und hineinhüpfte.
Trout schloß die Tür des Käfigs und legte den kleinen Riegel über. «Das ist die intelligenteste Verwirklichung dreier Wünsche, die mir je untergekommen ist», sagte er zu dem Vogel. «Du hast sichergestellt, daß du weiter etwas zu wünschen hast – aus dem Käfig herauszukommen.»

Trout kam zu dem Schluß, daß zwischen dem Brief seines einzigen Anhängers und der Einladung eine Verbindung bestand, aber er konnte nicht glauben, daß Eliot Rosewater ein Erwachsener war. Rosewaters Handschrift sah so aus:

Sie sollten Präsident der Vereinigten Staaten werden!

«Bill», sagte Trout zögernd, «irgendein Teenager namens Rosewater hat mir diesen Job verschafft. Seine Eltern müssen mit dem Vorsitzenden des Festivals befreundet sein, und von Büchern wissen die da in der Gegend überhaupt nichts. Und als er ihnen sagte, ich wäre gut, da glaubten sie es eben.»
Trout schüttelte den Kopf. «Ich geh nicht, Bill. Ich will nicht aus meinem

Käfig heraus. Dafür bin ich zu klug. Selbst wenn ich raus wollte, würde ich nicht nach Midland City gehen. Ich mache doch mich – und meinen einzigen Anhänger – nicht lächerlich.»

Und dabei beließ ers. Aber von Zeit zu Zeit las er die Einladung noch mal durch, bis er sie auswendig wußte. Und dann kam eine der in dem Schreiben enthaltenen tiefsinnigeren Botschaften bei ihm an. Sie befand sich im Briefkopf, auf dem zwei die Komödie und die Tragödie symbolisierende Masken abgebildet waren.

Die eine Maske sah so aus:

Die andere sah so aus:

«Die wollen da in der Gegend nichts als Leute, die unentwegt lächeln», sagte Trout zu seinem Wellensittich. «Für unglückliche Versager haben sie keine Verwendung.» Aber damit gab er sich nicht zufrieden. Er kam auf eine Idee, die er sehr schmackhaft fand: «Aber vielleicht ist der Anblick eines unglücklichen Versagers genau das, was ihnen *not tut*.»

Das weckte Tatkraft in ihm. «Bill, Bill», sagte er, «hör zu, ich verlasse den Käfig, aber ich komme zurück. Ich gehe dorthin, um ihnen etwas vorzuführen, das niemand zuvor auf einem Kunst-Festival sah: einen Vertreter jener Abertausende von Künstlern, die ihre ganze Arbeit der Suche nach Wahrheit und Schönheit widmeten – und als Lohn keinen roten Heller in die Finger kriegten!»

So nahm Trout letzten Endes die Einladung an. Zwei Tage bevor das Festival beginnen sollte, übergab er Bill der Pflege der über ihm wohnenden Hauseigentümerin und begab sich per Anhalter nach New York – mit fünfhundert Dollar, die er innen in seiner Unterhose festgesteckt hatte. Den Rest seines Geldes hatte er auf die Bank gebracht.

Er fuhr zuerst nach New York, weil er hoffte, dort einige seiner Bücher in Pornographieläden zu finden. Er hatte zu Hause keine Exemplare. Sie waren ihm zuwider, aber jetzt wollte er in Midland City laut aus ihnen vorlesen – als Demonstration einer Tragödie, die zugleich lachhaft war.

Er hatte vor, den Leuten dort zu sagen, welche Art von Grabstein er sich erhoffte.

Der sah so aus:

Kapitel 4

Dwayne wurde unterdes immer verrückter. Eines Nachts sah er am Himmel über der neuen Mildred Barry-Gedenkstätte der Schönen Künste elf Monde. Am nächsten Morgen sah er eine riesige Ente, die den Verkehr an der Kreuzung Arsenal Avenue und Old County Road regelte. Er erzählte niemandem, was er gesehen hatte. Er behielt das Geheimnis für sich.
Und die schlechten Chemikalien in seinem Kopf hatten die Geheimnistuerei satt. Sie gaben sich nicht mehr damit zufrieden, ihn Verqueres sehen und empfinden zu lassen. Sie wollten, daß er auch Verqueres *tat* und dabei großen Lärm machte.
Sie wollten, daß Dwayne Hoover auf sein Leiden *stolz* würde.

Die Leute sagten später, sie würden es sich nie verzeihen, die Gefahrensignale in Dwaynes Verhalten nicht bemerkt und seine offenkundigen Hilfeschreie nicht beachtet zu haben. Nachdem Dwayne Amok gelaufen war, brachte die Lokalzeitung einen zutiefst sympathisierenden Artikel darüber, der die Leute aufforderte, gegenseitig auf Gefahrensignale zu achten. Die Überschrift lautete:

EIN HILFESCHREI

Aber bevor Dwayne Kilgore Trout begegnete, war es längst nicht so schlimm mit ihm gewesen. Sein Benehmen in der Öffentlichkeit hielt sich durchaus im Rahmen der in Midland City als annehmbar erachteten Handlungen, Glaubensäußerungen und Gespräche. Die Person, die ihm am nächsten stand, seine weiße Sekretärin und Freundin Francine Pefko, sagte, daß Dwayne einen Monat bevor er sich öffentlich als Wahnsinniger aufführte, glücklicher und immer glücklicher zu werden schien.
«Ich dachte immer nur», erzählte sie einem Zeitungsreporter vom Krankenbett aus, «er käme nun endlich über den Selbstmord seiner Frau hinweg.»

Francine arbeitete in Dwaynes Hauptgeschäftsstelle, im *Dwayne Hoover Pontiac-Dorf Ausfahrt Elf* an der Interstate-Autobahn, nicht weit von der neuen Holiday Inn.
Dies ist der Grund, weswegen Francine dachte, daß er immer glücklicher wurde: Dwayne begann Lieder zu singen, die in seiner Jugend populär gewesen waren, wie «The Old Lamp Lighter» und «Tippy-Tippy-Tin»

und «Hold Tight» und «Blue Moon» und so fort. Dwayne hatte vorher nie gesungen. Jetzt sang er laut, wenn er am Schreibtisch saß, wenn er einen Kunden auf Probefahrt mitnahm, wenn er einem Automechaniker bei der Arbeit an einem Wagen zusah. Eines Tages, als er den Vorraum der neuen Holiday Inn durchschritt, sang er laut und lächelte und winkte den Leuten zu, als sei er angestellt, um zu ihrem Vergnügen zu singen. Aber auch hier hielt das niemand notwendigerweise für einen Hinweis auf Geistesgestörtheit – zumal Dwayne Mitbesitzer des Gasthauses war.
Ein schwarzer Busjunge und ein schwarzer Kellner unterhielten sich über sein Gesinge. «Hör dir ihn an, wie er singt», sagte der Busjunge.
«Wenn mir gehörte, was ihm gehört, würde ich auch singen», erwiderte der Kellner.

Die einzige Person, die laut aussprach, daß Dwayne im Begriff war, den Verstand zu verlieren, war Harry LeSabre, weißer Verkaufsleiter in der Pontiac-Agentur. Eine gute Woche, bevor es mit Dwayne durchging, sagte Harry zu Francine Pefko: «Irgendwas stimmt nicht mit Dwayne. Er war sonst so charmant. Ich finde ihn nicht mehr so charmant.»
Harry kannte Dwayne besser als irgendwer sonst. Er und Dwayne kannten sich seit zwanzig Jahren. Als er bei ihm zu arbeiten begann, lag die Agentur noch am Rande des Niggerviertels der Stadt. Ein Nigger ist ein menschliches Wesen, das schwarz ist.
«Ich kenne ihn, wie ein Frontsoldat seinen Kumpel kennt», sagte Harry. «Wir setzten, als die Agentur noch unten in der Jefferson Street war, tagtäglich unser Leben aufs Spiel. Wir sind durchschnittlich vierzehnmal im Jahr überfallen worden. Und ich sage euch, der Dwayne von heute ist nicht mehr der Dwayne, der er mal war.»

Das mit den Überfällen stimmte. Gerade deshalb hatte Dwayne die Pontiac-Agentur so billig kaufen können. Nur die Weißen hatten Geld genug, sich neue Automobile zu kaufen, sieht man von den wenigen farbigen Kriminellen ab, die immer Cadillacs wollten. Und die Weißen hatten Angst davor, sich in der Jefferson Street blicken zu lassen.

So kam Dwayne an das Geld, mit dem er die Agentur kaufte: er lieh es sich von der Midland County-Nationalbank. Als Sicherheit legte er die Aktien an, die er bei der damals *Midland City Waffenausrüstungs-Companie* benannten Gesellschaft besaß. Aus ihr wurde später die *Barrytron GmbH*. Als Dwayne am Höhepunkt der Weltwirtschaftskrise die ersten Aktien erwarb, hatte die Gesellschaft den Namen *Robo-Magic Corporation von Amerika*.
Die Gesellschaft änderte ihren Namen im Laufe der Jahre wiederholt, weil die Art ihrer Geschäftstätigkeit sich so oft änderte. Aber die Direk-

tion behielt aus Gründen der Tradition das ursprüngliche Motto der Gesellschaft bei. Dieses Motto lautete:

GOODBYE, BLAUER MONTAG.

Hören Sie:
Harry LeSabre sagte zu Francine: «Wenn ein Mann mit einem anderen Mann im Gefecht gewesen ist, bekommt er ein Gespür für die geringste Veränderung in der Persönlichkeit seines Kumpels, und Dwayne hat sich verändert. Fragen Sie Vernon Garr.»
Vernon Garr war ein weißer Mechaniker, der neben Harry Dwaynes einziger Angestellter war, bevor Dwayne die Agentur in die Gegend der Interstate-Autobahn verlegte. Vernon hatte, wie es vorkommen kann, Kummer zu Hause. Seine Frau Mary war so schizophren, daß es Vernon entgangen war, ob Dwayne sich verändert hatte oder nicht. Vernons Frau glaubte, daß Vernon versuchte, ihr Hirn in Plutonium zu verwandeln.

Wenn Harry LeSabre über Gefechte redete, so hatte das Hand und Fuß. Er hatte während eines Krieges an Gefechten teilgenommen. Dwayne hatte nicht bei der kämpfenden Truppe gedient. Er war aber immerhin im Zweiten Weltkrieg Zivilangestellter bei den Luftstreitkräften der Vereinigten Staaten gewesen. Eines Tages mußte er eine Vierhundertfünfzig-Pfund-Bombe, die auf die deutsche Stadt Hamburg abgeworfen werden sollte, mit einer Botschaft bemalen. Sie lautete:

«Harry», sagte Francine, «jeder hat schließlich Anspruch auf ein paar schlechte Tage. Dwayne hat davon so wenige, daß manche Leute, wenn er wie heute einen solchen Tag hat, gekränkt und überrascht sind. Sie sollten das nicht sein. Er ist ein Mensch wie jeder andre auch.»
«Aber warum läßt er das gerade an *mir* aus?» wollte Harry wissen. Er hatte recht: Dwayne hatte sich gerade ihn an diesem Tage vorgeknöpft und ihn mit erstaunlichen Beleidigungen und Schimpfwörtern traktiert. Alle anderen fanden Dwayne charmant wie eh und je.

Später natürlich griff Dwayne alle möglichen Leute an, darunter sogar drei Fremde aus Erie, Pennsylvania, die nie vorher in Midland City gewesen waren. Harry aber war es, den er sich in diesem Augenblick zum Opfer wählte.

«Warum gerade *ich*?» sagte Harry. Das war in Midland City eine geläufige Frage. Immer fragten die Leute, wenn sie nach Unfällen der verschiedensten Art in Ambulanzwagen verladen oder wegen ungehörigen Benehmens verhaftet oder bestohlen oder ins Gesicht geschlagen wurden und so fort: «*Warum gerade ich?*»
«Wahrscheinlich weil er meinte, Sie wären sein Freund und Manns genug, sich das an einem seiner wenigen schlechten Tage von ihm gefallen zu lassen», sagte Francine.
«Wie fänden Sie es, wenn er über Ihre Kleidung herzöge?» sagte Harry. Das war es, was Dwayne ihm angetan hatte: er war über seine Kleidung hergezogen.
«Ich würde mir vor Augen halten, daß er hier in der Stadt der beste Arbeitgeber ist», sagte Francine. Das stimmte. Dwayne zahlte hohe Löhne. Ende des Jahres warf er Gewinnanteile und Weihnachtsgelder aus. Er war in diesem Teil des Staates der erste Automobilhändler, der seinen Angestellten die Blaukreuz-Blauschild-Krankenversicherung zuteil werden ließ. Bei ihm kamen sie in den Genuß einer Altersversorgung, die, mit Ausnahme der Altersversorgung bei Barryton, hier in der Stadt allen anderen Einrichtungen dieser Art überlegen war. Jeder Angestellte, der etwas auf dem Herzen hatte, fand bei ihm stets ein offenes Ohr, ob seine Probleme nun mit der Automobilbranche zu tun hatten oder nicht.
An dem Tag zum Beispiel, an dem er über Harrys Kleidung herzog, verbrachte er zwei Stunden mit Vernon Garr, um mit ihm über die Halluzinationen seiner Frau zu diskutieren. «Sie sieht Dinge, die gar nicht vorhanden sind», sagte Vernon.
«Sie braucht Ruhe, Vern», sagte Dwayne.
«Ich werde selbst womöglich auch noch verrückt», sagte Vernon. «Mein Gott, ich geh jetzt nach Hause und rede Stunden mit meinem blöden Köter.»
«Da sind Sie nicht der einzige», sagte Dwayne.

Hier die Szene zwischen Harry und Dwayne, über die sich Harry so aufregte:
Harry kam in Dwaynes Büro, unmittelbar nachdem Vernon gegangen war. Er war auf nichts Böses gefaßt, denn er hatte nie ernsthaft Ärger mit Dwayne gehabt.
«Wie gehts dir heute?» sagte er zu Dwayne.
«Den Umständen entsprechend», sagte Dwayne. «Irgendwelchen Ärger gehabt?»

«Nein», sagte Harry.
«Verns Frau glaubt, Vern will ihr Hirn in Plutonium verwandeln», sagte Dwayne.
«Plutonium? Was ist das?» sagte Harry, und so fort. Sie redeten so allerhand daher, und Harry kam, um Leben ins Gespräch zu bringen, auf ein persönliches Problem zu sprechen. Er sagte, es bedrücke ihn manchmal, daß er keine Kinder habe. «Aber in einer Weise bin ich auch froh darüber», fuhr er fort. «Ich meine, warum soll auch ich zur Überbevölkerung beitragen?»
Dwayne sagte nichts dazu.
«Sollten vielleicht eins adoptieren», sagte Harry, «aber dazu ist es jetzt zu spät. Und meine Alte und ich – wir haben Spaß genug dran, wenn wir so miteinander herumalbern. Wozu brauchen wir ein Kind?»
In dem Augenblick, als er das mit der Adoption erwähnte, ging Dwayne hoch. Er war selbst adoptiert worden – von einem Ehepaar, das im Ersten Weltkrieg von West Virginia nach Midland City gezogen war, um dort als Fabrikarbeiter das große Geld zu machen. Dwaynes leibliche Mutter war eine altjüngferliche Lehrerin, die sentimentale Gedichte schrieb und behauptete, von Richard Löwenherz abzustammen, der ein mittelalterlicher König war. Sein leiblicher Vater war Gelegenheitsarbeiter und von Beruf Schriftsetzer, der seine Mutter dadurch verführte, daß er ihre Gedichte druckte. Er schmuggelte sie nicht irgendwo in eine Zeitung oder ähnliches. Ihr genügte, daß sie gedruckt waren.
Sie war eine defekte kindergebärende Maschine. Sie zerstörte sich automatisch, während sie Dwayne zur Welt brachte. Der Drucker verschwand. Er war eine im Verschwinden begriffene Maschine.

Es mag sein, daß das Thema Adoption in Dwaynes Kopf eine verhängnisvolle chemische Reaktion hervorrief. Auf jeden Fall zischte Dwayne Harry plötzlich folgendermaßen an: «Harry, warum holst du dir nicht ein Bündel Baumwollappen von Vern Garr, tauchst sie in *Sunoco-Blau* und verbrennst deine Scheißgarderobe? Wenn ich dich so sehe, hab ich das Gefühl, als wäre ich bei *Watson Brothers*.» *Watson Brothers* war ein Begräbnisunternehmen für Weiße, die zumindest über ein bescheidenes Vermögen verfügten. *Sunoco-Blau* war ein Benzingemisch.
Harry war bestürzt; dann setzte der Schmerz ein. Dwayne hatte in all den Jahren, die sie sich kannten, nie etwas über seine Kleidung gesagt. Harry war seiner Meinung nach konservativ und anständig gekleidet. Er trug weiße Hemden. Seine Krawatten waren schwarz oder marineblau. Seine Anzüge waren grau oder dunkelblau. Seine Schuhe und Socken waren schwarz.
«Hör mich an, Harry», sagte Dwayne und hatte dabei einen niederträchtigen Zug um den Mund, «die *Hawaii-Woche* steht bevor, und ich meine es absolut ernst: verbrenn deine Kleidung und besorg dir neue oder such

dir Arbeit bei Watson Brothers. Laß dich da einbalsamieren, wenn sie dich nehmen.»

Harry blieb nichts, als ihn mit offenem Mund anzustarren. Die von Dwayne erwähnte Hawaii-Woche war eine verkaufsfördernde Veranstaltung, bei der die Agentur so ausgestattet wurde, daß sie den Hawaii-Inseln möglichst ähnlich sah. Leute, die neue oder gebrauchte Wagen kauften oder während der Woche Reparaturen in Höhe von mehr als fünfhundert Dollar ausführen ließen, nahmen automatisch an einer Lotterie teil. Die drei glücklichen Gewinner konnten je eine freie, vorausfinanzierte Reise für zwei nach Las Vegas und San Francisco und dann Hawaii unternehmen.
«Es macht mir nichts aus, Harry, daß du den Namen eines Buick trägst, während es deine Aufgabe ist, Pontiacs zu verkaufen», fuhr Dwayne fort. Er spielte darauf an, daß die Buick-Produktion der General Motors ein Modell herausbrachte, das *LeSabre* hieß. «Dafür kannst du nichts.» Dwayne strich jetzt sanft über die Schreibtischplatte. Das wirkte irgendwie bedrohlicher, als wenn er mit der Faust draufgeschlagen hätte. «Aber es *gibt*, Teufel noch eins, einen Haufen Dinge, die du ändern *kannst*, Harry. Ein langes Wochenende steht bevor. Ich hoffe an dir einige große Veränderungen feststellen zu können, wenn ich am Dienstagmorgen ins Büro komme.»
Es war ein verlängertes Wochenende, weil der kommende Montag, der Tag der Veteranen, nationaler Feiertag war. Und zwar zu Ehren der Leute, die ihrem Land in Uniform gedient hatten.
«Als wir anfingen, Pontiacs zu verkaufen, Harry», sagte Dwayne, «war das Auto ein praktisches Transportmittel für Schullehrer und Großmütter und unverheiratete Tanten.» Das stimmte. «Dir ist das vielleicht entgangen, Harry, aber inzwischen ist der Pontiac zu einem glanzvollen, jugendlichen Schwung verleihenden Abenteuer für Leute geworden, die *Pfiff* in ihr Leben bringen wollen! Und du ziehst dich an und benimmst dich, als wäre das hier eine Leichenhalle! Betrachte dich einmal im Spiegel, Harry, und frage dich: ‹Wem fiele bei diesem Anblick wohl ein Pontiac ein?›»
Harry LeSabre war zu verdattert, um Dwayne entgegenzuhalten, daß er, ganz gleich wie er aussah, allgemein als einer der tüchtigsten Pontiac-Verkaufsleiter anerkannt war, und das nicht nur in diesem Staat, sondern im ganzen Mittelwesten. Der Pontiac war im Bereich von Midland City das meistgekaufte Automobil, trotz der Tatsache, daß er ein Wagen der mittleren Preisklasse war.

Dwayne Hoover erklärte dem armen Harry LeSabre, das Hawaii-Festival, von dem sie nur noch ein langes Wochenende trennte, sei für ihn eine prächtige Gelegenheit, sich zu entkrampfen, einigen Spaß zu haben und

andere Leute zu ermuntern, ebenfalls an dem Spaß teilzunehmen.
«Harry», sagte Dwayne. «Ich habe eine Neuigkeit für dich: die moderne Wissenschaft hat uns eine Menge neuer, wundervoller Farben beschert, mit seltsamen, aufreizenden Namen. – *Rot! Orange! Grün* und *Rosa!* Harry, wir sitzen nicht mehr auf Schwarz, Grau und Weiß fest. Ist das nicht eine gute Nachricht, Harry? Und die Staatsbehörde hat soeben verkündet, daß es kein Verbrechen mehr ist, während der Arbeitszeit zu lächeln, Harry, und der Gouverneur hat mir persönlich versprochen, daß niemand mehr für das Erzählen eines Witzes in die Abteilung für Sexualdelinquenten der Erwachsenen-Besserungsanstalt eingeliefert wird!»

Harry LeSabre hätte das alles vielleicht, ohne größeren Schaden zu nehmen, verwunden, wenn er nicht insgeheim Transvestit gewesen wäre. An Wochenenden zog er sich gern als Frau an, und zwar keineswegs wie ein Aschenbrödel. Harry und seine Frau zogen die Fenstervorhänge zu, und Harry verwandelte sich in einen Paradiesvogel.
Niemand außer seiner Frau kannte Harrys Geheimnis.
Als Dwayne über die Kleidung herzog, die er bei der Arbeit trug, und dabei die Abteilung für Sexualdelinquenten der Erwachsenen-Besserungsanstalt in Shepherdstown erwähnte, mußte Harry auf den Verdacht kommen, daß sein Geheimnis entdeckt war. Und es war ja auch nicht nur komisch, dieses Geheimnis. Harry mußte mit Verhaftung rechnen, wenn herauskam, was er an den Wochenenden trieb. Er konnte zu einer Geldstrafe bis zu dreitausend Dollar und zu fünf Jahren Zwangsarbeit in der Abteilung für Sexualdelinquenten der Erwachsenen-Besserungsanstalt in Shepherdstown verurteilt werden.

So verbrachte der arme Harry ein betrübliches, um den Tag der Veteranen verlängertes Wochenende. Aber Dwayne erging es noch schlimmer. Die letzte Nacht dieses Wochenendes verlief für Dwayne so: die schlechten chemischen Elemente in ihm wälzten ihn aus dem Bett. Sie brachten ihn dazu, sich so zu kleiden, als läge eine Art Notstand vor, mit dem er fertig zu werden hatte. Dies geschah gegen Tagesanbruch. Der Tag der Veteranen war auf den Glockenschlag genau um zwölf zu Ende gegangen. Dwaynes schlechte chemische Elemente verleiteten ihn dazu, einen Revolver Kaliber achtunddreißig unter seinem Kissen hervorzuholen und ihn sich in den Mund zu stecken. Dies war ein Gerät, dessen einziger Zweck es war, Löcher in menschliche Wesen zu bohren. Es sah so aus:

In dem Teil des Planeten, den Dwayne bewohnte, konnte sich jeder, der eins haben wollte, ein solches im örtlichen Eisenwarengeschäft besorgen. Polizisten hatten alle eins. Ebenso die Verbrecher. Und auch die Leute, die weder das eine noch das andere waren.
Verbrecher pflegten Waffen auf Leute zu richten und zu sagen: «Geben Sie mir all Ihr Geld», was die Leute gewöhnlich auch taten. Und Polizisten pflegten ihre Waffen auf Verbrecher zu richten und zu sagen: «Bleiben Sie stehen», oder was immer die Situation erforderte, und die Verbrecher gingen gewöhnlich darauf ein. Manchmal taten sie es nicht. Manchmal wurde eine Frau so wütend auf ihren Mann, daß sie ein Loch in ihn schoß. Manchmal wurde ein Mann so wütend auf seine Frau, daß er ein Loch in sie schoß. Und so fort.
In der Woche, in der Dwayne Hoover Amok lief, schoß ein vierzehnjähriger Junge aus Midland City Löcher in seine Mutter und seinen Vater, weil er ihnen nicht das schlechte Zeugnis zeigen wollte, das er von der Schule mitbrachte. Sein Verteidiger wollte auf zeitweise Unzurechnungsfähigkeit plädieren, was hieß, daß der Junge zur Tatzeit außerstande war, Recht von Unrecht zu unterscheiden.

Manchmal pflegten Leute Löcher in berühmte Leute zu schießen, um selber auch ein wenig berühmt zu werden. Manchmal begaben sich Leute in Flugzeuge, die irgendwohin fliegen sollten, und machten sich anheischig, Löcher in den Piloten und den Ko-Piloten zu schießen, falls sie das Flugzeug nicht anderswohin flogen.

Dwayne behielt die Mündung seines Revolvers eine Zeitlang im Mund. Sie schmeckte nach Öl. Der Revolver war geladen und gespannt. Nette kleine Metallhülsen, die Holzkohle, Salpeter und Schwefel enthielten, waren nur wenige Zoll von seinem Hirn entfernt. Er brauchte nur an einem Hebel zu ziehen, dann würde sich das Pulver in Gas verwandeln. Das Gas würde einen Bleiklumpen durch eine Röhre und in Dwaynes Hirn jagen.
Aber Dwayne entschied sich, statt dessen in eines seiner gekachelten Badezimmer zu schießen. Er jagte Bleiklumpen durch seine Toilette, durch ein Waschbecken und in die Umrandung einer Badewanne. In das Glas der Badewannenumrandung war das Bild eines Flamingos geätzt. Es sah so aus:

Dwayne schoß auf den Flamingo.
In der Erinnerung daran knurrte er später wütend. «Scheißdämlicher Vogel» war, was er knurrte.

Keiner hörte die Schüsse. Alle Häuser in der Nachbarschaft waren zu gut gegen Geräusche von außen und solche von innen nach außen isoliert. Ein Geräusch, zum Beispiel, das aus Dwaynes Traumhaus heraus oder hinein wollte, mußte durch eine anderthalb Zoll dicke Fasergipsplatte, eine Polystyrol-Schaumschicht, eine Aluminiumfolie, eine drei Zoll breite Luftschicht, noch eine Aluminiumfolie, durch drei Zoll Glaswolle, eine weitere Aluminiumfolie, durch eine einzöllige Isolierplatte aus gepreßtem Sägemehl, durch Teerpappe, ein Zoll Furnierholz, noch wieder Teerpappe und dann durch eine hohle Aluminiumverkleidung. Der Hohlraum in der Verkleidung war mit einem wunderbaren, für Mondraketen entwickelten Isoliermaterial ausgefüllt.

Dwayne schaltete das Flutlicht rings ums Haus ein und spielte Korbball auf der schwarzen Asphaltdecke seiner Fünf-Auto-Garage.
Dwaynes Hund Sparky versteckte sich im Keller, als Dwayne ins Badezimmer schoß. Er kam jetzt wieder heraus. Sparky sah Dwayne beim Korbballspiel zu.
«Du und ich, was, Sparky», sagte Dwayne. Und so fort. Wirklich, er liebte den Hund.
Niemand sah ihn Korbball spielen. Er war durch Bäume und Büsche und einen hohen Zedernzaun gegen seine Nachbarn abgeschirmt.

Er packte den Korbball weg und kletterte in einen schwarzen Plymouth *Fury*, den er am Tag zuvor in Kommission genommen hatte. Der Plymouth war ein Produkt von Chrysler; Dwayne selbst verkaufte Produkte von General Motors. Er hatte sich entschlossen, einen oder zwei Tage mit dem Plymouth zu fahren, um mit der Konkurrenz gleichauf zu bleiben.
Als er aus der Einfahrt hinausfuhr, hielt er es für wichtig, seinen Nachbarn zu erklären, warum er einen Plymouth *Fury* fuhr, also rief er zum Fenster hinaus: «Um mit der Konkurrenz gleichauf zu bleiben!» und hupte.

Dwayne raste die Old County Road hinunter zur Interstate-Autobahn, auf der er jetzt freie Fahrt hatte. Er bog mit hohem Tempo in die Ausfahrt Zehn ein, rammte ein Schutzgeländer und drehte sich um sich selbst. Er kam im Rückwärtsgang auf die Union Avenue, überfuhr einen Bordstein und kam auf einem unbebauten Gelände zum Stehen. Das Grundstück gehörte Dwayne.
Niemand sah oder hörte etwas. Niemand wohnte hier in der Gegend. Ein Polizist sollte hier alle Stunde oder so aufkreuzen, aber er war etwa zwei Meilen entfernt in einem Nebenweg hinter einem Kaufhaus der Western Electric am Schnurcheln. *Schnurcheln* war Polizei-Slang für Schlafen im Dienst.

Dwayne blieb eine Weile auf dem Grundstück. Er stellte das Radio an. Alle Stationen in Midland City hatten jetzt in der Nacht Sendeschluß, Dwayne aber machte einen Sender mit ländlicher Musik in West Virginia ausfindig, der ihm zehn verschiedene Arten von blühenden Büschen und fünf Obstbäume für sechs Dollar anbot. Lieferung gegen bar.
«Klingt nicht schlecht», sagte Dwayne. Er meinte es ehrlich. Fast alle Botschaften, die in seinem Land gesendet oder empfangen wurden, selbst die telepathischen, hatten mit dem Kauf oder Verkauf von irgendwelchem Zeug zu tun. Für Dwayne waren sie wie Wiegenlieder.

Es gibt Bücher . . .

... die möchte man aufheben, nachdem man sie gelesen hat, und andere, von denen man abheben kann, nachdem man sie gefüllt hat. Beide unterhalten auf ihre Art.

Briefe hingegen unterscheidet man am einfachsten an der Zahl der Unterschriften: Ohne Unterschrift ist ein Brief anonym, mit einer Signatur privat, mit zweien geschäftlich, mit dreien ein Pfandbrief, der gewinnreichste unter allen Briefen.

Pfandbrief und Kommunalobligation

Meistgekaufte deutsche Wertpapiere - hoher Zinsertrag - bei allen Banken und Sparkassen

Verbriefte Sicherheit

Kapitel 5

Während Dwayne Hoover Radio West Virginia hörte, versuchte Kilgore Trout in einem Kino in New York City zu schlafen. Das war viel billiger als die Übernachtung in einem Hotel. Trout hatte das noch nie gemacht, aber er wußte, daß das Schlafen in Kinos etwas war, das sich für richtige, schmuddelige alte Männer gehörte. Es war sein Wunsch, in Midland City als der schmutzigste aller alten Männer einzutreffen. Er sollte dort an einem Symposium über das Thema «Die Zukunft des amerikanischen Romans im Zeitalter McLuhans» teilnehmen. «Ich weiß nicht, wer McLuhan ist», wollte er bei dem Symposium sagen, «aber ich weiß, was es heißt, die Nacht mit einem Haufen schmutziger alter Männer in einem New Yorker Kino zuzubringen. Könnten wir vielleicht darüber reden?» Sagen wollte er auch: «Weiß dieser McLuhan, wer immer er sein mag, etwas über die Beziehungen zwischen weit offenen Bibern und dem Verkauf von Büchern zu sagen?»

Trout war am Spätnachmittag von Cohoes in die Stadt gekommen. Er hatte viele Pornographieläden und ein Hemdengeschäft aufgesucht. Er hatte zwei seiner eigenen Bücher gekauft, *Pest auf Rädern* und *Jetzt kann es gesagt werden*, dazu ein Magazin mit einer Erzählung von ihm und ein Smokinghemd. Das Magazin hatte den Titel *Schwarzer Strumpfgürtel*. Das Smokinghemd hatte auf der Brustseite ein Spitzenjabot. Auf den Rat des Verkäufers hatte Trout außerdem eine Garnitur in Mandarinengelb gekauft, bestehend aus Hosenträgern, einer Ansteckblume und einer Frackschleife.
Diese Gegenstände hatte er alle zusammen mit seinem in knittriges braunes Packpapier eingewickelten Smoking, sechs neuen Jockey-Unterhosen, sechs neuen Paar Socken, seinem Rasierapparat und einer neuen Zahnbürste auf dem Schoß. Trout hatte seit Jahren keine Zahnbürste mehr besessen.

Die Buchumschläge von *Pest auf Rädern* und *Jetzt kann es gesagt werden* verhießen als Inhalt eine große Menge von weit offenen Bibern. Auf dem Umschlag von *Jetzt kann es gesagt werden* war das Bild eines Professors, der von einer Gruppe nackter Collegestudentinnen entkleidet wird. Durch ein Fenster des Studentinnenheims war der Turmbau einer Bibliothek zu sehen. Draußen war Tag, und an dem Turm war eine Uhr. Die Uhr sah so aus:

Der Professor war bis auf seine kandisfarben gestreifte Unterhose, seine Socken und Sockenhalter und sein Mörtelbrett entkleidet. Das Mörtelbrett war ein Hut, der so aussah:

In dem Buch war nirgends etwas über einen Professor, ein Studentinnenheim oder eine Universität zu finden. Das Buch war in Form eines langen Briefes vom Schöpfer des Universums an das einzige Geschöpf des Universums geschrieben, das einen freien Willen besaß.

Was die Geschichte in dem Magazin *Schwarzer Strumpfgürtel* anging: Trout hatte keine Ahnung, daß sie zur Veröffentlichung angenommen worden war. Nach dem Datum auf dem Magazin – April 1962 – zu urteilen, war sie offensichtlich schon vor Jahren angenommen worden. Trout fand das Heft per Zufall vorn im Laden in einem Bündel harmloser alter Magazine. Es waren Unterhosen-Magazine.

Der Mann an der Kasse, bei dem Trout für das Magazin bezahlte, hielt ihn für betrunken oder schwachsinnig. Was er sich damit eingehandelt hatte, dachte der Kassierer, wären nichts als Bilder von Frauen in Unterhosen. Sie hatten die Beine gespreizt, richtig, aber sie hatten Unterhosen an, sie waren also gewiß keine Konkurrenz für die hinten im Laden verkäuflichen weit offenen Biber.
«Ich hoffe, Sie haben Ihr Vergnügen daran», sagte der Kassierer zu Trout. Er meinte, hoffentlich würde Trout darin Bilder finden, anhand deren er onanieren könnte, denn das war der einzige Zweck all dieser Bücher und Magazine.
«Es ist für ein Festival der Schönen Künste», sagte Trout.

Die Erzählung selbst hatte den Titel *Der tanzende Narr*. Wie so viele von Trouts Erzählungen handelte sie von der tragischen Unfähigkeit zur Kommunikation.
Hier die Handlung: Ein Fluggeschöpf namens Zog kam per Untertasse zur Erde, um dort zu erklären, wie man Kriege vermeiden und Krebs heilen könnte. Er brachte diese Information vom Planeten Margo, auf dem sich die Einheimischen mit Hilfe von Fürzen und Steptänzen verständigten.
Zog landete nachts in Connecticut. Er hatte kaum den Fuß aufgesetzt, als er ein Haus in Flammen stehen sah. Er stürzte in das Haus und suchte die Leute furzend und steptanzend auf die furchtbare Gefahr aufmerksam zu machen, in der sie schwebten. Der Hausherr schlug Zog mit einem Golfschläger den Schädel ein.

Das Kino, in dem Trout mit all seinen Paketen im Schoß saß, zeigte nichts als schmutzige Filme. Die Musik war einschmeichelnd. Zwei Phantasiegeschöpfe, ein junger Mann und eine junge Frau, saugten auf der schimmernden Leinwand harmlos gegenseitig an ihren weichen Körperöffnungen.
Und Trout dachte sich, während er da saß, einen neuen Roman aus. Dabei ging es um einen irdischen Astronauten, der auf einen Planeten kam, wo außer den Hominiden alles tierische und pflanzliche Leben durch Verschmutzung vernichtet war. Die Hominiden ernährten sich von Petroleum und Kohle.
Sie veranstalteten ein Fest für den Astronauten, dessen Name Don war. Das Essen war scheußlich. Das große Thema, um das es bei der Unterhaltung ging, war die Zensur. Die Städte waren von Kinos verpestet, die nichts als schmutzige Filme zeigten. Die Hominiden hätten sie gern außer Betrieb gesetzt, aber ohne das Recht auf freie Meinungsäußerung anzutasten.
Sie fragten Don, ob schmutzige Filme auf Erden auch ein Problem sei, und Don sagte: «Ja.» Sie fragten ihn, ob die Filme so richtig schmutzig

waren, und Don erwiderte: «So schmutzig, wie man sich Filme nur vorstellen kann.»
Dies faßten die Hominiden als Herausforderung auf, waren sie doch der Überzeugung, daß ihre schmutzigen Filme alles auf Erden in den Schatten stellen würden. So begaben sie sich alle in Luftkissen-Fahrzeuge und schwebten zu einem Schundkino in der Stadt.
Es war Pause, als sie hinkamen, so daß Don Zeit hatte, sich zu überlegen, was wohl noch schmutziger sein könnte als das, was er bereits auf Erden gesehen hatte. Noch bevor die Lichter ausgingen, geriet er in sexuelle Erregung. Die Frauen, in deren Gesellschaft er war, waren alle aufgeregt und verlegen.
Es wurde also dunkel, und der Vorhang ging auf. Zuerst sah man überhaupt kein Bild. Man hörte aus den Lautsprechern Stöhnen und Geschlürfe. Dann erschienen die Bilder. Es war ein qualitativ hochwertiger Film von einem männlichen Hominiden, der so etwas wie eine Birne aß. Die Kamera zeigte in Nahaufnahme seine Lippen sowie Zunge und Zähne, die von Speichel glänzten. Er ließ sich beim Essen Zeit. Als der letzte Bissen in seinem schlürfenden Schlund verschwand, fuhr die Kamera an seinen Adamsapfel heran. Sein Adamsapfel zuckte unanständig. Er rülpste befriedigt, und dann erschien, allerdings in der Sprache des Planeten, dies Wort auf der Leinwand:

ENDE

Es war natürlich alles Humbug. Es gab überhaupt keine Birnen mehr. Im übrigen war das Essen der Birne auch nicht der Hauptfilm des Abends. Es war ein Kurzfilm, der den Zuschauern Gelegenheit gab, es sich gemütlich zu machen.
Dann begann der Hauptfilm. Es ging darin um einen Mann und eine Frau und ihre beiden Kinder und ihren Hund und ihre Katze. Anderthalb Stunden taten sie nichts als essen – Suppe, Fleisch, Biskuits, Butter, Gemüse, Kartoffelmus und Sauce, Obst, Süßigkeiten, Keks, Kuchen. Die Kamera war selten mehr als dreißig Zentimeter von ihren glänzenden Lippen und ihren hüpfenden Adamsäpfeln entfernt. Und dann setzte der Vater die Katze und den Hund auf den Tisch, so daß sie auch an der Orgie teilnehmen konnten.
Nach einer Weile konnten die Schauspieler nicht mehr essen. Sie waren so vollgepropft, daß ihnen die Augen aus den Höhlen quollen. Sie sagten, sie glaubten, eine Woche lang nichts mehr essen zu können. Und so fort. Langsam räumten sie den Tisch ab. Sie watschelten in die Küche und kippten an die dreißig Pfund Überreste in einen Abfalleimer.
Die Zuschauer gerieten in wilde Erregung.

Als Don und seine Freunde das Kino verließen, machten sich hominide Huren an sie heran, die ihnen Eier und Orangen und Milch und Butter und Erdnüsse und so fort anboten. In Wirklichkeit konnten natürlich die Huren diese Waren gar nicht liefern.

Die Homoniden erzählten Don, daß eine Hure, würde er mit ihr in ihre Wohnung gehen, ihm zu Phantasiepreisen eine Mahlzeit auf Petroleum und Kohleprodukten kochen würde.

Und während er äße, würde sie sich dann auf unanständige Weise darüber verbreiten, wie frisch und voll natürlicher Säfte das Essen war, obwohl es gar keine echte Nahrung war.

Kapitel 6

Dwayne Hoover saß eine Stunde lang in dem gebrauchten Plymouth *Fury* und hörte sich auf seinem Grundstück Radio West Virginia an. Er wurde über eine Krankenversicherung für nur wenige Pennies pro Tag unterrichtet und darüber, wie man aus seinem Wagen mehr herausholte. Eine Bibel wurde ihm angeboten, die, in roten Großbuchstaben gedruckt, alles enthielt, was Gott oder Jesus tatsächlich gesagt hatten. Ihm wurde empfohlen, was er bei Verstopfung zu tun hätte. Eine Pflanze wurde ihm empfohlen, die im Hause Krankheiten verbreitende Insekten an sich zog und sie fraß.

All das speicherte Dwayne in seinem Gedächtnis, für den Fall, daß er es später einmal brauchte. Er hatte dort schon etliches auf Lager.

Während Dwayne dort so einsam saß, starb in dem neun Meilen entfernten Bezirkskrankenhaus am Fairchild Boulevard die älteste Einwohnerin von Midland City. Das war Mary Young. Sie war einhundertundacht Jahre alt. Sie war schwarz. Mary Youngs Eltern waren Sklaven in Kentucky gewesen.

Es gab eine winzige Beziehung zwischen Mary Young und Dwayne Hoover. Einige Monate lang, als Dwayne noch ein kleiner Junge war, hatte sie die Wäsche für Dwaynes Familie gemacht. Sie erzählte dem kleinen Dwayne Geschichten aus der Bibel und Geschichten über die Sklaverei. Sie erzählte ihm von einem Weißen, der, als sie ein kleines Mädchen war, in Cincinnati öffentlich gehenkt worden war.

Ein schwarzer Internist sah jetzt Mary Young im Bezirkskrankenhaus an Lungenentzündung sterben.

Der Internist kannte sie nicht. Er war erst seit einer Woche in Midland City. Er war nicht einmal ein Landsmann von ihr, wenn er sein Medizinstudium auch in Harvard abgeschlossen hatte. Er war ein Indaro. Er war aus Nigeria. Sein Name war Cyprian Ukwende. Er fühlte sich mit Mary oder irgendwelchen amerikanischen Schwarzen nicht verwandt. Er fühlte sich nur mit Indaros verwandt.

Als sie starb, war Mary auf dem Planeten so allein, wie es Dwayne Hoover und Kilgore Trout waren. Sie hatte keine Nachkommenschaft. Es gab keine Freunde oder Verwandte, die sie am Sterbebett besuchen kamen. So sagte sie die letzten Worte, die sie auf dem Planeten sprach, zu Cyprian Ukwende. Sie hatte nicht mehr genug Atemkraft, um ihre Stimmbänder zum Vibrieren zu bringen. Sie konnte ihre Lippen nur lautlos bewegen.

Dies ist alles, was sie über den Tod zu sagen wußte: «O je, o je.»

Wie alle Erdbewohner zum Zeitpunkt ihres Todes sandte Mary Young kleine Lebenszeichen denen, die sie gekannt hatten. Eine kleine Wolke telepathischer Schmetterlinge stieg von ihr auf, von denen einer neun Meilen entfernt Dwayne Hoovers Wange streifte.

Obwohl niemand hinter ihm war, hörte Dwayne hinter sich von irgendwoher eine müde Stimme. Sie sagte zu Dwayne: «O je, o je.»

Die schlechten chemischen Elemente in Dwayne veranlaßten ihn jetzt, den Motor anzulassen. Er fuhr vom Grundstück und rollte gelassen weiter die Union Avenue hinunter, die parallel zur Interstate-Autobahn verlief.

Er kam an seiner Hauptgeschäftsstelle, dem *Dwayne Hoovers Pontiac-Dorf Ausfahrt Elf*, vorbei und bog auf den Parkplatz der benachbarten Holiday Inn ein. Dwayne teilte sich in den Besitz des Gasthauses mit Dr. Alfred Maritimo, dem führenden Zahnorthopäden von Midland City, und mit Bill Miller, der unter anderem Vorsitzender der Kommission für Haftentlassungen an der Erwachsenen-Besserungsanstalt in Shepherdstown war.

Dwayne stieg über die Hintertreppe des Gasthauses aufs Dach, ohne jemanden anzutreffen. Es war Vollmond. Es war zweifacher Vollmond. Die neue Mildred Barry-Gedenkstätte für die Schönen Künste war eine durchsichtige Kugel auf Stützen, und sie war jetzt innen erleuchtet – und sah aus wie ein Mond.

Dwayne sah über die schlafende Stadt. Er war hier geboren worden. Er hatte die ersten drei Jahre seines Lebens in einem Waisenhaus verbracht, das nur zwei Meilen von dieser Stelle entfernt war. Er war hier adoptiert und großgezogen worden.

Er besaß nicht nur die Pontiac-Agentur und einen Teil der neuen Holiday Inn. Er besaß auch drei Burger Chef-Imbißlokale, fünf Autowäschereien mit Münzbetrieb und zum Teil auch das Sugar Creek-Drive-In-Kino, die

Radiostation WMCY, den Drei-Ahorn-Golfplatz und siebzehnhundert Aktienanteile an der Barrytron GmbH, einer ortsansässigen Firma für elektronische Geräte. Er besaß Dutzende von Grundstücken. Er gehörte dem Aufsichtsrat der Midland County-Nationalbank an.
Aber jetzt kam ihm Midland City fremd und erschreckend vor. «Wo bin ich?» fragte er sich.
Er hatte sogar vergessen, daß zum Beispiel seine Frau Celia Selbstmord begangen hatte, indem sie Dräno einnahm – ein Gemisch aus Ätznatron und Aluminiumspänen, das zum Reinigen von Abflußrohren gedacht war. Celia wurde zu einem kleinen Vulkan, da sie aus den gleichen Substanzen bestand, die gewöhnlich Abflußrohre verstopfen.
Dwayne hatte sogar vergessen, daß sein einziges Kind, ein Sohn, zu einem berüchtigten Homosexuellen herangewachsen war. Er hieß George, aber alle nannten ihn «Bunny». Er spielte Klavier in der Cocktailbar der neuen Holiday Inn.
«Wo bin ich?» fragte Dwayne.

Kapitel 7

Kilgore Trout verrichtete ein Leck im Männerabort des New Yorker Kinos. Neben dem Handtuchautomaten hing ein Schild, das einen Massagesalon mit Namen *Der Sultansharem* empfahl. Massagesalons waren eine neue Attraktion in New York. Männer konnten da nackte Frauen fotografieren, oder sie konnten die nackten Körper der Frauen mit Wasserfarbe bemalen. Männer konnten sich da so lange von Frauen am ganzen Körper reiben lassen, bis ihr Penis Spermien in Badehandtücher spritzte.
«Es ist das volle Leben und lustig dazu», sagte Kilgore Trout.
Neben den Handtuchautomaten war mit Bleistift ein Spruch geschrieben. Das sah so aus:

Was ist der Sinn des Lebens?

Trout kramte in seinen Taschen nach einem Bleistift oder einer Feder. Er wußte eine Antwort auf die Frage. Aber er hatte nichts zum Schreiben bei sich, nicht mal ein abgebranntes Streichholz. So ließ er die Frage unbeantwortet, aber wenn er was zum Schreiben dabeigehabt hätte, hätte er das hier geschrieben:

> *Die Augen*
> *und Ohren*
> *und das Gewissen*
> *des Schöpfers des Universums*
> *zu sein,*
> *du Idiot.*

Als Trout zu seinem Sitzplatz im Kino zurückging, versuchte er sich als Auge und Ohr und Gewissen des Schöpfers des Universums. Auf telepathischem Wege sandte er dem Schöpfer, wo immer Er sein mochte, Botschaften. Er berichtete, der Männerabort wäre sauber gewesen wie eine Waschküche. «Der Teppich unter meinen Füßen», signalisierte er vom Vorraum aus, «federt und ist neu. Es muß, glaube ich, ein wunderbarer Faserstoff sein. Er ist blau. Weißt Du, was ich mit *blau* meine?» Und so fort.

Als er in den Zuschauerraum kam, war dort das Licht an. Niemand war da, nur der Manager, der zugleich Ticket-Abreißer und Rausschmeißer und Hausmeister war. Er fegte den Schmutz zwischen den Sitzen fort. Er war ein Weißer in mittleren Jahren. «Schluß für heute nacht, Opa», sagte er zu Trout. «Zeit zum Schlafengehen.»

Trout protestierte nicht, ging aber auch nicht sofort. Er musterte einen grün emaillierten Metallkasten hinten im Zuschauerraum. Er enthielt den Projektor und das Tonbandgerät und die Filme. Ein Kabel führte von dem Kasten zu einer Steckdose in der Wand. Vorn an dem Kasten war ein Loch. Dort kamen die Bilder heraus. An der Seite des Kastens war ein einfacher Schalter. Er sah so aus:

Der Gedanke, daß er den Schalter nur umzulegen brauchte, und daß dann die Leute wieder zu ficken und zu saugen anfangen würden, faszinierte Trout.
«Gute Nacht, Opa», sagte der Manager spitz.
Trout nahm nur zögernd von der Maschine Abschied. Dies sagte er über sie zu dem Manager: «Sie befriedigt ein so dringendes Bedürfnis, diese Maschine, und sie ist so leicht zu bedienen.»

Als Trout ging, sandte er auf telepathischem Wege diese Botschaft an den Schöpfer des Universums, dem er als Auge und Ohr und Gewissen diente: «Bin jetzt auf dem Wege zur Zweiundvierzigsten Straße. Was weißt du schon über die Zweiundvierzigste Straße?»

Kapitel 8

Trout wanderte hinaus auf den Bürgersteig der Zweiundvierzigsten Straße. Es war eine gefährliche Gegend. Die ganze Stadt war gefährlich – wegen der Chemikalien und der ungleichen Vermögensverteilung und so fort. Vielen Leuten ging es ähnlich wie Dwayne: sie erzeugten in ihren Körpern Chemikalien, die ihrem Verstand schlecht bekamen. Dennoch gab es in der Stadt Tausende und Abertausende von Bewohnern, die schlechte Chemikalien kauften und sie einnahmen oder schnupften – oder sie mit Geräten in ihre Venen spritzten, die so aussahen:

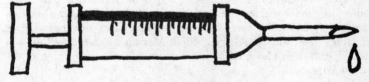

Manchmal stopften sie sich schlechte Chemikalien in ihre Arschlöcher. Ihre Arschlöcher sahen so aus:

Die Leute ließen sich mit den Chemikalien auf ein so hohes Risiko ein, weil sie ihre Lebensqualität verbessern wollten. Sie wohnten in häßlichen Gegenden, wo es nur häßliche Dinge zu tun gab. Sie hatten keinen Pfennig auf der Naht, so daß sie ihre Umgebung nicht verschönern konnten. So taten sie ihr Bestes, statt dessen ihr Inneres zu verschönern.
Die Ergebnisse, die sie vorerst erzielten, waren katastrophal – Selbstmorde, Diebstähle, Morde und Wahnsinn und so fort. Aber es kamen immer neue Chemikalien auf den Markt. Sechs Meter von Trout entfernt lag auf der Zweiundvierzigsten Straße ein vierzehnjähriger weißer Junge bewußtlos im Eingang eines Pornographieladens. Er hatte einen Viertelliter einer neuen Art von Lackbeize geschluckt, die erst seit einem Tag zum Kauf angeboten wurde. Er hatte auch zwei Pillen gegen die sogenannte Bangsche Krankheit geschluckt, die bei Rindern krankhafte Fehlgeburten verhindern sollten.

Trout stand wie versteinert auf der Zweiundvierzigsten Straße. Ich hatte ihn mit einem Leben ausgestattet, das nicht wert war, gelebt zu werden, aber ich hatte ihm auch einen eisernen Lebenswillen gegeben. Dies war auf dem Planeten Erde eine allgemein übliche Mischung.
Der Manager kam heraus und schloß die Tür ab.
Und zwei junge schwarze Prostituierte tauchten von nirgendwoher auf. Sie fragten Trout und den Manager, ob sie sich ein bißchen amüsieren wollten. Sie waren fröhlich und unerschrocken, weil sie vor einer halben Stunde den Inhalt einer Tube mit einem norwegischen Hämorrhoidenmittel gegessen hatten. Vom Hersteller aus war die Salbe nicht zum Essen gedacht. Die Leute sollten sie sich vielmehr ins Arschloch reiben.
Es waren Mädchen vom Lande. Sie waren im ländlichen Süden der Nation aufgewachsen, wo ihre Vorfahren als landwirtschaftliche Maschinen verwendet worden waren. Die weißen Farmer dort verwendeten jetzt allerdings keine aus Fleisch gemachten Maschinen mehr, weil die aus Metall gemachten Maschinen billiger, zuverlässiger und leichter unterzubringen waren.
Also mußten die schwarzen Maschinen sich da verziehen oder verhungern. Sie kamen in die Städte, weil anderenorts überall an den Zäunen und Bäumen solche Schilder hingen:

Kilgore Trout hatte einmal eine Geschichte geschrieben, mit dem Titel *Sie sind gemeint*. Schauplatz waren die Hawaii-Inseln, wohin die glücklichen Gewinner bei Dwayne Hoovers Lotterie in Midland City reisen sollten. Auf diesen Inseln hatten etwa vierzig Leute alles Land in Besitz, und Trout sorgte, in dieser Geschichte, dafür, daß die Leute ihre Eigentumsrechte auch voll durchsetzten. Überall brachten sie *Zutritt-verboten*-Schilder an.
Dies warf für die Millionen anderer Leute auf den Inseln furchtbare Probleme auf. Das Gesetz der Schwerkraft forderte, daß sie irgendwo an der Oberfläche Halt zu suchen hatten. Entweder gelang ihnen das, oder sie mußten ins Wasser gehen und sich vor der Küste treiben lassen.
Aber dann schaffte die Bundesregierung mit einem Notstandsprogramm Abhilfe. Sie stattete alle Männer, Frauen und Kinder, die kein Eigentum hatten, mit großen heliumgefüllten Ballons aus.

Von jedem Ballon hing ein Kabel mit einer Haltevorrichtung herab. Mit Hilfe dieser Ballons konnten alle Hawaiianer die Inseln bewohnen, ohne ständig mit Dingen in Berührung zu kommen, die anderen Leuten gehörten.

Die Prostituierten arbeiteten jetzt für einen Zuhälter. Das war ein herrlicher und grausamer Mann. Für sie war er ein Gott. Er nahm ihnen ihren freien Willen, was ganz in Ordnung war. Sie konnten sowieso nichts damit anfangen. Es war, als hätten sie sich beispielsweise Jesus ergeben, um ihr Leben selbstlos und vertrauensvoll führen zu können – nur daß sie sich statt dessen einem Zuhälter ergeben hatten. Ihre Kindheit hatten sie hinter sich. Sie starben jetzt langsam. Die Erde war, was sie betraf, ein finanzschwacher Planet.
Als Trout und der Manager, beide finanzschwach, sagten, sie legten keinen Wert auf billiges Amüsement, hüpften die sterbenden Mädchen davon, wobei ihre Füße kleben blieben, sich losrissen und dann wieder kleben blieben. Sie verschwanden um die Ecke. Trout, Auge und Ohr des Schöpfers des Universums, nieste.

«Gesundheit», sagte der Manager. Dies war eine vollautomatische Reaktion vieler Amerikaner, wenn sie jemanden niesen hörten.
«Danke», sagte Trout. So wurde eine zeitweilige Freundschaft geschlossen.
Trout sagte, er hoffe wohlbehalten zu einem billigen Hotel zu kommen. Der Manager sagte, er hoffe zum Untergrundbahnhof am Times Square zu kommen. So machten sie sich, durch das von den Gebäudefassaden herabkommende Echo ihrer Schritte ermutigt, gemeinsam auf den Weg.
Der Manager deutete Trout gegenüber an, wie sich der Planet für ihn ausnahm. Es war ein Ort, sagte er, an dem er eine Frau und zwei Kinder

hatte. Sie wußten nicht, daß er ein Theater betrieb, welches schräge Filme zeigte. Sie dachten, er unterhielte bis spät in die Nacht hinein einen Beratungsdienst als Ingenieur. Er sagte, der Planet hätte nicht mehr viel Verwendung für Ingenieure seines Alters. Sie waren hier einst sehr geschätzt gewesen.
«Schwere Zeiten», sagte Trout.
Der Manager erzählte, er wäre mit der Entwicklung eines prachtvollen Isoliermaterials befaßt gewesen, das für Raumfahrten zum Mond verwendet worden war. Es handelte sich übrigens um das gleiche Material, das die Aluminiumverkleidung Dwayne Hoovers Traumhaus in Midland City mit einem so wunderbaren Isoliervermögen ausstattete.
Der Manager erinnerte Trout an das, was der erste Mensch, der den Mond betrat, gesagt hatte: «Ein kleiner Schritt für einen Mann, ein großer Schritt für die Menschheit.»
«Ein aufregender Satz», sagte Trout. Er sah über die Schulter zurück und bemerkte, daß sie von einem weißen Oldsmobile *Tornado* mit einem schwarzen Kunststoffdach verfolgt wurden. Dieses Fahrzeug mit vierhundert Pferdestärken und Vorderradantrieb tuckerte mit etwa fünf Kilometer Stundengeschwindigkeit drei Meter hinter ihnen dicht am Bürgersteig hin.
Das war es, woran sich Trout als Letztes erinnerte – an den Oldsmobile hinter sich.

Das nächste war, daß er sich auf Händen und Knien auf einem Handballplatz in der Nähe des East River in der Neunundfünfzigsten Straße fand, unterhalb der Queensboro-Brücke. Seine Hose und Unterhose waren auf die Knöchel gerutscht. Sein Geld war weg. Seine Pakete lagen verstreut um ihn herum – der Smoking, das neue Hemd, die Bücher. Blut rann ihm aus einem Ohr.
Die Polizei überraschte ihn beim Hochziehen seiner Hose. Ihr Scheinwerfer blendete ihn, während er sich gegen die Tafel am Handballplatz lehnte und linkisch an seinem Gürtel und den Knöpfen am Hosenschlitz fummelte. Die Polizei glaubte, sie hätte ihn beim Begehen eines öffentlichen Ärgernisses erwischt, beim Umgang mit der einem alten Mann zur Verfügung stehenden, begrenzten Palette an Exkrementen und Alkohol.
Er war nicht ganz mittellos. Er hatte in der Uhrtasche seiner Hose eine Zehndollarnote.

In einem Hospital wurde entschieden, daß Trout nicht ernsthaft verletzt war. Er wurde zu einer Polizeiwache gebracht, wo man ihn verhörte. Er konnte nur sagen, daß er durch das Böse selbst in einem weißen Oldsmobile entführt worden war. Die Polizei wollte wissen, wie viele Leute in dem Wagen gewesen waren, wie alt sie waren, welchen Geschlechts, welcher Hautfarbe, und ob sie mit Akzent gesprochen hätten.

«So weit ich weiß, waren es womöglich gar keine Erdbewohner», sagte Trout. «Ich vermute, daß der Wagen mit einem intelligenten Gast vom Pluto besetzt war.»

Trout sagte das in aller Unschuld, doch sein Kommentar erwies sich als der erste Keim zu einer allgemeinen Epidemie der Geistesvergiftung. Auf folgende Weise breitete sich die Krankheit aus: ein Reporter schrieb am nächsten Tag einen Artikel für die *New York Post* und nahm als Aufhänger ein Zitat aus Trouts Aussage.
Die Geschichte erschien unter der Schlagzeile:

PLUTO-BANDITEN
ENTFÜHREN PAAR

Als Trouts Name wurde, nebenbei bemerkt, Kilmer Trotter angegeben, Adresse unbekannt. Sein Alter wurde mit zweiundachtzig angegeben.
Andere Zeitungen druckten die Geschichte, etwas umgeschrieben, nach. Sie alle brachten den Witz über Pluto und sprachen gezielt von der *Pluto-Bande*. Und Reporter fragten die Polizei nach weiteren Informationen über die *Pluto-Bande*, bis die Polizei selbst nach Informationen über die *Pluto-Bande* forschte.

So ließ sich den New Yorkern, denen so viel namenloser Terror zusetzte, leicht die Furcht vor etwas anscheinend ganz Konkretem einreden – vor der *Pluto-Bande*. Sie kauften neue Schlösser für ihre Türen und Gitter für ihre Fenster, um sich vor der *Pluto-Bande* zu schützen. Aus Furcht vor der *Pluto-Bande* gingen sie abends nicht mehr ins Theater.
Ausländische Zeitungen ließen sich über den Terror aus und brachten Artikel darüber, daß Leute, die New York zu besuchen gedächten, sich auf wenige Straßen Manhattans beschränken sollten, wenn sie der *Pluto-Bande* entgehen wollten.

In einem der vielen New Yorker Ghettos für Leute mit dunkler Hautfarbe versammelte sich im Keller eines verlassenen Gebäudes eine Gruppe von jugendlichen Puertorikanern. Sie waren klein, aber zahlreich und sehr beweglich. Sie hatten vor, den Leuten Angst einzujagen, um so sich selbst und ihre Freunde und Familien verteidigen zu können, was die Polizei nicht tat. Sie wollten auch die Drogenhändler aus ihrer Gegend vertreiben und, was sehr wichtig war, die öffentliche Aufmerksamkeit auf sich lenken, um so die Behörden dazu zu bringen, die Abfälle in ihrer Gegend häufiger als bisher abfahren zu lassen, und so fort.
Einer von ihnen, José Mendoza, konnte ganz gut malen. Und so malte er das Emblem der neuen Bande den Mitgliedern auf die Rückseite ihrer Jacken. Das sah so aus:

Kapitel 9

Während Kilgore Trout unabsichtlich das New Yorker Kollektivbewußtsein vergiftete, stieg Dwayne Hoover, der geistesgestörte Pontiac-Händler, im Mittelwesten vom Dach seiner eigenen Holiday Inn.
Dwayne ging kurz vor Sonnenaufgang in den mit Teppichen ausgelegten Vorraum des Gasthauses, um ein Zimmer zu bestellen. So ungewöhnlich der Zeitpunkt war, es war doch schon ein Mann vor ihm da, noch dazu ein Farbiger. Es war Cyprian Ukwende, der Indaro, der Arzt aus Nigeria, der, da er noch keine geeignete Wohnung gefunden hatte, in diesem Gasthaus wohnte.
Dwayne wartete bescheiden, bis er an der Reihe war. Er hatte vergessen, daß er Mitbesitzer des Gasthauses war.
Dwayne hatte, was den Aufenthalt in einem Haus betraf, in dem sich auch Schwarze aufhielten, seine eigene Philosophie. Ihn erfüllte eine Art bittersüßen Glücksgefühls, wenn er sich sagte: «Die Zeiten ändern sich. Die Zeiten ändern sich.»

Der Nachtportier war neu. Er kannte Dwayne nicht. Dwayne mußte das Formular mit allen Angaben ausfüllen. Dwayne seinerseits entschuldigte sich, daß er seine Autonummer nicht auswendig wüßte. Er fühlte sich schuldig, obwohl er wußte, daß er nichts getan hatte, was ein Schuldgefühl gerechtfertigt hätte.
Seine Stimmung hob sich, als der Portier ihm einen Zimmerschlüssel

aushändigte. Er hatte eine Prüfung bestanden. Und er fand sein Zimmer herrlich. Es war so neu und so kühl und sauber. Es war so *neutral*! Es war der Bruder von Tausenden und Abertausenden von Zimmern in Holiday Inns überall in der Welt.
Dwayne Hoover mochte darüber verwirrt sein, was denn sein Leben sollte oder was er damit weiter anfangen könnte. Aber so weit hatte er sich richtig verhalten: Er hatte sich einem untadeligen Behälter für ein Menschliches Wesen ausgeliefert.
Jedermann wurde hier erwartet. Dwayne wurde hier erwartet.
Der Toilettensitz war mit einem Papierstreifen überzogen, den er würde entfernen müssen, bevor er die Toilette benutzte. Es sah so aus:

Diese Papierschleife garantierte Dwayne, daß er nicht zu befürchten brauchte, daß die kleinen spiralförmigen Tiere in sein Arschloch kriechen und sein Leitungsnetz zerfressen würden. Diese eine Sorge war Dwayne los.

An der inneren Türklinke hing ein Schild, das Dwayne jetzt an die äußere Türklinke hängte. Es sah so aus:

Dwayne zog einen Moment den von der Decke bis zum Fußboden reichenden Vorhang auf. Er sah das Schild, das dem müden Reisenden auf der Interstate-Autobahn das Vorhandensein des Gasthauses verkündete. Es sah so aus:

Er zog den Vorhang zu. Er stellte Heizung und Ventilatoren richtig ein. Er schlief wie ein Lamm.
Ein Lamm war ein junges Tier, das für seinen guten Schlaf auf dem Planeten Erde berühmt war. Es sah so aus:

Kapitel 10

Zwei Stunden vor Anbruch des Tags der Veteranen wurde Kilgore Trout von der Polizeibehörde der Stadt New York wie ein gewichtsloses Ding entlassen. Begleitet von Kleenex-Taschentüchern und Zeitungen und Ruß überquerte er die Insel Manhattan von Ost nach West.
Ein Lastwagen nahm ihn mit. Er hatte achtundsiebzigtausend Pfund spanischer Oliven geladen. Er nahm ihn an der Einfahrt zum Lincoln-Tunnel auf, der so zu Ehren eines Mannes benannt war, welcher den Mut und die Voraussicht gehabt hatte, die Menschensklaverei in den Vereinigten Staaten von Amerika als gesetzwidrig zu bezeichnen. Dies war eine kürzlich eingeführte Neuerung.
Die Sklaven wurden einfach ohne jeden Besitz freigelassen. Sie waren leicht zu erkennen. Sie waren schwarz. Sie hatten plötzlich die Freiheit, das Land zu erkunden.

Der Fahrer, ein Weißer, sagte zu Trout, er solle sich, bis sie das offene Land erreicht hätten, auf den Boden des Wagens legen, da es gesetzwidrig war, Anhalter mitzunehmen.

Es war noch dunkel, als er zu Trout sagte, er könnte jetzt hochkommen. Sie durchfuhren das vergiftete Marsch- und Weideland von New Jersey. Das Fahrzeug, eine General Motors-*Astro*-95-Diesel-Zugmaschine, hatte einen dreizehn Meter langen Anhänger. Es war so riesig, daß es Trout vorkam, als wäre sein Kopf nicht größer als ein Luftgewehrbolzen.
Der Fahrer sagte, er wäre früher mal Jäger und Fischer gewesen. Der Gedanke daran, wie diese Marsch und diese Weiden noch vor hundert Jahren gewesen waren, hatten ihm das Herz gebrochen. «Und wenn ich an diesen Mist denke, den die meisten dieser Fabriken herstellen – Waschmittel, Katzenfutter, Limonaden ...»

Damit war er auf sein Thema gekommen. Der Planet wurde durch Fabrikationsvorgänge zerstört, und was fabriziert wurde, war im großen ganzen Mist.
Trout steuerte dann auch etwas bei. «Na ja», sagte er, «ich war einmal sehr für Naturschutz. Ich klagte und jammerte, wenn ich hörte, daß Leute aus Hubschraubern wehrlose Adler mit automatischen Gewehren abschossen und alles das, aber ich hab's aufgegeben. In Cleveland gibt es einen Fluß, der ist so verdreckt, daß er einmal im Jahr Feuer fängt. Das machte mich früher ganz krank. Heute lach ich darüber. Wenn ein

Tanker bei einem Unfall seine Ladung in den Ozean abläßt und Millionen von Vögeln und Milliarden von Fischen verrecken, sage ich: ‹Mehr Macht der Standard Oil Company› oder wem immer das zugute kommt.»
Trout hob feierlich die Arme. «Mobil Gas – zum Teufel das», sagte er.
Der Fahrer regte sich darüber auf. «Machen Sie keine Witze», sagte er.
«Ich weiß jetzt», sagte Trout, «daß Gott nicht viel mit Naturschutz im Sinn hat, also war das ein Sakrileg und noch dazu die reine Zeitverschwendung. Haben Sie je einen von Seinen Vulkanausbrüchen oder Wirbelstürmen und Springfluten erlebt? Mal was von den Eiszeiten gehört, die er alle Halbmillionen Jahre in Szene setzt? Und wie ist es mit dem großen Ulmensterben? Sowas nennt sich nun Naturschutz. Und das kommt von Gott, nicht vom Menschen. In dem Moment, wo wir endlich unsre Flüsse sauber haben, wird er wahrscheinlich die gesamte Milchstraße hochgehen lassen wie einen Zelluloidkragen. Das nämlich war der Stern von Betlehem, verstehen Sie.»
«*Was* war der Stern von Betlehem?» sagte der Fahrer.
«Eine ganze Milchstraße, die hochging wie ein Zelluloidkragen», sagte Trout.

Der Fahrer war beeindruckt. «Das gibt einem zu denken», sagte er. «In der Bibel, glaube ich, steht nirgends etwas von Naturschutz.»
«Es sei denn, Sie halten sich an die Geschichte von der Sintflut», sagte Trout.

Sie schwiegen eine Weile, und dann fiel dem Fahrer noch etwas zur Sache ein. Er sagte, ihm wäre schon klar, daß sein Fahrzeug die Atmosphäre in Giftgas verwandelte und daß die Oberfläche des Planeten in Pflaster verwandelt würde, damit sein Laster überall hinkönnte. «Also bin ich dabei, Selbstmord zu begehen», sagte er.
«Machen Sie sich keine Sorgen», sagte Trout.
«Mit meinem Bruder ist das noch schlimmer», fuhr der Fahrer fort. «Er arbeitet in einer Fabrik, die Chemikalien zur Abtötung von Pflanzen und Bäumen in Vietnam herstellt.» Vietnam war ein Land, in dem Amerika die Leute dadurch vom Kommunismus abhalten wollte, daß es von Flugzeugen allerlei auf sie abwarf. Die Chemikalien, die er erwähnt hatte, sollten alles Laub abtöten, so daß es den Kommunisten schwerfiele, sich vor den Flugzeugen zu verstecken.
«Machen Sie sich keine Sorgen», sagte Trout.
«Aufs Ganze gesehen, ist er dabei, Selbstmord zu begehen», sagte der Fahrer. «Selbstmord zu begehen, ist scheint's der einzige Job, in dem sich heutzutage ein Amerikaner betätigen kann.»
«Gut gesagt», sagte Trout.

«Meinen Sie nun ernst, was Sie sagen, oder nicht?» sagte der Fahrer.
«Ich weiß es selbst nicht, solange mir nicht klar ist, ob das *Leben* ernst ist oder nicht», sagte Trout. «Es ist *gefährlich*, ich weiß, und es kann großen Schmerz zufügen. Das bedeutet nicht, daß es notwendigerweise auch *ernst* ist.»

Als Trout berühmt geworden war, war natürlich eines der größten Rätsel um ihn die Frage, ob er, was er sagte, scherzhaft meinte oder nicht. Einem hartnäckigen Frager erzählte er, daß er, immer wenn er etwas scherzhaft meinte, die Finger kreuzte.
«Und sehen Sie bitte», fuhr er fort, «ich hatte, als ich Ihnen diese unschätzbare Auskunft gab, die Finger gekreuzt.»
Und so fort.
Er war in vieler Beziehung so etwas wie eine Nervensäge. Der Lastwagenfahrer hatte ihn nach ein oder zwei Stunden satt. Trout nutzte das Schweigen, um sich eine Anti-Naturschutzgeschichte auszudenken, die er «Gilgongo!» betitelte. In «Gilgongo!» ging es um einen insofern unerfreulichen Planeten, als auf ihm zuviel gezeugt wurde.
Die Geschichte begann mit einer großen Party zu Ehren eines Mannes, der eine ganze Gattung von süßen kleinen Bambusbären ausgerottet hatte. Er hatte sein Leben dieser Aufgabe gewidmet. Für die Party wurden besondere Teller angefertigt, die die Gäste als Souvenirs mit nach Hause nahmen. Auf jedem war das Bild eines kleinen Bären und das Datum der Party. Unter dem Bild stand das Wort:

GILGONGO!

In der Sprache des Planeten bedeutete das «Ausgestorben!».

Die Leute waren froh, daß die Bären *gilgongo* waren, weil auf dem Planeten bereits zu viele Gattungen waren und fast stündlich neue hinzukamen. Es gab keine Möglichkeit, sich auf die verwirrende Vielfalt an Geschöpfen und Pflanzen vorzubereiten, auf die man ständig stieß.
Die Leute taten, was in ihren Kräften stand, um die Zahl der Gattungen einzuschränken, damit das Leben vorausberechenbarer würde. Aber die Natur war für sie zu zeugungskräftig. Alles Leben auf dem Planeten wurde schließlich durch eine über dreißig Meter dicke, lebendige Decke erstickt. Die Decke war zusammengesetzt aus Wandertauben und Habichten und Bermuda-Adlern und schreienden Kaninchen.

«Wenigstens sind's Oliven», sagte der Fahrer.
«Wie bitte?» sagte Trout.
«Wir könnten schlimmere Dinge geladen haben als Oliven.»
«Richtig», sagte Trout. Er hatte vergessen, daß ihr Hauptzweck war,

achtundsiebzigtausend Pfund Oliven nach Tulsa in Oklahoma zu transportieren.

Der Fahrer redete über Politik und so.
Trout konnte einen Politiker nicht vom anderen unterscheiden. Für ihn waren sie alle haltlos begeisterte Schimpansen. Er hatte einmal eine Geschichte über einen optimistischen Schimpansen geschrieben, der Präsident der Vereinigten Staaten wurde. Er gab ihr den Titel «Heil dem Chef».
Der Schimpanse trug einen kleinen blauen Blazer mit Metallknöpfen, auf dessen Brusttasche das Siegel des Präsidenten der Vereinigten Staaten genäht war. Es sah so aus:

Überall, wo er hinkam, spielten die Kapellen «Heil dem Chef». Dem Schimpansen gefiel das. Er pflegte dann auf und ab zu hüpfen.

Sie hielten vor einem Eßlokal. Auf dem Schild vorn am Eßlokal stand:

Also aßen sie.
Trout entdeckte einen Idioten, der auch aß. Der Idiot war ein erwachsener Weißer – in der Obhut einer weißen Krankenschwester. Der Idiot konnte kaum sprechen und hatte große Schwierigkeiten beim Essen. Die Krankenschwester band ihm ein Lätzchen vor.
Er hatte wahrhaftig einen gesegneten Appetit. Trout sah ihn sich Waffeln und Schweinswürste in den Mund schaufeln, er sah ihn Orangensaft und Milch schlürfen. Trout staunte darüber, was für ein großes Tier der Idiot war. Faszinierend war auch, wie glücklich der Idiot war, während er sich mit Kalorien vollstopfte, die ihm über einen weiteren Tag hinweghelfen sollten. Trout sagte vor sich hin: «Sich für einen weiteren Tag vollstopfen.»

«Entschuldigen Sie», sagte der Lastwagenfahrer zu Trout, «ich geh eben ein Leck verrichten.»
«Wo ich herkomme», sagte Trout, «bedeutet das, daß Sie einen Spiegel stehlen wollen. Wir nennen einen Spiegel *Leck*.»
«Das hab ich noch nie gehört», sagte der Fahrer. Er wiederholte das Wort: «Leck.» Er zeigte auf den Spiegel an einem Zigarettenautomaten. «Sie sagen dazu *Leck*?»
«Für Sie sieht er nicht wie ein Leck aus?» sagte Trout.
«Nein», sagte der Fahrer. «Woher, sagten Sie, sind Sie?»
«Ich bin in Bermuda geboren», sagte Trout.
Etwa nach einer Woche würde der Fahrer seiner Frau erzählen, daß Spiegel in Bermuda *Lecks* genannt wurden, und sie würde es ihren Freunden erzählen.

Als Trout dann dem Fahrer zum Lastwagen folgte, faßte er zum erstenmal ihr Transportmittel aus einiger Entfernung ins Auge, sah es ganz. Auf die Seitenwand war in zwei Meter fünfzig hohen, hellorangen Buchstaben eine Botschaft geschrieben. Das sah so aus:

Trout fragte sich, was sich ein Kind, das gerade lesen lernte, bei einer solchen Botschaft denken würde. Das Kind würde annehmen, die Botschaft sei ungeheuer wichtig, da sich jemand die Mühe gemacht hatte, sie in so großen Buchstaben zu schreiben.
Und in der Vorstellung, er sei ein Kind am Straßenrand, las er dann die Botschaft auf der Seitenwand eines anderen Lastwagens. Das war diese:

Kapitel 11

Dwayne Hoover schlief in der neuen Holiday Inn bis zehn. Er war sehr ausgeruht. In der *Halali-Stube*, der allgemein zugänglichen Restauration des Gasthauses, nahm er das Frühstück Nummer fünf zu sich. Die Vorhänge waren nachts zugezogen. Jetzt waren sie weit auf. Sie ließen die Sonne herein.

Am Nebentisch saß, ebenfalls allein, Cyprian Ukwende, der Indaro, der Nigerianer. Er las die Kleinanzeigen im *Bugle-Observer* von Midland City. Er brauchte eine billige Wohnung. Das Allgemeine Bezirkskrankenhaus beglich, solange er auf Wohnungssuche war, seine Gasthausrechnungen, und die Verwaltung wurde allmählich ungeduldig.

Er brauchte auch eine Frau oder mehrere Frauen, die er wöchentlich Hunderte von Malen ficken konnte, weil er unausgesetzt so lüstern war und die Spermen sich angereichert hatten. Und die Sehnsucht nach seinen Indaro-Verwandten quälte ihn. In seiner Heimat hatte er sechshundert Verwandte, die er alle bei Namen kannte.

Mit unbewegtem Gesicht bestellte Ukwende das Frühstück Nummer drei mit getoastetem Vollkornbrot. Hinter dieser Maske verbarg sich ein junger Mann im Endstadium von Heimweh und Weibstollheit.

Dwayne Hoover, zwei Meter von ihm entfernt, starrte auf die verkehrsreiche, sonnige Interstate-Autobahn. Er wußte, wo er war. Zwischen dem Parkplatz des Gasthauses und der Autobahn verlief ein ihm vertrautes Grabenstück, eine Betonmulde, die die Ingenieure für den Wasserlauf des Sugar Creek gebaut hatten. An ihrem Rande zog sich ein ihm vertrautes, elastisches Stahlgeländer hin, das Autos und Lastwagen daran hinderte, in den Sugar Creek zu stürzen. Dahinter lagen die drei vertrauten, westwärts führenden Fahrbahnen und zwischen ihnen der vertraute, grasbewachsene Mittelstreifen. Und dahinter wieder die drei vertrauten, ostwärts führenden Fahrbahnen und ein weiteres, vertrautes Stahlgeländer. Dahinter lagen der vertraute Will Fairchild Memorial-Flughafen und jenseits davon das vertraute Farmland.

Flaches Land, das alles – flach die Stadt, flach die Umgebung, flach der Bezirk und der Staat. Als Dwayne ein kleiner Junge war, hatte er angenommen, daß alle Leute an Orten lebten, die flach und baumlos waren. In seiner Vorstellung waren Ozeane und Gebirge und Wälder größtenteils in Staats- und Nationalparks aufgeteilt. In der dritten Klasse kritzelte der kleine Dwayne einen Aufsatz aufs Papier, in dem er vorschlug, an einer

Flußbiegung des Sugar Creek, der in acht Meilen Umkreis um Midland City das einzige bedeutende Gewässer war, einen Nationalpark anzulegen.
Dwayne sagte den Namen dieses vertrauten Oberflächengewässers leise vor sich hin: «Sugar Creek.»

Der Sugar Creek war an der Stelle, an der sich der kleine Dwayne den Park dachte, nur fünf Zentimeter tief und fünfundvierzig Meter breit. Jetzt hatten sie dort statt dessen die Mildred Barry-Gedenkstätte für die Schönen Künste errichtet. Sie war schön.
Dwayne spielte einen Moment an seinem Jackenrevers herum und fand dort ein Ansteckabzeichen. Er nahm es ab, ohne sich erinnern zu können, was es zu bedeuten hatte. Es war eine Werbung für das Kunst-Festival, das an diesem Abend eröffnet werden sollte. Überall in der Stadt trugen die Leute die gleichen Abzeichen. So sahen diese Abzeichen aus:

Der Sugar Creek trat ab und zu über die Ufer. Dwayne hatte das noch gut in Erinnerung. In einem so flachen Land war eine Überschwemmung für das Wasser etwas besonders Hübsches. Der Sugar Creek trat schweigend über den Rand und bildete einen weitflächigen Spiegel, in dem Kinder ungefährdet spielen konnten.
Der Spiegel machte den Bürgern die Form des Tales sichtbar, in dem sie lebten, er demonstrierte ihnen, daß sie Hügelbewohner waren; sie siedel-

ten an Hängen, die Meile um Meile vom Sugar Creek fort um je einen Zoll anstiegen.
Leise sagte Dwayne noch einmal den Namen des Gewässers: «Sugar Creek.»

Als Dwayne das Frühstück beendet hatte, wagte er zu vermuten, daß er nicht mehr geistesgestört, sondern durch einen einfachen Wechsel des Wohnsitzes und eine Nacht erquickenden Schlafes geheilt worden sei.
Seine schlechten Chemikalien erlaubten ihm, den Vorraum und dann die Cocktailbar zu durchqueren, ohne daß ihm etwas Ungewöhnliches widerfuhr. Doch als er aus der Seitentür der Cocktailbar in die Asphaltprärie hinaustrat, die sein Gasthaus und seine Pontiac-Agentur umgab, entdeckte er, daß jemand den Asphalt in eine Art Trampolin verwandelt hatte.
Er sank unter Dwaynes Gewicht ein, so daß Dwayne weit unter die Straßenebene hinabsackte, um dann langsam nur zu einem Teil wieder hochgehoben zu werden. Dwayne befand sich in einer seichten gummiartigen Grube. Er machte einen Schritt in Richtung auf seine Automobilagentur. Er sank wieder ein, kam wieder hoch und stand in einer neugebildeten Grube.
Er sah sich unbeholfen nach Zeugen um. Nur einer war da. Ohne einzusinken, stand Cyprian Ukwende am Rand der Grube. Obwohl Dwayne sich in einer außergewöhnlichen Situation befand, wußte Ukwende nichts weiter zu sagen als:
«Schöner Tag heute.»

Dwayne arbeitete sich von Grube zu Grube vor.
Er torkelte jetzt über den Platz mit den Gebrauchtwagen.
Er blieb in einer Grube stehen und sah vor sich einen farbigen jungen Mann. Der polierte mit einem Lappen ein kastanienbraunes 1970er Buick-Kabriolett *Skylark*. Der Mann hatte für diese Arbeit nicht das richtige Zeug an. Er trug einen billigen blauen Anzug und ein weißes Hemd und einen schwarzen Schlips. Außerdem: er polierte nicht bloß den Wagen – er war dabei, ihn *abzuschleifen*.
Der junge Mann fuhr mit dem Abschleifen fort. Dann lächelte er Dwayne blinzelnd zu und machte sich wieder ans Abschleifen.
Dies war die Erklärung dafür: Dieser junge Mann war soeben aus der Erwachsenen-Besserungsanstalt in Shepherdstown entlassen worden. Er brauchte dringend Arbeit, wenn er nicht verhungern wollte. Also zeigte er Dwayne, was für ein tüchtiger Arbeiter er war.
Er war seit seinem neunten Lebensjahr in Waisenhäusern und Jugendheimen und in dem einen oder anderen Gefängnis im Bezirk Midland City gewesen. Er war jetzt sechsundzwanzig.

Er war endlich frei!

Dwayne hielt den jungen Mann für eine Halluzination.

Der junge Mann machte sich wieder ans Abschleifen des Automobils. Sein Leben war nicht wert, gelebt zu werden. Er hatte einen schwachen Lebenswillen. Er haßte den Planeten, wünschte, er hätte ihn nie betreten. Ein Irrtum war begangen worden. Er hatte keine Freunde und Verwandte. Er wurde von einem Käfig in den anderen gesperrt.
Er wußte von einer besseren Welt, wußte auch, wie sie hieß, und sah sie oft im Traum. Ihren Namen hielt er geheim. Man hätte ihn ausgelacht, wenn er ihn laut gesagt hätte. Es war ein so *kindischer* Name.
Der junge schwarze Häftling konnte den ihm in Lichtbuchstaben vorschwebenden Namen jederzeit betrachten. So sah er aus:

Er hatte in seiner Geldbörse eine Fotografie von Dwayne. Fotografien von Dwayne hatte er an den Wänden seiner Zelle in Shepherdstown gehabt. Sie waren leicht zu beschaffen, denn Dwaynes lächelndes Gesicht, darunter seine Devise, war auf allen Anzeigen abgebildet, die er im *Bugle-Observer* erscheinen ließ. Das Bild wurde alle sechs Monate ausgewechselt. Die Devise war seit fünfundzwanzig Jahren die gleiche.
Dies war sie:

> FRAGEN SIE, WEN SIE WOLLEN –
> AUF DWAYNE
> IST VERLASS.

Wieder lächelte der junge Ex-Gefangene Dwayne zu. Seine Zähne waren perfekt repariert. Die Zahnbehandlung in Shepherdstown war ausgezeichnet. Die Verpflegung ebenso.
«Guten Morgen, Sir», sagte der junge Mann zu Dwayne. Er war erschreckend naiv. Er hatte noch viel zu lernen. Mit Frauen, zum Beispiel, hatte er überhaupt keine Erfahrung. Francine Pefko war die erste Frau, mit der er seit elf Jahren gesprochen hatte.
«Guten Morgen», sagte Dwayne. Er sagte es leise, damit seine Stimme, falls er sich hier mit einer Halluzination unterhielt, nicht zu weit zu hören war.
«Ich habe ihre Anzeigen in den Zeitungen mit großem Interesse gelesen, Sir, und auch Ihre Werbung im Rundfunk hat mir gefallen», sagte der Entlassene. Während des letzten Jahres im Gefängnis war er von einem einzigen Gedanken besessen gewesen: Er wollte eines Tages für Dwayne arbeiten und von da an ein glückliches Leben führen. Es würde wie im Märchenland sein.
Dwayne erwiderte darauf nichts, und der junge Mann fuhr fort: «Ich bin ein sehr tüchtiger Arbeiter, Sir, wie Sie sehn. Ich habe über Sie nur Gutes gehört. Ich glaube, ich bin von Gott dazu bestimmt, für Sie zu arbeiten.»
«So?» sagte Dwayne.
«Unsre Namen sind sich so ähnlich», sagte der junge Mann, «der liebe Gott ist es, der uns *beiden* sagt, was wir zu tun haben.»
Dwayne fragte ihn nicht nach seinem Namen, der junge Mann aber sagte strahlend: «Wayne Hoobler ist mein Name, Sir.»
In Midland City und überall in dieser Gegend war Hoobler ein geläufiger Niggername.

Dwayne Hoover, der nur vage den Kopf schüttelte und dann wegging, brach Wayne Hoobler das Herz.

Dwayne betrat seinen Ausstellungsraum. Der Boden schwankte nicht mehr unter ihm, aber jetzt sah er etwas, für das es keine Erklärung gab. Aus dem Fußboden des Ausstellungsraumes wuchs eine Palme. Dwaynes schlechte Chemikalien hatten ihn die Hawaii-Woche vergessen lassen. Tatsächlich hatte Dwayne die Palme selbst entworfen. Es war eine abgesägte, mit Rupfen umwickelte Telegrafenstange. Oben waren richtige Kokosnüsse angenagelt. Grüner Plastikstoff war zu Blättern zerschnitten worden.
Der Baum setzte Dwayne so in Verwirrung, daß er fast in Ohnmacht fiel. Dann blickte er um sich und sah überall verteilt Ananasstauden und Hawaiigitarren.
Und dann sah er etwas, das ihm noch unglaublicher vorkam. Sein Verkaufsleiter Harry LeSabre kam mit verzücktem Blick auf ihn zu, er trug

ein gurkengrünes Trikothemd, Strohsandalen, einen Grasrock und ein rosa T-Shirt, das so aussah:

Harry und seine Frau hatten sich das ganze Wochenende Gedanken darüber gemacht, ob Dwayne wohl ahnte, daß Harry Transvestit war. Sie waren zu dem Schluß gekommen, daß Dwayne keinen Grund zum Argwohn haben konnte. Harry hatte nie mit Dwayne über Frauenkleider gesprochen. Er hatte nie an einem Schönheitswettbewerb für Transvestiten teilgenommen oder sich, was viele Transvestiten in Midland City getan hatten, einem großen Transvestiten-Club drüben in Cincinnati angeschlossen. Er war nie in der städtischen Transvestiten-Bar gewesen, dem *Alten Rathskeller* im Kellergeschoß des Fairchild Hotels. Er hatte nie Polaroid-Fotos mit anderen Transvestiten ausgetauscht und hatte auch kein Transvestiten-Magazin abonniert.

Harry und seine Frau waren zu dem Schluß gekommen, daß Dwayne nur gemeint hatte, was er wirklich gesagt hatte, daß nämlich Harry sich für die Hawaii-Woche ein bißchen wild kleiden sollte, sonst würde Dwayne ihn rauswerfen.

Dies hier also war der neue Harry, rosig vor Furcht und Erregung. Er fühlte sich ungehemmt und schön und liebenswert und plötzlich ganz frei.

Er begrüßte Dwayne mit dem hawaiianischen Wort für *Grüß dich* und *Lebwohl*. «Aloha», sagte er.

Kapitel 12

Kilgore Trout war weit in der Ferne, aber dennoch ständig dabei, den Abstand zwischen sich und Dwayne zu verringern. Er saß noch in dem Lastwagen namens *Pyramid*. Der überquerte eine Brücke, die nach dem Dichter Walt Whitman benannt war. Die Brücke war in Rauch gehüllt. Der Lastwagen war im Begriff, ein Teil von Philadelphia zu werden. Ein Schild am Fuß der Brücke besagte:

Als jüngerer Mann hätte sich Trout über dies Brüderlichkeitsschild lustig gemacht, das, wie jeder sehen konnte, am Rande eines Bombenkraters aufgestellt war. Aber Gedanken darüber, wie die Dinge auf dem Planeten, statt wie sie waren, hätten sein können oder sein sollen, spukten längst nicht mehr in seinem Kopf. Die Erde, meinte er, könnte nur eins sein: so, wie sie war.
Alles war notwendig. Er sah eine alte weiße Frau einen Abfalleimer durchwühlen. Das war notwendig. Er sah ein Spielzeug für die Badewanne, eine kleine Gummiente, auf dem Gitter eines Abwasserkanals liegen. Sie *hatte* dort zu liegen.
Und so fort.

Der Fahrer erwähnte, daß der gestrige Tag der *Tag der Veteranen* gewesen war.
«Hm», sagte Trout.
«Sind Sie Veteran?» sagte der Fahrer.
«Nein», sagte Trout. «Sie?»
«Nein», sagte der Fahrer.
Keiner von beiden war Veteran.

Der Fahrer kam auf das Thema Freundschaft zu sprechen. Er sagte, es wäre für ihn schwer, Freundschaften, an denen ihm gelegen war, aufrechtzuerhalten, weil er die meiste Zeit unterwegs war. Er machte seine Witze darüber, daß es einmal eine Zeit gegeben hatte, in der er von seinen «besten Freunden» sprach. Seiner Ansicht nach hörten die Leute nach Beendigung ihrer Schulzeit auf, von besten Freunden zu sprechen.
Trout, meinte er, hätte doch wohl, da er in der Aluminium-Doppel- und Drahtfenster-Branche tätig sei, öfters Gelegenheit, während seiner Arbeit beständige Freundschaften zu schließen. «Ich meine», sagte er, «Sie bringen doch Tag für Tag Männer beim Einsetzen dieser Fenster zusammen, so daß sie einander richtig kennenlernen.»
«Ich arbeite allein», sagte Trout.
Der Fahrer war enttäuscht. «Ich dachte, zwei wären nötig, um diese Arbeit zu machen.»
«Einer genügt», sagte Trout. «Ein schwaches kleines Kind könnte die Arbeit machen, ohne daß ihm einer hilft.»
Der Fahrer stellte sich Trout inmitten eines ausgefüllten geselligen Lebens vor, das Trout stellvertretend für ihn genießen könnte. «Immerhin», blieb er dabei, «sehen Sie Ihre Kumpels doch nach der Arbeit. Sie trinken zusammen ein Bier. Sie spielen Karten. Sie erzählen sich Witze.»
Trout zuckte mit den Schultern.
«Sie gehen täglich gemeinsam dieselben Straßen», drang der Fahrer auf ihn ein. «Sie kennen viele Leute, und die kennen Sie, weil Sie Tag für Tag durch dieselben Straßen gehen. Sie sagen: ‹Wie geht's› und sie antworten: ‹Hallo.› Sie nennen sich gegenseitig bei Namen. Wenn Sie mal so richtig in der Tinte sitzen, dann helfen die Ihnen, weil Sie einer von ihnen sind. Sie *gehören* zu ihnen. Sie sehen sich jeden Tag.»
Trout wollte sich darüber nicht mit ihm streiten.

Trout hatte den Namen des Fahrers vergessen.
Trout hatte einen geistigen Defekt, der auch mir oft zu schaffen macht. Er konnte sich nicht daran erinnern, wie die verschiedenen Leute, mit denen er in seinem Leben zu tun hatte, aussahen – es sei denn, ihre Gesichter oder ihre körperliche Erscheinung wären auffallend ungewöhnlich gewesen.
Als er zum Beispiel auf Cape Cod wohnte, war der einzige Mensch, den er bei Namen nennen und aus vollem Herzen begrüßen konnte, Alfy Bearse, ein einarmiger Albino. «Ist's dir warm genug heute, Alfy?» pflegte er ihn zu begrüßen. Oder er sagte: «Wo hast du denn wieder gesteckt, Alfy?» oder: «Bist ein Labsal für kranke Augen, Alfy.»
Und so fort.

Jetzt, da Trout in Cohoes wohnte, war die einzige Person, die er bei Namen nannte, Durling Heath, ein rothaariger Zwerg mit Cockneyakzent. Er arbeitete in einem Schusterladen. Heath hatte bürokratisch auf seinem Arbeitstisch ein Namensschild, für den Fall, daß jemand ihn namentlich anzureden wünschte. Das Namensschild sah so aus:

Trout pflegte von Zeit zu Zeit zu dem Laden zu gehen und dann etwa zu sagen: «Wer, meinen Sie, wird in diesem Jahr Baseballmeister, Durling?» oder: «Haben Sie eine Ahnung, warum letzte Nacht all die Sirenen geheult haben, Durling?» und «Sehn gut aus heute, Durling – wo haben Sie das Hemd gekauft?» Und so fort.
Und dann fragte Trout sich eines Tages, ob es nun wohl mit der Freundschaft mit Heath aus sei. Als Trout das letzte Mal in dem Schusterladen gewesen war und wieder so einiges zu Durling gesagt hatte, hatte der Zwerg ihn plötzlich angeschrien.
Dies war es, was er mit Cockneyakzent geschrien hatte: «Hör'n Se auf, mich zu *löchern*, Mister!»

Nelson Rockefeller, der Gouverneur von New York, schüttelte Trout eines Tages in einem Lebensmittelladen in Cohoes die Hand. Trout hatte keine Ahnung, wer der Mann war. So nahe an einen solchen Mann heranzukommen, hätte Trout als Sience-fiction-Schriftsteller, der er war, verblüffen müssen. Rockefeller war nicht bloß Gouverneur. Aufgrund der Gesetze, die in diesem Teil des Planeten herrschen, war Rockefeller der Besitz weiter Gebiete der Erdoberfläche wie auch des Petroleums und anderer wertvoller Mineralien unter der Oberfläche gestattet. Kaum eine Nation besaß und kontrollierte so große Teile des Planeten wie er. Dies war von Kindesbeinen an sein Erbteil gewesen. Er war in diese vetternwirtschaftlichen Besitzverhältnisse *hineingeboren*.
«Na, wie geht's, Alter?» hatte der Gouverneur Rockefeller ihn gefragt.
«Kann nicht klagen», hatte Kilgore Trout gesagt.

Nachdem er darauf bestanden hatte, daß Trout ein ausgefülltes geselliges Leben führte, gab der Fahrer – wiederum zur Befriedigung seiner selbst – vor, Trout habe ihn um Auskunft gebeten, wie es mit dem Geschlechtsleben eines transkontinentalen Lastwagenfahrers bestellt sei. Trout hatte keine solche Frage gestellt.
«Sie wollen wissen, wie Fernfahrer es mit den Frauen halten, ja?» sagte

der Fahrer. «Sie sind der Auffassung, daß alle Fahrer, die Ihnen zu Gesicht kommen, von Küste zu Küste vögeln, daß die Schwarte kracht, oder?»

Trout zuckte mit den Schultern.

Der Lastwagenfahrer war über Trout entsetzt und beschimpfte ihn, daß er auf so zotige Weise fehlinformiert war. «Ich will Ihnen mal eins sagen, Kilgore . . .» Er stockte. «So heißen Sie doch, oder?»

«Ja», sagte Trout. Er hatte den Namen des Fahrers nun zum hundertstenmal vergessen. Jedesmal wenn Trout sich abwandte, vergaß er nicht nur seinen Namen, sondern auch, wie er aussah.

«Kilgore, gottverdammich . . .», sagte der Fahrer, «wenn mir nun, sagen wir in Cohoes, die Achse bricht und ich mich da zwei Tage während der Reparaturarbeiten aufhalten muß, wie leicht, meinen Sie, wird es mir da fallen, zu einer ins Bett zu kommen – ich, ein Fremder, und so wie ich aussehe?»

«Hängt davon ab, wie *entschlossen* Sie sind», sagte Trout.

Der Fahrer seufzte. «Weiß Gott . . .» sagte er und verzweifelte über sich selbst, «das ist wahrscheinlich mein Leben: nicht entschlußfreudig genug.»

Sie sprachen über Aluminiumverschalung als Methode, alte Häuser wie neu aussehen zu lassen. Aus der Ferne sahen diese Platten, die nicht gemalt zu werden brauchten, wie frisch gestrichenes Holz aus.

Der Fahrer wollte auch über *Perma-Stein* sprechen, ein Konkurrenzverfahren. Dabei wurden die Wände von alten Häusern mit farbigem Zement bestrichen, so daß sie aus der Ferne aussahen, als wären sie aus Stein gebaut.

«Wenn Sie in der Aluminium-Doppelfenster-Branche arbeiten», sagte der Fahrer zu Trout, «dann müssen Sie doch auch mit Aluminiumverschalung zu tun haben.» Überall im Lande arbeiten diese beiden Branchen Hand in Hand.

«Meine Firma vertreibt sie», sagte Trout, «und ich habe viele davon gesehen. Aber mit der Installation habe ich nie etwas zu tun gehabt.»

Der Fahrer hatte ernsthaft vor, sein Haus in Little Rock mit einer Aluminiumverschalung ausstatten zu lassen, und er bat Trout, ihm ganz offen auf diese Frage zu antworten: «Nach allem, was Sie so gesehen und gehört haben – sind Leute, die sich eine Aluminiumverschalung anbringen lassen, mit dem, was ihnen da geliefert wird, *glücklich*?»

«In Cohoes und so», sagte Trout, «sind das, glaube ich, die einzig wirklich glücklichen Leute, die mir je begegnet sind.»

«Ich weiß, was Sie meinen», sagte der Fahrer. «Ich sah einmal eine ganze Familie vor ihrem Haus stehen. Sie wollten gar nicht glauben, wie hübsch ihr Haus war, nachdem es mit Aluminium verschalt worden war. Meine

Frage an Sie, und Sie können mir, da wir beide, Sie und ich, nie in derselben Branche tätig sein werden, ganz offen und ehrlich antworten: wie lange, Kilgore, wird dieses Glücksgefühl anhalten?»
«Rund fünfzehn Jahre», sagte Trout. «Unsere Vertreter sagen, bei all dem Geld, das Sie an Farbe und Heizung gespart haben, können Sie es sich ohne weiteres leisten, die Verschalung erneuern zu lassen.»
«*Perma-Stein* sieht luxuriöser aus, und ich glaube, es hält auch länger», sagte der Fahrer. «Auf der anderen Seite kostet es auch viel mehr.»
«Was Sie zahlen, kriegen Sie auch», sagte Kilgore Trout.

Der Lastwagenfahrer erzählte Trout von einem Gas-Durchlauferhitzer, den er vor dreißig Jahren gekauft und mit dem er in der ganzen Zeit kein bißchen Ärger gehabt hatte.
«Alle Wetter», sagte Kilgore Trout.

Trout fragte ihn nach dem Lastwagen, und der Fahrer sagte, es wäre der größte Lastwagen der Welt. Allein der Traktor kostete achtundzwanzigtausend Dollar. Er war ausgerüstet mit einem dreihundertundvierundzwanzig PS Cummins-Dieselmotor mit Turbinen, so daß er auch in großen Höhen funktionierte. Er hatte eine hydraulische Steuerung, Luftbremsen, ein 13-Gang-Getriebe und gehörte seinem Schwager.
Sein Schwager, sagte er, besäße achtundzwanzig Lastwagen und wäre Direktor der Pyramid-Transportgesellschaft.
«Warum hat er seine Gesellschaft *Pyramid* genannt?» wollte Trout wissen. «Ich meine – dies Ding kann, wenn es sein muß, mit hundert Meilen Stundengeschwindigkeit fahren. Es ist schnell und nützlich und schmucklos. Es ist modern wie ein Raketen-Raumschiff. Ich habe noch nie etwas gesehen, das einer Pyramide unähnlicher wäre als dieser Lastwagen.»

Eine Pyramide war eine Art riesiges Steingrab, das die Ägypter vor Tausenden von Jahren gebaut hatten. Die Ägypter bauen heute keine mehr. Die Gräber, die von Touristen aus aller Welt bestaunt wurden, sahen so aus:

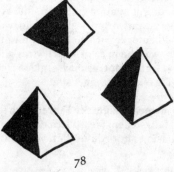

«Warum benannte jemand, der in der auf Höchstgeschwindigkeiten bedachten Transportmittelbranche tätig war, seine Lastwagen nach Bauten, die sich seit Christi Geburt keinen Bruchteil eines Zolls vom Fleck bewegt hatten?»
Der Fahrer antwortete prompt und auch sichtlich ungehalten über Trouts, wie er meinte, ziemlich dämliche Frage. «Ihm gefiel der *Klang* dieses Wortes», sagte er. «Gefällt er Ihnen nicht auch?»
Trout nickte, um es nicht zu Unfreundlichkeiten kommen zu lassen. «Ja», sagte er, «es klingt sehr hübsch.»

Trout lehnte sich zurück und dachte über das Gespräch nach. Er machte eine Geschichte daraus, zu deren Niederschrift er aber erst als sehr, sehr alter Mann kam. Es ging darin um einen Planeten, auf dem die Sprache sich fortwährend in reine Musik verwandelte, weil die Geschöpfe dort so große Freude an Klängen hatten. Wörter wurden zu Noten. Sätze wurden Melodien. Sie waren als Verständigungsmittel unbrauchbar, weil keiner mehr wußte oder sich darum scherte, was die Wörter bedeuteten.
Also mußten die Regierungschefs und Wirtschaftsführer, um den Betrieb aufrechtzuerhalten, immer neue und häßlichere Vokabulare und Satzgefüge erfinden, die sich nicht in Musik umsetzen ließen.

«Verheiratet, Kilgore?» fragte der Fahrer.
«Dreimal», sagte Trout. Das stimmte. Und überdies waren alle seine Frauen außergewöhnlich geduldig und liebevoll und schön gewesen. Alle waren sie durch seinen Pessimismus verkümmert.
«Kinder?»
«Eins», sagte Trout. Irgendwo in der Vergangenheit gab es, verloren unter all den Frauen und den auf dem Postwege verschwundenen Stories, einen Sohn namens Leo. «Er ist jetzt erwachsen», sagte Trout.

Leo hatte das Elternhaus mit vierzehn auf Nimmerwiedersehen verlassen. Er gab sich als älter aus und trat der Marineinfanterie bei. Er schrieb seinem Vater aus dem Ausbildungslager eine Zeile. Sie hatte den Wortlaut: «Du tust mir leid. Du bist in dein eigenes Arschloch gekrochen und gestorben.»
Das war das letzte, was Trout, direkt oder indirekt, von Leo hörte, bis ihn dann zwei Agenten des FBI aufsuchten. Leo hätte sich in Vietnam von seiner Truppe entfernt, sagten sie. Er hatte Hochverrat begangen. Er hatte sich den Vietkong angeschlossen.
So bewertete seinerzeit das FBI Leos Situation auf dem Planeten: «Ihr Sohn ist in einer schlimmen Lage», sagten sie.

Kapitel 13

Dwayne Hoover konnte nicht glauben, was er sah: Harry LeSabre, seinen Verkaufsleiter, in blattgrünem Trikothemd und Grasrock und so. Also weigerte er sich, es zu sehen. Er ging in sein Büro, das auch mit Ananasfrüchten und Hawaiigitarren ausgestattet war.
Francine Pefko, seine Sekretärin, sah normal aus, nur daß sie eine Blumenkette um den Hals und eine Blume hinterm Ohr hatte. Sie lächelte. Sie war eine Kriegerwitwe mit Lippen wie Sofakissen und hellrotem Haar. Sie schwärmte von Dwayne. Sie schwärmte auch von der Hawaii-Woche.
«Aloha», sagte sie.

Harry LeSabre war unterdes von Dwayne vernichtet worden.
Als Harry sich Dwayne in einem so lächerlichen Aufzug präsentierte, hatten sich alle Moleküle seines Körpers auf Dwaynes Reaktion eingestellt. Alle Moleküle hörten einen Moment auf zu funktionieren, und jedes von ihnen suchte Abstand zwischen sich und seinen Nachbarn zu gewinnen. Jedes Molekül suchte in Erfahrung zu bringen, ob ihrer aller Galaxie, die *Harry LeSabre* hieß, sich auflösen würde oder nicht.
Als Dwayne Harry behandelte, als sei er unsichtbar, meinte Harry, er habe sich als rebellischer Transvestit bloßgestellt und sei deswegen entlassen.
Harry schloß die Augen. Er beabsichtigte nicht, sie je wieder zu öffnen. Sein Herz sandte seinen Molekülen diese Botschaft: «Aus Gründen, die uns allen offenkundig sind, ist die Galaxie *aufgelöst!*»

Dwayne wußte davon nichts. Er lehnte sich an Francine Pefkos Schreibtisch. Er war nahe davor, ihr zu erzählen, wie krank er war. Er warnte sie: «Dies ist aus bestimmten Gründen ein sehr schwieriger Tag. Also bitte, keine Witze, keine Überraschungen. Halten Sie alles so klein wie möglich. Lassen Sie keinen, der auch nur ein bißchen aus der Rolle fällt, hier herein. Telefonisch bin ich nicht zu sprechen.»
Francine sagte zu Dwayne, daß die Zwillinge im hinteren Büro auf ihn warteten. «Irgend etwas Schlimmes ist mit der Grotte passiert», sagte sie zu ihm.
Dwayne war dankbar für eine so einfache und klare Nachricht. Die Zwillinge waren seine jüngeren Stiefbrüder Lyle und Kyle Hoover. Die Grotte war die Heilige Wundergrotte, eine Touristenfalle unmittelbar südlich von Shepherdstown, die Dwayne in Partnerschaft mit Lyle und

Kyle besaß. Es war die einzige Einnahmequelle für Lyle und Kyle, die in zwei sich gleichenden, gelben Farmhäusern zu beiden Seiten des Geschenkladens wohnten, der den Eingang zur Grotte beherbergte.
Überall im Staat waren an Bäumen und Zaunpfählen pfeilförmige Schilder angebracht, die in die Richtung der Grotte zeigten und angaben, wie weit sie entfernt war – zum Beispiel:

Bevor Dwayne ins hintere Büro ging, las er den Text eines der vielen komischen Schilder, die Francine an die Wände gehängt hatte, um die Leute in Stimmung zu bringen, um sie an etwas zu erinnern, das sie so leicht vergaßen: daß sie nämlich nicht ständig ernst zu sein brauchten. Dies war der Text, den Dwayne las:

SIE BRAUCHEN NICHT VERRÜCKT ZU SEIN, UM HIER ZU ARBEITEN, ABER SIE HÄTTEN ES LEICHTER!

Dem Text war das Bild eines Verrückten beigegeben, das so aussah:

Francine hatte sich einen Knopf an den Busen gesteckt, auf dem eine Person in gesünderer, beneidenswerterer Geistesverfassung abgebildet war:

Lyle und Kyle saßen nebeneinander auf der schwarzen Ledercouch in Dwayne Hoovers hinterem Büro. Sie sahen sich so ähnlich, daß Dwayne sie erst 1954 zu unterscheiden lernte, als Lyle beim Roller-Derby wegen einer Frau in eine Schlägerei verwickelt wurde. Von da an war Lyle der mit der gebrochenen Nase. Als sie noch als Babys in der Wiege lagen, erinnerte sich Dwayne jetzt, hatten sie sich gegenseitig an den Daumen gelutscht.

Daß Dwayne Stiefbrüder hatte, obwohl er von Leuten adoptiert worden war, die selbst keine Kinder haben konnten, kam – nebenbei bemerkt – so: Der Akt des Adoptierens löste in ihren Körpern irgend etwas aus, das es ihnen ermöglichte, nun doch Kinder zu haben. Das war ein allgemein vorkommendes Phänomen. Viele Paare schienen so programmiert.

Dwayne war so froh, die beiden jetzt hier zu sehen: diese zwei kleinen Männer in Overalls und Arbeitsstiefeln, die beide einen flachen Filzhut trugen. Sie waren ihm vertraut, sie waren *wirklich*. Dwayne machte die Tür zu und schloß damit das Chaos dort draußen aus. «Also bitte», sagte er. «Was ist mit der Grotte?»
Seit Lyle die Nase gebrochen worden war, hatten die Zwillinge sich darauf geeinigt, daß Lyle bei ihren Angelegenheiten ihrer beider Wortführer zu sein hätte. Kyle hatte seit 1954 keine tausend Wörter gesagt.
«Das Geblubber is jetzt schon halbwegs bei der *Kathedrale* oben», sagte Lyle. «Wenn das so weitergeht, wird's in ner Woche oder so bei *Moby Dick* angelangt sein.»
Dwayne wußte genau, was er meinte. Das Grundwasser, das unter der Heiligen Wundergrotte durchfloß, war von irgendwelchen Industriewässern verschmutzt, die Blasen trieben, groß wie Tischtennisbälle. Diese Blasen schoben sich gegenseitig durch eine Öffnung zu einem Felsblock

vor, der weiß angemalt worden war und *Moby Dick, dem großen weißen Wal,* ähnelte. Die Blasen würden *Moby Dick* bald überschwemmen und in die *Kathedrale des Flüsterns* eindringen, die der Hauptanziehungspunkt in der Grotte war. Tausende von Paaren waren in der *Kathedrale des Flüsterns* getraut worden – auch Dwayne und Lyle und Kyle. Harry LeSabre ebenfalls.

Lyle erzählte Dwayne von einem Vorstoß, den sie in der Nacht zuvor unternommen hatten. Sie waren mit ihren beiden identischen Browning-Gewehren in die Grotte gegangen und hatten das Feuer auf die vordringende Blasenmasse eröffnet.
«Man sollte es nicht für möglich halten, was die für einen Gestank von sich gaben», sagte Lyle. Gerochen hätte das, sagte er, wie Fußpilz. «Kyle und ich sind da schleunigst abgehauen. Ließen eine Stunde lang die Ventilatoren laufen und gingen wieder rein. Die Farbe an *Moby Dick* war blasig aufgeplatzt. Er hat überhaupt keine Augen mehr.» *Moby Dick* hatte tellergroße blaue Augen mit langen Wimpern gehabt.

«Die Orgel war schwarz geworden und die Decke schmutziggelb», sagte Lyle. «Das *Heilige Wunder* sieht man kaum mehr.»
Die Orgel war die *Pfeifen-Orgel der Götter*, ein Dickicht aus Stalaktiten und Stalagmiten, das in einer Ecke der *Kathedrale* zusammengewachsen war. Dahinter war ein Lautsprecher angebracht, aus dem bei Hochzeiten und Begräbnissen Musik tönte. Es wurde von elektrischen Lichtern in ständig wechselnden Farben beleuchtet.
Das *Heilige Wunder* war ein Kreuz an der Decke der Kathedrale. Es war aus zwei sich kreuzenden Felsspalten gebildet. «Das war nie richtig zu sehen», sagte Lyle von dem Kreuz. «Ich weiß gar nicht, ob es überhaupt noch da ist.» Er bat Dwayne um Erlaubnis, eine Ladung Zement bestellen zu dürfen. Er wollte die Öffnung zwischen dem Wasser und der Kathedrale dichtmachen.
«Auf *Moby Dick* und *Jesse James* und die Sklaven und alles das können wir verzichten», sagte Lyle, «wenn wir nur die Kathedrale retten.»
Jesse James war ein Skelett, das Dwaynes Stiefvater während der großen Wirtschaftskrise aus dem Nachlaß eines Arztes gekauft hatte. Zwischen den Knochen der rechten Hand steckten noch die verrosteten Teile eines Revolvers Kaliber 45. Den Touristen wurde gesagt, daß man das Skelett so gefunden hatte, und daß es wahrscheinlich einem Eisenbahnräuber gehörte, der durch einen Felsrutsch in der Grotte eingeklemmt worden war.
Die Sklaven waren Gipsstatuen von schwarzen Männern in einer Kammer fünfzehn Meter unter dem Gang, in dem *Jesse James* stand. Die Statuen befreiten sich gegenseitig mit Hämmern und Hacken von den Ketten. Den Touristen wurde erzählt, daß echte Sklaven einst in der

Grotte gehaust hatten, nachdem sie über den Ohio River in die Freiheit geflohen waren.

Die Geschichte von den Sklaven war genau so ein Humbug wie die von Jesse James. Die Grotte wurde 1937 entdeckt, als ein kleines Erdbeben den Fels sprengte. Dwayne Hoover selbst war es, der den Felsspalt entdeckte, den er und sein Stiefvater dann mit Brechstangen und Dynamit aufbrachen. Vorher waren nicht einmal kleine Tiere darin gewesen.
Die einzige Beziehung, die es zwischen der Grotte und der Sklaverei gab, war die, daß die Farm, auf deren Gelände sie entdeckt worden war, von einem Ex-Sklaven mit Namen Josephus Hoobler bewirtschaftet worden war. Er wurde von dem Besitzer freigelassen, ging nach Norden und baute die Farm. Dann ging er zurück und kaufte seine Mutter und eine Frau, die seine Ehefrau wurde.
Ihre Nachkommen betrieben die Farm bis zur Großen Wirtschaftskrise, als die Midland County Handelsbank die Hypothek für verfallen erklärte. Und dann wurde Dwaynes Stiefvater bei einem Autounfall von einem Weißen angefahren, der die Farm gekauft hatte. In einem außergerichtlichen Vergleichsverfahren erhielt Dwaynes Stiefvater als Schadensersatz das Grundstück, das er verächtlich «... diese gottsverdammte Niggerfarm» nannte. Dwayne erinnerte sich noch an den ersten Ausflug, den die Familie unternahm, um das Grundstück zu besichtigen. Sein Vater riß ein Niggerschild von dem Niggerbriefkasten und warf es in einen Graben. So sah das Schild aus:

Kapitel 14

Der Lastwagen, in dem Kilgore Trout mitfuhr, war jetzt in West Virginia. Die Erdoberfläche dieses Staates war durch Männer und Maschinen und Sprengstoff verwüstet worden, um an die Kohle heranzukommen. Die Kohle war jetzt größtenteils abgetragen. Sie war in Hitze verwandelt worden.

Die Oberfläche von West Virginia, dessen Kohlen und Bäume und Humuserde entfernt worden waren, suchte sich in Übereinstimmung mit den Gesetzen der Schwerkraft umzuarrangieren. Sie brach in all die Löcher ein, die in sie gegraben worden waren. Ihre Berge, denen es bislang nicht schwergefallen war, sich aus eigener Kraft aufrechtzuhalten, rutschten jetzt in Täler ab.

Die Verwüstung von West Virginia hatte mit Zustimmung der Staatsbehörde stattgefunden, die ihre Macht dem Volk verdankte.

Hier und da gab es noch ein bewohntes Grundstück.

Trout sah vor ihnen ein durchbrochenes Schutzgitter. Er starrte in den Abgrund dahinter und sah einen 1968er Cadillac *El Dorado* umgestürzt in einem Bach. Er hatte ein Alabama-Nummernschild. In dem Bach lagen auch verschiedene alte Haushaltsgeräte – Öfen, eine Waschmaschine, einige Kühlschränke.

An dem Bach stand ein kleines weißes Mädchen mit einem Engelsgesicht und flachsblondem Haar. Es drückte eine Literflasche *Pepsi-Cola* gegen seine Brust.

Trout fragte sich laut, was eigentlich die Leute zu ihrem Vergnügen täten, und der Fahrer erzählte eine merkwürdige Geschichte von einer Nacht in West Virginia, die er in der Fahrerkabine in der Nähe eines fensterlosen, monoton durchdröhnten Gebäudes verbracht hatte.

«Ich sah die Leute da reingehen und ich sah sie da rauskommen», sagte er, «aber ich konnte mir einfach nicht vorstellen, was für eine Art von Maschine das war, von der dieses Dröhnen ausging. Das Gebäude war ein billiger alter Kasten auf Zementblöcken, und es stand mitten in einer leeren Gegend. Wagen kamen und fuhren davon, und den Leuten schien das Spaß zu machen, was da drinnen so dröhnte», sagte er.

Also ging er hin, um sich das von innen anzusehen. «Es war voll mit Leuten auf Rollschuhen», sagte er. «Sie fuhren da herum und herum. Keiner lächelte. Sie fuhren nur immer rum und herum.»

Er erzählte Trout von Leuten hier in der Gegend, die, hätte er gehört, bei Gottesdiensten Mokassinschlangen und Klapperschlangen mit bloßen Händen griffen, um zu beweisen, wie stark ihr Glaube daran war, daß Jesus sie schützen würde.
«Eine Welt aufzubauen, muß es auch solche Leute geben», sagte Trout.

Trout staunte darüber, wie kurze Zeit erst die Weißen in West Virginia waren und wie schnell sie das Land zugrunde gerichtet hatten – um der Wärme willen.
Die Wärme war jetzt verflogen – in den Weltraum, wie Trout vermutete. Sie hatte Wasser zum Kochen gebracht, und der Dampf hatte stählerne Windmühlen zum Rotieren gebracht. Die Windmühlen hatten Drehflügel in Generatoren angetrieben, so daß sie wie wild kreisten und kreisten. Amerika war eine Weile von Elektrizität durchpeitscht worden. Kohle war auch der Treibstoff von altmodischen Dampfschiffen und Tuff-Tuff-Eisenbahnzügen gewesen.

Als Dwayne Hoover und Kilgore Trout und ich und unsere Väter und Großväter Jungen waren, hatten Tuff-Tuff-Züge und Dampfschiffe und Fabriken Pfeifen, durch die der Dampf blies. Die Pfeifen sahen so aus:

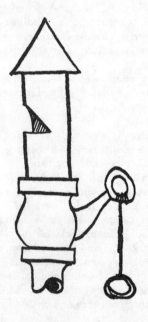

Dampf aus Wasser, das durch brennende Kohle zum Kochen gebracht worden war, wurde durch die Pfeifen gejagt, die schön klingende, heisere Klageschreie ausstießen, als seien sie die Kehlköpfe von sich paarenden oder sterbenden Dinosauriern – Schreie wie wuuuuuuu-huh, wuuuuu-huh und torrrrrrrrrrrrrrrrrnnnnnnnnnnnnnnnnn, und so fort.

Ein Dinosaurier war ein Reptil, so groß wie ein Tuff-Tuff-Zug. Es sah so aus:

Es hatte zwei Gehirne, eins für sein vorderes und eins für sein hinteres Ende. Es war ausgestorben. Beide Gehirne zusammen waren kleiner als eine Erbse. Eine Erbse war ein Gemüse, das so aussah:

Kohle war eine unter Hochdruck zusammengepreßte Mixtur aus verrotteten Bäumen und Blumen und Büschen und Gräsern und so fort, und aus Dinosaurier-Exkrementen.

Kilgore Trout dachte über die Schreie von Dampfpfeifen, die er gehört hatte, und über die Verwüstung von West Virginia nach, die ihnen ihre Gesänge ermöglicht hatte. Er vermutete, die herzzerreißenden Schreie seien zusammen mit der Wärme in den Weltraum verflogen.
Wie die meisten Sience-fiction-Schriftsteller hatte Trout fast keine wissenschaftlichen Kenntnisse, technische Einzelheiten langweilten ihn zu Tode. Aus folgendem Grund hatte sich nicht einer der Dampfpfeifen-Schreie sehr weit von der Erde entfernen können: Geräusch konnte sich

nur in einer Atmosphäre fortpflanzen, und die den Planeten umgebende Erdatmosphäre war nicht einmal so dick wie eine Apfelschale. Jenseits davon befand sich ein alles andere als perfektes Vakuum.
Ein Apfel war eine beliebte Frucht, die so aussah:

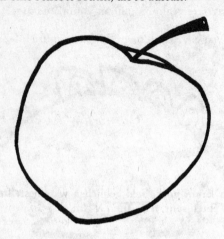

Der Fahrer war ein großer Esser. Er hielt an einem *MacDonald's Hamburger*-Imbißlokal. Es gab im Lande viele verschiedene Firmen, die Hamburger-Imbißlokale betrieben. *MacDonald's* war eine davon. Eine andere war *Burger Chef*. Dwayne Hoover besaß, wie schon gesagt, Konzessionen für verschiedene Burger Chef-Imbißlokale.

Ein Hamburger wurde aus einem Tier zubereitet, das so aussah:

Das Tier wurde getötet und in kleine Stücke zerhackt, dann zu Pasteten geformt und gebraten und zwischen zwei Brötchenstücke gepackt. Das fertige Produkt sah so aus:

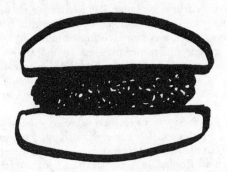

Und Trout, dem kaum noch Geld geblieben war, bestellte eine Tasse Kaffee. Er fragte einen sehr, sehr alten Mann, der auf dem Stuhl neben ihm am Tisch saß, ob er in den Kohlenbergwerken bearbeitet hätte.
Der alte Mann sagte dies: «Von meinem zehnten Lebensjahr an, bis ich zweiundsechzig war.»
«Sie sind froh, daß Sie da raus sind?» sagte Trout.
«Ach Gott», sagte der Mann, «raus kommt man da nie – nicht mal im Schlaf. Ich *träume* von Bergwerken.»
Trout fragte ihn, wie man sich denn so fühlte, wenn man für eine Industrie arbeitete, deren Ziel es war, das Land zu verwüsten, und der alte Mann sagte, er wäre meist zu müde, sich Gedanken darüber zu machen.

«Bringt ja auch nichts», sagte der alte Bergmann, «solange einem das, worüber man sich Gedanken macht, nicht gehört.» Er wies darauf hin, daß die Rechte an den Bodenschätzen dieses ganzen Landes in den Händen der Rosewater-Kohlen-und-Metall-Gesellschaft wären, die sich diese Rechte kurz nach dem Ende des Bürgerkrieges gesichert hätte.
«Nach dem Gesetz», fuhr er fort, «darf ein Mann, dem etwas unter dem Erdboden gehört, an das er heranmöchte, alles zwischen der Erdoberfläche und seinem Eigentum wegräumen.»
Trout kam nicht auf den Gedanken, daß es zwischen der Rosewater-Kohlen-und-Metall-Gesellschaft und Eliot Rosewater, seinem einzigen Anhänger, eine Verbindung geben könnte. Er war weiterhin der Ansicht, daß Eliot Rosewater ein Teenager sei.
In Wahrheit gehörten Rosewaters Vorfahren zu den Hauptverantwortlichen für die Vernichtung der Erdoberfläche und der Bevölkerung von West Virginia.

«Es scheint mir allerdings wenig gerecht», sagte der alte Bergmann zu Trout, «daß ein Mann etwas sein Eigentum nennen darf, das sich unter der Farm oder den Wäldern oder dem Haus anderer Leute befindet. Will er an das, was da unten ist, heran, dann hat er das Recht, alles zu zerstören, was sich darüber befindet. Die Rechte der auf der Erdoberfläche wohnenden Leute sind ein Nichts, verglichen mit den Rechten des Mannes, dem das gehört, was sich darunter befindet.»
Er hatte noch lebhaft in Erinnerung, wie er und andere Bergmänner wiederholt versucht hatten, die Rosewater-Kohlen-und-Metall-Gesellschaft zu zwingen, sie als menschliche Wesen zu behandeln. Es kam zu Kämpfen zwischen ihnen und der Privatpolizei der Gesellschaft, der Staatspolizei und der Nationalgarde.
«Ich habe nie einen Rosewater gesehn», sagte er, «aber immer waren es die Rosewaters, die siegten. Ich bewegte mich auf Rosewater-Gelände. Ich grub Löcher für die Rosewaters in Rosewater. Ich wohnte in Rosewater-Häusern. Ich aß Rosewater-Lebensmittel. Ich kämpfte gegen Rosewater, wer oder was immer Rosewater war, und Rosewater schlug mich und ging über mich wie über einen Toten hinweg. Fragen Sie die Leute hier, und sie werden Ihnen sagen: die ganze Welt hier ist Rosewater, soweit es *sie* betraf.»

Der Fahrer wußte, daß Trout nach Midland City wollte. Er wußte nicht, daß Trout Schriftsteller und auf dem Wege zu einem Kunst-Festival war. Es war Trout klar, daß ehrlich arbeitende Leute für Kunst nicht viel übrig hatten.
«Was hat ein vernünftiger Mensch in Midland City zu suchen?» wollte der Fahrer wissen. Sie waren wieder unterwegs.
«Meine Schwester ist krank», sagte Trout.
«Midland City – das ist der Arsch der Welt», sagte der Fahrer.
«Ich hab mich oft gefragt, wo dieser Arsch ist», sagte Trout.
«Wenn's nicht Midland City ist», sagte der Fahrer, «dann ist es Libertyville in Georgia. Mal in Libertyville gewesen?»
«Nein», sagte Trout.
«Da haben sie mich wegen zu hoher Geschwindigkeit geschnappt. Sie hatten da eine Autofalle, wo man ganz plötzlich von fünfzig auf fünfzehn Meilen die Stunde runtergehn mußte. Das machte mich ganz verrückt. Ich hatte einen kleinen Wortwechsel mit dem Polizisten, und er steckte mich ins Kittchen.
Haupterwerbszweig dort war das Einstampfen von alten Zeitungen und Magazinen und Büchern, aus denen sie neues Papier machten», sagte der Fahrer. «Lastwagen und Züge brachten täglich Hunderte von Tonnen von unbrauchbarem Druckmaterial.»
«Hm», sagte Trout.
«Und sie gingen beim Abladen so schlampig vor, daß ganze Bücher und

Magazine durch die Gegend flogen und überall in der Stadt herumlagen. Wollte man eine Bibliothek aufmachen, dann hätte man bloß zum Frachthof gehen und alle Bücher, die man haben wollte, abschleppen brauchen.»
«Hm», sagte Trout. Vor ihnen an der Straße standen als Anhalter ein Weißer mit seiner schwangeren Frau und neun Kindern.
«Sieht aus wie Gary Cooper, finden Sie nicht?» sagte der Fahrer von dem Mann auf der Straße.
«Genau», sagte Trout. Gary Cooper war ein Filmstar.

«Hatten jedenfalls in Libertyville so viele Bücher», sagte der Fahrer, «daß sie sie als Toilettenpapier im Gefängnis verwendeten. Sie schnappten mich am Freitag, spät am Nachmittag, so daß ich vor Montag nicht mit dem Verhör rechnen konnte. Ich saß also zwei Tage im Kittchen und vertrieb mir die Zeit mit der Lektüre von Toilettenpapier. Ich erinnere mich noch genau an eine der Geschichten, die ich las.»
«Hm», sagte Trout.
«Das reichte mir – hab nie wieder eine Geschichte gelesen», sagte der Fahrer. «Mein Gott – das muß jetzt fünfzehn Jahre her sein. In der Geschichte ging es um einen anderen Planeten. Eine verrückte Geschichte! Sie hatten da lauter Museen voll mit Gemälden, und die Behörde benutzte eine Art Roulette, wenn zu entscheiden war, welche Bilder in die Museen sollten, und welche rauszuwerfen waren.»
Kilgore Trout dämmerte plötzlich etwas, und ihm wurde ganz schwindlig. Der Lastwagenfahrer hatte ihn an den Inhalt eines Buches erinnert, an das er seit Jahren nicht mehr gedacht hatte. Die Toilettenpapier-Lektüre des Fahrers in Libertyville, Georgia, war *Der Barring-gaffner von Bagnialto* oder *Das Meisterwerk des Jahres von* Kilgore Trout gewesen.

Schauplatz von Trouts Buch war der Planet *Bagnialto*, und der «Barring-gaffner» war ein Regierungsbeamter, der einmal im Jahr ein Glücksrad drehte. Die Bürger stellten der Regierung Kunstwerke zur Verfügung, die Nummern erhielten und deren Geldwert vom Barring-gaffner durch das Drehen des Glücksrads festgesetzt wurde.
Die Hauptperson der Erzählung war nicht der Barring-gaffner, sondern ein bescheidener Flickschuster namens Gooz. Gooz wohnte allein und malte an einem Bild seiner Katze. Es war das einzige Bild, das er je gemalt hatte. Er brachte es zum Barring-gaffner, der es numerierte und es in einem mit Kunstwerken vollgepackten Lagerhaus unterbrachte.
Dem Gemälde von Gooz wurde eine nie dagewesene Glückszahl zuteil. Sein Wert wurde auf achtzehntausend *lambos* festgesetzt, was auf der Erde einer Milliarde Dollar entsprach. Der Barring-gaffner belohnte Gooz mit einem Scheck über diesen Betrag, von dem der Steuereinnehmer den größten Teil einbehielt. Das Bild erhielt einen Ehrenplatz in der

Nationalgalerie, und die Leute standen meilenweit Schlange, um sich ein Gemälde anzusehen, das eine Milliarde Dollar wert war.
Gleichzeitig wurden auf einem riesigen Scheiterhaufen alle Gemälde und Skulpturen und Bücher verbrannt, die durch das Glücksrad als wertlos bezeichnet worden waren. Und dann stellte sich heraus, daß das Glücksrad manipuliert worden war, und der Barring-gaffner beging Selbstmord.

Was für eine erstaunliche Koinzidenz, daß der Lastwagenfahrer ein Buch von Kilgore Trout gelesen hatte! Trout hatte noch nie vorher die Bekanntschaft eines Lesers gemacht, und so war interessant, wie er jetzt reagierte: er gab nicht zu, der Vater des Buches zu sein.

Der Fahrer wies darauf hin, daß auf allen Briefkästen der Gegend derselbe Nachname stand.
«Da ist schon wieder einer», sagte er und zeigte auf einen Briefkasten, der so aussah:

Der Lastwagen kam jetzt durch die Gegend, aus der Dwayne Hoovers Stiefeltern stammten. Sie waren im Ersten Weltkrieg von West Virginia nach Midland City getreckt, um bei der Keedsler Automobile Company, die Flugzeuge und Lastwagen herstellte, das große Geld zu machen. Als sie nach Midland City kamen, ließen sie ihren Namen amtlich von *Hoobler* in *Hoover* ändern, weil es in Midland City so viele Schwarze gab, die Hoobler hießen.
Und so erklärte Dwayne Hoovers Stiefvater es ihm eines Tages: «Es war peinlich. Alle hier hielten Hoobler selbstredend für einen *Niggernamen*.»

Kapitel 15

Über die Lunchzeit kam Dwayne Hoover an diesem Tag leidlich hinweg. Er entsann sich jetzt der Hawaii-Woche. Die Hawaiigitarren und so fort hatten nichts Mysteriöses mehr. Das Pflaster zwischen seiner Automobilagentur und der neuen Holiday Inn war kein Trampolin mehr.

Zum Lunch fuhr er allein in einem Vorführwagen mit Klimaanlage, einem blauen Pontiac *Le Mans* mit cremefarbener Innenausstattung. Er hatte das Radio angestellt. Er hörte verschiedentlich seine eigenen Werbesprüche, die darauf hinausliefen, daß «auf Dwayne immer Verlaß» war.

Seine geistige Verfassung hatte sich seit dem Frühstück spürbar gebessert; doch jetzt machte sich ein neues Krankheitssymptom bemerkbar. Es war eine angehende Echolalie. Dwayne fand sich versucht, alles, was gerade gesagt worden war, laut zu wiederholen.

Als das Radio ihm verkündete, daß «auf Dwayne immer Verlaß» sei, wiederholte er wie ein Echo das Wort «Verlaß».

Als das Radio bekanntgab, in Texas habe ein Tornado gewütet, sagte Dwayne laut: «Texas.»

Dann hörte er, daß die Ehemänner von Frauen, die während des Krieges zwischen Indien und Pakistan vergewaltigt worden waren, mit ihrem Frauen nichts mehr zu tun haben wollten. Die Frauen waren in den Augen ihrer Ehemänner *unrein* geworden, gab das Radio bekannt.

«Unrein», sagte Dwayne.

Wayne Hoobler, der schwarze Ex-Sträfling, der davon träumte, für Dwayne arbeiten zu dürfen, hatte sich unterdessen aufs Versteckspielen verlegt. Er wollte nicht wegen Herumlungerns zwischen den Gebrauchtwagen vom Grundstück gejagt werden. Kam also ein Angestellter in die Nähe, dann verdrückte sich Wayne zur Müllkippe hinter der Holiday Inn und examinierte eingehend die Reste von Club-Sandwiches und die leeren Salem-Zigarettenpäckchen und so fort in den Abfalleimern dahinten, als wäre er ein Inspektor von der Gesundheitsbehörde oder dergleichen.

Verzog sich der Angestellte, dann schlenderte Wayne zurück zu den Gebrauchtwagen und hielt mit Augen, die heiß waren wie gekochte Eier, Ausschau nach dem richtigen Dwayne Hoover.

Der richtige Dwayne Hoover, natürlich, hatte geleugnet, daß er Dwayne war. Als also der richtige Dwayne zur Lunchzeit herauskam, sagte sich Wayne, der außer sich selbst niemanden hatte, mit dem er reden konnte:

«Das nich Mr. Hoover. Natürlich, *sieht aus* wie Mr. Hoover. Ist sicher krank heute, Mr. Hoover.» Und so fort.

Dwayne nahm einen Hamburger und Pommes frites und eine Cola in seinem neuesten Burger Chef-Lokal zu sich, das draußen in der Crestview Avenue gegenüber dem Grundstück lag, auf dem die neue John F. Kennedy-Oberschule gebaut wurde. John F. Kennedy war nie in Midland City gewesen, aber er war ein Präsident der Vereinigten Staaten, der erschossen wurde. Präsidenten wurden in diesem Land oft niedergeschossen. Die Mörder wurden durch dieselben schlechten Chemikalien in den Zustand der Verworrenheit gebracht, die auch Dwayne plagten.

Dwayne stand, was die schlechten Chemikalien in ihm betraf, gewiß nicht allein. Es gab in der Geschichte viele, die ihm Gesellschaft leisteten. Zu seinen eigenen Lebzeiten war zum Beispiel das Volk eines Landes namens Deutschland zeitweise so voller schlechter Chemikalien gewesen, daß es Fabriken baute, deren einziger Zweck es war, Millionen von Menschen zu töten. Angeliefert wurden diese Leute mit Eisenbahnen. Als die Deutschen voller schlechter Chemikalien waren, sah ihre Fahne so aus:

Und so sah ihre Fahne aus, als sie gesund geworden waren:

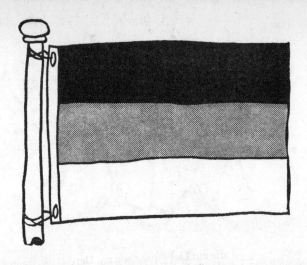

Während der ganzen Zeit bauten sie ein billiges und dauerhaftes Automobil, das in der ganzen Welt, besonders unter jungen Leuten, populär wurde. Es sah so aus:

Die Leute nannten es «Käfer». Ein richtiger Käfer sah so aus:

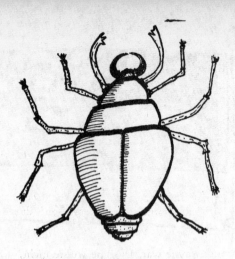

Der mechanische Käfer wurde von Deutschen gemacht. Der richtige Käfer wurde vom Schöpfer des Universums gemacht.

Dwaynes Kellnerin in dem Burger Chef-Lokal war ein siebzehnjähriges weißes Mädchen mit Namen Patty Keene. Ihr Haar war gelb. Ihre Augen waren blau. Sie war für ein Säugetier sehr alt. Die meisten Säugetiere waren im Alter von siebzehn Jahren entweder altersschwach oder tot. Aber Patty war eine Art von Säugetier, das sich sehr langsam entwickelte, also war der Körper, in dem sie ihre Wege ging, jetzt erst reif.
Sie war eine frischgebackene Erwachsene und arbeitete, um die enormen Arzt- und Krankenhausrechnungen bezahlen zu können, die ihr Vater angesammelt hatte, indem er nach und nach an Darm- und dann auch an anderweitigem Krebs starb.
Das geschah in einem Land, in dem von jedem erwartet wurde, daß er seine Rechnungen für alles selbst bezahlte, und Krankwerden war eines der teuersten Dinge, auf die sich eine Person einlassen konnte. Die Krankheit von Patty Keenes Vater kostete zehnmal soviel wie alle Reisen nach Hawaii, die Dwayne am Ende der Hawaii-Woche vergeben würde.

Dwayne nahm Patty Keenes Frischgebackenheit anerkennend wahr, obwohl er sich von so jungen Frauen nicht sexuell angezogen fühlte. Sie war wie ein neues Automobil, dessen Radio noch nicht einmal in Gebrauch genommen worden war, und Dwayne wurde an ein Liedchen erinnert, das sein Vater sang, wenn sein Vater manchmal betrunken war. Es ging so:

Rosen sind rot
Und reif zum Pflücken.
Du bist sechzehn
Und reif fürs College.

Patty Keene gab sich absichtlich dumm, was bei den meisten Frauen in Midland City der Fall war. Die Frauen hatten alle ein großes Gehirn, weil sie große Tiere waren, aber sie benutzten es nicht – aus folgendem Grund: mit ungewöhnlichen Ideen konnten sie sich Feinde machen, und die Frauen brauchten, wenn sie sich Annehmlichkeiten und Sicherheit verschaffen wollten, möglichst viele Freunde.
Um ihre Überlebenschance zu wahren, übten sie sich also darin, anstatt denkender Maschinen zustimmende Maschinen zu sein. Ihr Verstand brauchte nur herauszubekommen, was andere Leute dachten, und dann dachten sie das auch.

Patty wußte, wer Dwayne war. Dwayne wußte nicht, wer Patty war. Pattys Herz schlug schneller, wenn sie ihn bediente – weil Dwayne mit dem Geld und der Macht, die er hatte, so viele ihrer Probleme lösen konnte. Er konnte ihr ein schönes Haus geben und neue Automobile und hübsche Kleider, er konnte ihr ein müßiges Leben ermöglichen, und er konnte all die Arztrechnungen bezahlen – ebenso leicht, wie es für sie leicht war, ihm seinen Hamburger und seine Pommes frites und seine Cola zu bringen.
Dwayne konnte, wenn er wollte, für sie tun, was die Patentante im Märchen für Cinderella getan hatte, und Patty war einer magischen Person noch nie so nahe gewesen. Mit ihm war das Übernatürliche für sie gegenwärtig. Und sie wußte genug von Midland City und von sich selbst, um begreifen zu können, daß sie dem Übernatürlichen nicht noch einmal so nahe kommen würde.
In Patty Keenes Vorstellung hatte Dwayne einen Zauberstab in Händen, mit dem er ihre Sorgen bannen und ihre Träume wahr machen konnte. Er sah so aus:

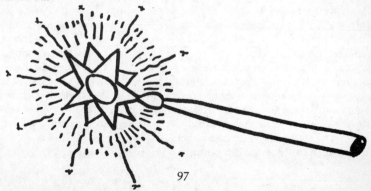

Sie setzte sich tapfer ein, um zu erfahren, ob sie in ihrem Fall auf übernatürliche Hilfe rechnen konnte. Sie war bereit, ohne das auszukommen, sie war darauf gefaßt, es ohne das schaffen zu müssen – ihr Leben lang hart zu arbeiten, ohne viel Dank zu erwarten, und weiter mit anderen armen und machtlosen und verschuldeten Männern und Frauen zusammenleben zu müssen. Sie sagte zu Dwayne:
«Verzeihen Sie, wenn ich Sie anspreche, Mr. Hoover, aber ich weiß zufällig, wer Sie sind, nach den Bildern in all Ihren Anzeigen und sonst so. Außerdem haben die andern hier mir zugezischelt, wer Sie sind. Als Sie hier reinkamen, hat's nur so gesurrt und gezischelt.»
«Gezischelt», sagte Dwayne. Das war wieder die Echolalie.

«Ich weiß, das ist nicht das richtige Wort», sagte sie. Sie war es gewohnt, sich für ihre Ausdrucksweise zu entschuldigen. Sie war dazu oft genug in der Schule aufgefordert worden. Die meisten Weißen in Midland City waren unsicher, wenn sie sprachen, also beschränkten sie sich auf kurze Sätze und simple Wörter, um peinliche Fehler zu vermeiden und das Risiko auf ein Minimum zu reduzieren. Dwayne hielt es damit so, und Patty ganz gewiß auch.
Das kam daher, daß ihre Englischlehrer zusammenzuckten und sich die Ohren zuhielten und ihnen schlechte Zeugnisse gaben und so fort, wenn sie sich nicht wie englische Aristokraten vor dem Ersten Weltkrieg ausdrückten. Auch wurde ihnen gesagt, daß sie sich ihrer Sprache, ob gesprochen oder geschrieben, nicht würdig zeigten, wenn sie unverständliche Romane und Gedichte und Dramen über Leute, die weit weg und lange gestorben waren, wie zum Beispiel *Ivanhoe*, nicht liebten und zu verstehen suchten.

Die Schwarzen scherten sich nicht darum. Sie sprachen englisch, wie ihnen der Schnabel gewachsen war. Sie weigerten sich, Bücher zu lesen, die sie nicht verstanden – und zwar *weil* sie sie nicht verstanden. Sie stellten solche unverschämten Fragen wie: «Wegen was soll ich die *Geschichte aus zwei Städten* lesen? Wegen was?»
Patty Keene fiel in Englisch durch, als sie *Ivanhoe* lesen und erklären sollte, ein Buch, in dem es um Männer in eisernen Anzügen und um Frauen ging, die sie liebten. Und sie wurde in eine Hilfsschulklasse versetzt, wo sie *Die gute Erde* lesen mußte, worin es um Chinesen ging. Und eben in dieser Zeit verlor sie ihre Jungfernschaft. Sie wurde nach den regionalen Basketball-Schulmeisterschaften auf einem Parkplatz nicht weit vom kommunalen Marktgebäude beim Bannister-Gedenkhaus von einem weißen Gasanlagen-Installateur namens Don Breedlove vergewaltigt. Sie meldete es nicht der Polizei. Sie sagte keinem etwas davon, denn um diese Zeit lag ihr Vater im Sterben.
Es gab auch so schon Sorgen genug.

Das Bannister-Gedenkhaus war nach George Hickman Bannister benannt, einem siebzehnjährigen Jungen, der 1924 bei den Rugby-Schulmeisterschaften ums Leben gekommen war. George Hickman Bannister hatte auf dem Kalvarienfriedhof das höchste Grabmal, einen fast neunzehn Meter hohen Obelisken mit einem marmornen Rugbyball auf der Spitze.
Der Marmor-Rugbyball sah so aus:

Rugby war ein kriegerisches Spiel. Zwei gegnerische Mannschaften in Rüstungen aus Leder, Tuch und Plastik kämpften um den Ball.
George Hickman Bannister kam ums Leben, als er am Tag des Erntedankfestes den Ball an sich zu bringen suchte. Das Erntedankfest war ein Feiertag, an dem von jedermann im Land erwartet wurde, daß er dem Schöpfer des Universums, hauptsächlich für Nahrungsmittel, Dank sagte.

Die Kosten für George Hickman Bannisters Obelisk wurden durch öffentliche Sammlungen gedeckt, wobei die Handelskammer auf zwei jeweils eingegangene Dollars einen Dollar draufzahlte. Es war jahrelang das höchste Bauwerk in Midland City. Die Stadt erließ eine Bestimmung, genannt das *George Hickman Bannister-Gesetz*, nach der es gesetzwidrig war, höhere Bauten zu errichten.
Diese gesetzliche Bestimmung wurde später gelockert, um den Bau von Rundfunk-Hochhäusern zu ermöglichen.

Bis zur Errichtung der neuen Mildred Barry-Gedenkstätte für die Schönen Künste wurden so die beiden höchsten Monumente der Stadt unter der Voraussetzung gebaut, daß George Hickman Bannister niemals vergessen würde. Aber zu der Zeit, als Dwayne Hoover und Kilgore Trout sich begegneten, dachte niemand mehr an ihn. Tatsächlich gab es da auch, selbst zum Zeitpunkt seines Todes, nicht viel zu bedenken, außer vielleicht, daß er recht jung gewesen war.
Und er hatte in der Stadt auch keine Verwandten mehr. Im Telefonbuch gab es keine Bannisters mehr, nur *Das Bannister*, das ein Lichtspieltheater war. Und das *Bannister Theater* gab es auch nicht mehr, als das neue Telefonbuch herauskam. Aus ihm war inzwischen ein Geschäft geworden, das Möbel zu herabgesetzten Preisen verkaufte.
George Hickman Bannisters Eltern und seine Schwester waren umgezo-

gen, sie hatten die Stadt verlassen, noch bevor das Grabmal und das Gedenkhaus fertig waren, und konnten zur Teilnahme an der Einweihungsfeier nicht ausfindig gemacht werden.

Es war ein sehr unruhiges Land, in dem die Leute ständig rastlos umherrannten. Aber ebensooft hielt auch einer inne, um ein Monument zu errichten.
Es gab überall im Land Monumente. Aber es war gewiß recht ungewöhnlich, daß zu Ehren einer Person aus dem gemeinen Volk nicht ein, sondern *zwei* Monumente errichtet wurden, wie das bei George Hickman Bannister der Fall war.
Genaugenommen war allerdings nur das Grabmal ausdrücklich für ihn errichtet worden. Das Gedenkhaus wäre sowieso gebaut worden. Die Bausumme war bereits zwei Jahre vor dem Zeitpunkt aufgebracht worden, an dem George Hickman Bannister in der Blüte seines Lebens dahingerafft wurde. Es verursachte keine zusätzlichen Kosten, das Haus nach ihm zu benennen.

Der Kalvarienfriedhof, auf dem George Hickman Bannister seine letzte Ruhe fand, war zum Andenken an einen Tausende von Meilen entfernten Berg in Jerusalem so benannt worden. Viele Leute glaubten, daß der Sohn des Schöpfers des Universums vor vielen tausend Jahren auf diesem Berg getötet worden war.
Dwayne Hoover wußte nicht, ob er das glauben sollte oder nicht. Patty Keene wußte es auch nicht.

Und gewiß machten sie sich in diesem Augenblick keine Gedanken darüber. Sie hatten anderes auf der Pfanne. Dwayne fragte sich, wie lange bei ihm wohl die Echolalie anhalten würde, und Patty Keene suchte herauszufinden, ob ihre Frischgebackenheit, ihre Hübschheit und Aufgeschlossenheit einem süßen, über einen gewissen Sex verfügenden Pontiac-Händler in mittleren Jahren wie Dwayne vielleicht etwas bedeuten könnten.
«Es ist jedenfalls eine Ehre», sagte sie, «Sie bei uns zu Besuch zu haben, und wenn das auch nicht die richtigen Worte sind, so hoffe ich doch, daß Sie verstehn, was ich meine.»
«Meine», sagte Dwayne.
«Schmeckt's Ihnen gut?» sagte sie.
«Gut», sagte Dwayne.
«Das bekommen hier alle», sagte sie. «Wir haben nichts extra gemacht für Sie.»
«Sie», sagte Dwayne.
Was Dwayne sagte, war ohne Belang. Seit Jahren schon war es so gut wie belanglos gewesen. Auch was die meisten Leute in Midland City laut

sagten, war kaum von Belang, es sei denn, sie sprachen über Geld oder Häuser oder Reisen oder Maschinen oder andere meßbare Dinge. Jeder hatte seinen eindeutig festgesetzten Part zu spielen – als Schwarzer, als weibliche Schulentlassene, als Pontiac-Händler, als Gynäkologe, als Gasanlagen-Installateur. Wenn jemand, von schlechten Chemikalien oder sonst was beeinflußt, nicht lebte, wie es sich gehörte, bildeten sich sowieso alle ein, er lebte trotzdem, wie sich's gehörte.
Das war der Hauptgrund, weswegen es den Leuten in Midland City so schwerfiel, Anomalitäten an ihren Mitbürgern zu entdecken. Nach ihren Vorstellungen änderte sich niemand sehr von einem Tag zum andern. Ihre Vorstellungen waren Flugräder an der klapprigen Maschinerie der furchtbaren Wahrheit.

Als Dwayne Patty Keene und sein Burger Chef-Lokal verließ, als er in seinen Vorführwagen stieg und davonfuhr, hatte Patty Keene die Überzeugung gewonnen, daß sie ihn mit ihrem jungen Körper, mit ihrer Tapferkeit und ihrem Frohsinn glücklich machen könnte. Über die Falten in seinem Gesicht und darüber, daß seine Frau Drāno geschluckt hatte und daß sein Hund sich fortwährend seiner Haut wehren mußte, weil er nicht wedeln konnte, und darüber, daß sein Sohn Homosexueller war – über alles das wollte sie mit ihm weinen. Sie wußte das alles über Dwayne. Alle wußten diese Dinge über Dwayne.
Sie sah hinüber zu dem Turmbau der Radiostation WMCY, die Dwayne Hoover gehörte. Das war das höchste Gebäude in Midland City. Es war achtmal so hoch wie das Grabmal für George Hickman Bannister. Es hatte an der Spitze ein rotes Licht – um Flugzeuge zu warnen.
Sie dachte an all die neuen und gebrauchten Wagen, die Dwayne besaß.

Geologen hatten kürzlich, nebenbei bemerkt, an dem Kontinent, auf dem Patty Keene stand, etwas Faszinierendes entdeckt. Er ruhte auf einer vierzig Meilen dicken Platte, und die Platte trieb auf einer geschmolzenen, gallertartigen Masse hin. Und jeder der anderen Kontinente hatte seine eigene Platte. Wenn die Platten ineinanderkrachten, entstanden Berge.

So hatten sich zum Beispiel die Berge von West Virginia aufgetürmt, als ein mächtiger Brocken Afrika mit Nordamerika zusammengestoßen war. Und die Kohle in diesem Staat bildete sich aus Wäldern, die bei dem Zusammenstoß unter die Erdoberfläche geraten waren.
Patty Keene hatte diese aufregende Nachricht noch nicht gehört. Dwayne auch nicht. Auch Kilgore Trout nicht. Ich selbst weiß es auch erst seit vorgestern. Ich las in einem Magazin und hatte gleichzeitig das Fernsehen an. Eine Gruppe von Wissenschaftlern sagte im Fernsehen, daß die Theorie von schwimmenden, zusammenstoßenden, sich zermahlenden

Platten nun keine Theorie mehr sei. Sie könnten den Wahrheitsbeweis antreten und nachweisen, daß zum Beispiel Japan und San Franzisko in furchtbarer Gefahr schwebten, weil sich da jetzt gerade die heftigsten Verschiebungen und Zusammenstöße ereigneten.

Sie sagten auch, daß weiter mit Eiszeiten zu rechnen sei. Meilendicke Eisschollen würden sich, geologisch gesprochen, auf- und zuschieben wie Fensterläden.

Dwayne Hoover hatte, nebenbei bemerkt, einen ungewöhnlich großen Penis, ohne das selbst zu wissen. Die wenigen Frauen, mit denen er zu tun gehabt hatte, waren nicht erfahren genug, um beurteilen zu können, ob er durchschnittlich groß war oder nicht. Der Weltdurchschnitt lag bei zwölfkommaacht Zentimetern Länge und einem Durchmesser von dreikommaneun Zentimetern, wenn die Gefäße mit Blut gefüllt waren. Dwaynes Penis war siebzehnkommafünf Zentimeter lang und hatte einen Durchmesser von fünfkommadrei Zentimetern, wenn die Gefäße voll Blut waren.

Dwaynes Sohn Bunny hatte einen Penis, der genau dem Durchschnitt entsprach.

Kilgore Trouts Penis war siebzehnkommafünf Zentimeter lang, hatte aber nur einen Durchmesser von dreikommazwei Zentimetern.

Ein Zentimetermaß sah so aus:

Harry LeSabre, Dwaynes Verkaufsleiter, hatte einen Penis von zwölfkommafünf Zentimetern Länge mit einem Durchmesser von fünfkommadrei Zentimetern.

Cyprian Ukwende, der schwarze Arzt aus Nigeria, hatte einen Penis von fünfzehnkommaacht Zentimetern Länge und einem Durchmesser von vierkommadrei Zentimetern. Don Breedlove, der Gasanlagen-Installateur, der Patty Keene vergewaltigte, hatte einen Penis von zwölfkommaacht Zentimetern Länge bei einem Durchmesser von vierkommasechs Zentimetern.

Patty Keene hatte fünfundachtzig Zentimeter Hüftumfang, Taille fünfundsechzig Zentimeter und einen Brustumfang von fünfundachtzig Zentimetern.
Dwaynes verstorbene Frau hatte, als er sie heiratete, neunzig Zentimeter Hüftumfang, Taille siebzig Zentimeter und eine Brustweiete von fünfundneunzig Zentimetern. Sie hatte, nachdem sie Dräno zu sich genommen hatte, einen Hüftumfang von siebenundneunzigkommafünf Zentimetern, eine Taillenweite von knapp achtundsiebzig Zentimetern bei einem Brustumfang von fünfundneunzig Zentimetern.
Die Maße seiner Sekretärin und Freundin Francine Pefko waren: Hüfte zweiundneunzigkommafünf Zentimeter, Taille fünfundsiebzig Zentimeter und Brust siebenundneunzigkommafünf Zentimeter.
Seine Stiefmutter hatte, als sie starb: Hüfte – fünfundachtzig Zentimeter, Taille – sechzig Zentimeter und Brust – zweiundachtzigkommafünf Zentimeter.

So fuhr Dwayne vom Burger Chef-Lokal zur Baustelle der neuen Schule. Mit der Rückkehr zu seiner Automobilagentur ließ er sich besonders deswegen Zeit, weil er weiter unter Echolalie litt. Francine war in der Lage, den Betrieb selbständig weiterzuführen, ohne daß sie Dwayne um Rat fragen mußte. Er hatte sie gut eingearbeitet.
Und so trat er einen kleinen Dreckklumpen ins Kellerloch und spuckte hinterher. Er trat in eine Schlammpfütze, die ihm den Schuh vom rechten Fuß zog. Er grub den Schuh mit den Händen aus und wischte ihn ab. Dann lehnte er sich gegen einen alten Apfelbaum und zog den Schuh wieder an. Als Dwayne noch ein Junge war, war dies alles Ackerland gewesen. An dieser Stelle war ein Apfelgarten gewesen.

Dwayne hatte Patty Keene und das alles vergessen, aber sie hatte ihn nicht vergessen. Sie würde am Abend Mumm genug haben, ihn anzurufen, aber Dwayne würde nicht zu Hause sein und das Telefon nicht hören. Er würde um diese Zeit in einer Gummizelle im Bezirkskrankenhaus sein.
Und Dwayne schlenderte hinüber und bewunderte eine mächtige Baggermaschine, die das Grundstück eingeebnet hatte und den Keller aushob. Die schlammüberzogene Maschine stand jetzt still. Dwayne fragte einen weißen Arbeiter, wie viele Pferdestärken die Maschine hätte. Alle Arbeiter waren Weiße.
Der Arbeiter sagte: «Ich weiß nicht, wieviel PS sie hat, aber wie wir sie nennen, weiß ich.»
«Wie denn?» sagte Dwayne erleichtert, weil die Echolalie jetzt nachließ.
«Wir nennen sie die *Hundert-Nigger-Maschine*», sagte der Arbeiter. Das war eine Anspielung auf jene Zeiten, in denen die schweren Erdarbeiten in Midland City hauptsächlich von Schwarzen ausgeführt wurden.

Der größte menschliche Penis in den Vereinigten Staaten war fünfunddreißig Zentimeter lang und hatte einen Durchmesser von sechskommazwei Zentimetern.
Der größte menschliche Penis der Welt war vierzig Zentimeter lang bei einem Durchmesser von fünfkommasieben Zentimetern.
Der Blauwal, ein Meeressäugetier, hatte einen zwei Meter vierzig langen Penis, dessen Duchmesser fünfunddreißig Zentimeter betrug.

Dwayne bekam einmal auf dem Postwege eine Broschüre, die einen aus Gummi gemachten Penis-Verlängerer empfahl. Er konnte ihn, war der Anzeige zu entnehmen, über seinen Penis stülpen und so seine Frau oder Freundin mit zusätzlichen Zentimetern beglücken. Angeboten wurde ihm auch eine lebensgroße Vagina aus Gummi, für Zeiten, in denen er einsam war.

Etwa zwei Uhr nachmittags ging Dwayne zurück in sein Büro, wobei er – wegen seiner Echolalie – allen aus dem Wege ging. Er ging in sein hinteres Büro und durchwühlte seine Schreibtischschubladen nach etwas, das er lesen oder über das er nachdenken konnte. Dabei fiel ihm die Broschüre in die Hand, die ihm den Penis-Verlängerer und die Gummi-Vagina für einsame Zeiten empfahl. Er hatte sie schon vor zwei Monaten erhalten. Er hatte sie bis zum heutigen Tag nicht weggeworfen.
Die Broschüre enthielt auch ein Angebot von Filmen, wie Kilgore Trout sie in New York gesehen hatte. Aus den Filmen waren einige Standfotos abgedruckt, die das Sexualzentrum in Dwaynes Hirn anregten, Nervenimpulse an ein Erektionszentrum in seinem Rückgrat zu entsenden.
Das Erektionszentrum veranlaßte die Schwellkörper in seinem Penis, sich zu weiten, so daß Blut einfließen, aber nicht wieder zurückfließen konnte. Es regte auch die winzigen Arterien in seinem Penis an, so daß sie das schwammige Gewebe, aus dem Dwaynes Penis hauptsächlich bestand, anfüllten und der Penis hart und steif wurde wie ein angeschlossener Gartenschlauch.
Und so sprach Dwayne telefonisch mit Francine Pefko, obwohl sie nur vier Meter von ihm entfernt war. «Francine?» sagte er.
«Ja?» sagte sie.
Dwayne unterdrückte seine Echolalie. «Ich möchte dich um etwas bitten, worum ich dich noch nie gebeten habe. Versprich mir, daß du ja sagst.»
«Ich verspreche es», sagte sie.
«Ich möchte, daß du jetzt sofort mit mir hier weggehst», sagte er, «und mitkommst zum Luxusmotel in Shepherdstown.»

Francine Pefko war bereit, mit Dwayne zum Luxusmotel zu fahren. Das war einfach ihre Pflicht, meinte sie – besonders, weil Dwayne so deprimiert und gereizt schien. Aber einen ganzen Nachmittag konnte sie ihren

Schreibtisch nicht einfach sich selbst überlassen, da ihr Schreibtisch das Nervenzentrum von Dwayne Hoovers Pontiac-Dorf Ausfahrt Elf war.
«Du solltest dir irgendeinen verrückten Teenager anlachen, ein Mädchen, das mit dir losziehen kann, wenn du Lust auf sie hast», sagte Francine zu Dwayne.
«Ich will keinen verrückten Teenager», sagte Dwayne. «Ich will *dich*.»
«Dann muß ich dich um Geduld bitten», sagte Francine. Sie ging in die Abteilung Kundendienst, um Gloria Browning, die weiße Kassiererin dort, zu bitten, ihren Schreibtisch eine Weile zu besetzen.
Gloria wollte nicht. Ihr war erst vor einem Monat, im Alter von fünfundzwanzig Jahren, die Gebärmutter entfernt worden – nach einer mißlungenen Abtreibung in der Ramada Inn an der Überlandstraße 53, gegenüber vom Eingang zum staatlichen Pionierdorf-Park in Green County.
Wie ein halbwegs erstaunlicher Zufall es wollte, war der Vater des vernichteten Fötus Don Breedlove, der Patty Keene auf dem Parkplatz des Bannister-Gedenkhauses vergewaltigt hatte.
Der Mann hatte Frau und drei Kinder.

Francine hatte an der Wand hinter ihrem Schreibtisch ein Schild hängen, das ihr zum Scherz im vorigen Jahren bei der Weihnachtsfeier der Automobilagentur in der neuen Holiday Inn geschenkt worden war.
Es gab über ihre wahre Situation Auskunft. Es sah so aus:

Gloria sagte, sie würde das Nervenzentrum nicht besetzen. «Ich will überhaupt nichts besetzen», sagte sie.

Aber Gloria übernahm dennoch Francines Schreibtisch. «Ich habe nicht den Mut, Selbstmord zu begehen», sagte sie, «also kann ich ebensogut tun, was mir andere sagen – im Dienst der Menschheit.»

Dwayne und Francine fuhren jeder mit eigenen Wagen nach Shepherdstown, um nicht die Aufmerksamkeit auf ihre Liebesaffäre zu ziehen. Dwayne hatte den Vorführwagen gewählt. Francine fuhr ihren roten GTO. GTO stand für *Gran Turismo Omologato*. Sie hatte einen Zettel an der Stoßstange, der besagte:

> # BESUCHT DIE HEILIGE WUNDERGROTTE

Es war ganz ohne Frage kameradschaftlich von ihr, diesen Zettel an ihren Wagen zu kleben. Sie verhielt sich immer so kameradschaftlich, immer hatte sie sich für ihren Mann eingesetzt, immer sich für Dwayne eingesetzt.

Und Dwayne suchte ihr das in Kleinigkeiten zu vergelten. Er hatte zum Beispiel kürzlich Aufsätze und Bücher über den Geschlechtsverkehr gelesen. Im Land war eine Sexualrevolution im Gange; Frauen forderten von den Männern, daß sie beim Geschlechtsverkehr das Vergnügen der Frau im Auge haben und nicht nur an sich selbst denken sollten. Der Schlüssel zu ihrem Vergnügen, sagten sie, und Wissenschaftler pflichteten ihnen bei, sei die Klitoris, ein winziges Fleischrohr unmittelbar über den Löchern in Frauen, in die Männer ihre weit größeren Rohre zu stecken hatten.

Männer sollten der Klitoris mehr Aufmerksamkeit schenken, hieß es, und Dwayne hatte Francines Klitoris so viel mehr Aufmerksamkeit geschenkt, daß sie sagte, er schenkte ihr *zuviel* Aufmerksamkeit. Das überraschte ihn nicht. Aus dem, was er über die Klitoris gelesen hatte, ging hervor, daß dies eine Gefahr war – ein Mann konnte ihr *zuviel* Aufmerksamkeit schenken.

Und als sie an diesem Tag zum Shepherdstown-Luxusmotel fuhren, hegte Dwayne die Hoffnung, daß er Francines Klitoris das genau richtige Maß an Aufmerksamkeit schenken würde.

Kilgore Trout hatte einst einen Kurzroman über die Bedeutung der Klitoris beim Liebestreiben geschrieben. Das war auf Vorschlag seiner zweiten Frau geschehen, die gesagt hatte, daß er mit einem unanständigen Buch ein Vermögen machen könnte. Sie sagte, der Held müsse sich so

gut mit Frauen auskennen, daß er jede, auf die er scharf war, verführen konnte. Und so schrieb Trout *Der Sohn von Jimmy Valentine*.
Jimmy Valentine war in den Büchern eines anderen Schriftstellers eine berühmte, erfundene Person, so wie Kilgore Trout in meinen Büchern eine berühmte, erfundene Person ist. In den Büchern des anderen Schriftstellers bearbeitete Jimmy Valentine seine Fingerspitzen mit Sandpapier, so daß er ein hypersensibles Fingerspitzengefühl hatte. Er war Tresorknacker. Er hatte ein so delikates Fingerspitzengefühl, daß er das Einrasten der Schloßnocken fühlen und so jeden beliebigen Tresor öffnen konnte.
Kilgore Trout hatte seinen Sohn Jimmy Valentines erfunden, den er Ralston Valentine nannte. Auch Ralston Valentine bearbeitete seine Fingerspitzen mit Sandpapier. Aber er war kein Tresorknacker. Ralston wußte Frauen so geschickt auf eine Weise zu berühren, wie sie berührt werden wollten, daß Zehntausende von ihnen zu seinen bereitwilligen Sklavinnen wurden. Um ihm willens zu sein, verließen sie, in Trouts Erzählung, ihre Ehemänner und Freunde, und Ralston Valentine wurde dank der Stimmen der Frauen Präsident der Vereinigten Staaten.

Dwayne und Francine schliefen miteinander im Shepherdstown-Luxusmotel. Sie blieben dann noch eine Weile im Bett. Es war ein Bett mit Wasserpolstern. Francine hatte einen schönen Körper. Dwayne auch.
«Wir haben noch nie nachmittags miteinander geschlafen», sagte Francine.
«Ich war so scharf drauf», sagte Dwayne.
«Ich weiß», sagte Francine. «Ist dir jetzt besser?»
«Ja.» Er lag auf dem Rücken. Er hatte die Füße übereinander gekreuzt. Die Hände hatte er hinter dem Kopf verschränkt. Sein großes Ding lag wie eine Salami auf seinem Oberschenkel. Es schlummerte jetzt.
«Ich liebe dich so sehr», sagte Francine. Sie korrigierte sich. «Ich weiß, ich habe dir versprochen, das nicht zu sagen, aber ich kann nicht anders, ich muß dies Versprechen immer wieder brechen.» Es ging darum, daß Dwayne mit ihr einen Pakt geschlossen hatte, wonach keiner von beiden je das Wort Liebe erwähnen sollte. Seit Dwaynes Frau Dräno geschluckt hatte, wollte Dwayne nie wieder etwas von Liebe hören. Es war ein zu schmerzliches Thema.
Dwayne schniefte. Es war eine Gewohnheit, sich nach dem Geschlechtsverkehr durch Schniefen zu verständigen. Das Schniefen hatte allerlei einschmeichelnde Bedeutungen: «Ist schon gut ... laß doch ... wer könnte dir schon etwas vorwerfen?» Und so fort.
«Am Jüngsten Tag», sagte Francine, «wenn ich gefragt werde, was ich auf Erden Schlechtes getan habe, werde ich sagen: ‹Na ja – ich hatte einem Mann, den ich liebte, ein Versprechen gegeben, das ich immer wieder

brach. Ich hatte versprochen, ihm nie zu sagen, daß ich ihn liebte.'»
Diese großmütige, wollüstige Frau, die wöchentlich nur sechsundneunzig Dollar und elf Cents nach Hause brachte, hatte ihren Mann Robert Pefko in einem Krieg in Vietnam verloren. Er war Berufsoffizier in der Army. Er hatte einen Penis von knapp siebzehn Zentimetern Länge mit einem Durchmesser von vierkommasieben Zentimetern.
Er hatte eine Ausbildung in West Point erhalten, einer Militärakademie, die junge Männer zu mordsüchtigen Kämpfern für die Verwendung in Kriegen machte.

Francine folgte Robert von West Point zur Fallschirmjägerschule in Fort Bragg und dann nach Südkorea, wo Robert eine Kantine leitete, die zugleich ein Warenhaus für Soldaten war; dann zur Universität von Pennsylvania, wo Robert auf Kosten der Army sein Examen als Anthropologe machte, und dann zurück nach West Point, wo Robert drei Jahre lang Assistent der Sozialwissenschaft war.
Danach folgte Francine Robert nach Midland City, wo Robert die Herstellung einer neuen Art von Sprengfalle beaufsichtigte. Eine Sprengfalle war ein leicht zu versteckendes Sprengstoffgerät, das hochging, wenn jemand versehentlich auf die eine oder andere Weise daran herumspielte. Einer der Vorzüge dieses neuen Typs von Sprengfalle war, daß Hunde es nicht aufspüren konnten. Mehrere Armeen richteten seinerzeit Hunde zum Aufspüren von Sprengfallen ab.
Als Robert und Francine in Midland City waren, wohnten dort sonst keinerlei Militärpersonen, und so freundeten sie sich zum erstenmal mit Zivilisten an. Und Francine nahm eine Stellung bei Dwayne Hoover an, um ihre Tage auszufüllen.
Dann aber wurde Robert nach Vietnam versetzt.
Kurz darauf nahm Dwaynes Frau Drāno ein, und Robert wurde in einem Plastikbeutel in die Heimat verschifft.

«Männer tun mir leid», sagte Francine dort im Shepherdstown-Luxusmotel. Sie meinte es ernst. «Ich möchte kein Mann sein – sie gehn so große Risiken ein, sie arbeiten so schwer waren im zweiten Stock des Motels. Durch ihre Schiebetüren aus Glas hatten sie eine Aussicht auf ein Eisengeländer und eine Terrasse aus Beton und dahinter auf die Überlandstraße 103 und die Mauern und Dächer der Erwachsenen-Besserungsanstalt.
«Kein Wunder, daß du müde und nervös bist», fuhr Francine fort. «Wenn ich ein Mann wäre, wäre ich auch müde und nervös. Gott hat, glaube ich, Frauen geschaffen, damit die Männer Entspannung finden und von Zeit zu Zeit wie kleine Babys behandelt werden können.» Sie war mehr als zufrieden mit diesem Stand der Dinge.
Dwayne schniefte. In der Luft lag schwer der Geruch von Himbeeren, es

war das Parfüm, welches das Motel für den Desinfektor und Kakerlakenvertilger verwendete.

Francine machte sich ihre Gedanken über das Gefängnis, in dem die Wärter Weiße, die meisten Gefangenen aber Schwarze waren. «Stimmt es», sagte sie, «daß es noch keinem gelungen ist zu fliehen?»

«Das stimmt», sagte Dwayne.

«Wann wurde dort zuletzt der elektrische Stuhl verwendet?» sagte Francine. Sie fragte nach einem Gerät im Gefängniskeller, das so aussah:

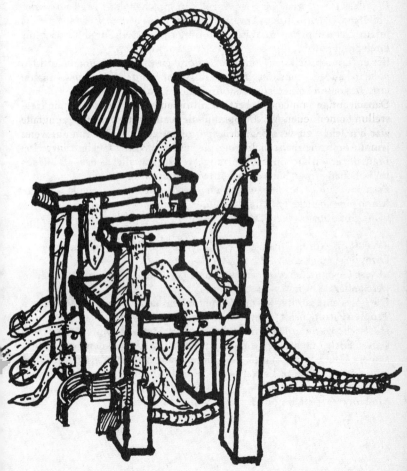

Der Zweck dieses Gerätes war, Leute zu töten, indem man ihnen mehr Elektrizität durch den Körper jagte, als sie aushalten konnten. Dwayne Hoover hatte das zweimal gesehen – einmal vor Jahren während einer Gefängnisbesichtigung durch die Mitglieder der Handelskammer, und dann bei der Verwendung an einem schwarzen menschlichen Wesen, das er gekannt hatte.

Dwayne versuchte, sich zu erinnern, wann die letzte Exekution in Shepherdstown stattgefunden hatte. Diese Exekutionen hatten inzwischen an Popularität verloren. Gewisse Anzeichen sprachen dafür, daß sie wieder populär werden würden. Dwayne und Francine versuchten, sich an die letzte Elektrokution im Lande zu erinnern, die sich ihrem Gedächtnis eingeprägt hatte.
Sie entsannen sich der Doppel-Exekution eines Mannes und einer Frau wegen Landesverrats. Das Paar hatte angeblich geheime Anweisungen zur Herstellung einer Wasserstoffbombe an ein anderes Land verraten.
Sie entsannen sich der Doppel-Exekution eines Mannes und einer Frau, die ein Liebespaar waren. Der Mann sah gut aus und war sexy, er pflegte alte häßliche Frauen, die Geld hatten, zu verführen, und dann töteten er und die Frau, die er wirklich liebte, die Frauen um ihres Geldes willen. Die Frau, die er wirklich liebte, war jung, aber sie war alles andere als hübsch im üblichen Sinne. Sie wog zweihundertundfünfzig Pfund.
Francine wunderte sich, wieso ein gutaussehender, schlanker junger Mann eine so dicke Frau lieben konnte.
«Das gibt's eben», sagte Dwayne.

«Weißt du, woran ich die ganze Zeit denken muß?» sagte Francine.
Dwayne schniefte.
«Diese Gegend hier wäre hervorragend geeignet zum Vertrieb von Colonel Sanders' Kentucky-Brathühnern.»
Dwaynes entspannter Körper versteifte sich, als wäre in jeden Muskel ein Tropfen Zitronensaft gespritzt worden.
Die Sache war die: Dwayne wollte von Francine um seines Körpers und seiner Seele, nicht aber um dessenwillen geliebt werden, was er mit seinem Geld kaufen konnte. Er glaubte, Francine spiele darauf an, daß er eine Konzession zum Verkauf von Colonel Sanders' Kentucky-Brathühnern erwerben sollte.
Ein Huhn war ein flugüntüchtiger Vogel, der so aussah:

Es handelte sich darum, diesen Vogel zu töten und seine Federn auszurupfen, seinen Kopf und seine Füße abzuschneiden und seine Innereien auszuräumen – ihn dann zu zerstückeln und die Stücke zu braten und sie in ein mit einem Deckel versehenes Gefäß aus Wachspapier zu verpacken, so daß er so aussah:

Francine, die so stolz darauf gewesen war, Dwayne zur Entspannung verholfen zu haben, schämte sich nun, als er sich durch ihr Hinzutun wieder verkrampfte. Er war steif wie ein Bügelbrett. «Oh mein Gott ...» sagte sie, «was ist los?»

«Wenn du mich schon um Geschenke angehst», sagte Dwayne, «dann tu mir den Gefallen und komm mir damit nicht unmittelbar nach dem Beischlaf. Halten wir eins vom anderen strikt getrennt. Okay?»

«Ich weiß nicht einmal, worum ich dich gebeten haben soll», sagte Francine.

Dwayne ahmte sie grausam mit näselnder Stimme nach. «Ich weiß nicht einmal, worum ich dich gebeten haben soll», sagte er. Er sah jetzt entspannt und vergnügt aus wie eine zusammengeringelte Klapperschlange. Es waren natürlich seine schlechten Chemikalien, die ihm dieses Verhalten eingaben. Eine richtige Klapperschlange sah so aus:

Der Schöpfer des Universums hatte eine Klapper an ihrem Schwanz angebracht. Der Schöpfer hatte ihr auch Vorderzähne gegeben, die Spritzen zur subkutanten Injektion von Gift waren.

Manchmal muß ich mich schon über den Schöpfer des Universums wundern.

Ein anderes vom Schöpfer des Universums erfundenes Tier war ein mexikanischer Käfer, der aus seinem hinteren Ende ein Schnellfeuergewehr machen konnte. Er brachte seine eigenen Fürze zum Detonieren und erledigte andere Insekten mit Schockwellen.
Ehrenwort – ich habe das in einem Artikel über seltsame Tiere im *Diner's Club Magazine* gelesen.

Also stand Francine auf, um das Bett nicht mit einer offenkundigen Klapperschlange teilen zu müssen. Sie war entgeistert. «Du bist mein *Mann*. Du bist mein *Mann*», konnte sie nur immer wieder sagen. Das sollte heißen, daß sie bereit war, in allem mit Dwayne übereinzustimmen, alles für ihn zu tun, ganz gleich, wie schwierig oder abstoßend es war, was er verlangte – sich nette Dinge für ihn auszudenken, auf die er nie gekommen wäre, für ihn, wenn es sein mußte, zu sterben, und so fort. Sie gab sich ehrlich Mühe, sich so zu verhalten. Sie konnte sich nicht vorstellen, daß es besseres für sie zu tun gäbe. So brach sie förmlich zusammen, als Dwayne seine Ungezogenheiten nicht ließ. Er sagte zu ihr, jede Frau sei eine Hure und jede Hure hätte ihren Tarif, und Francines Tarif wäre eben die Kosten für eine Konzession zum Vertrieb von Colonel Sanders' Kentucky-Brathühnern, die sich auf gut einhunderttausend Dollar beliefen, wenn man die notwendigen Parkgelegenheiten und die Lichtreklame und alles sonst so in Betracht zog.

Francine entgegnete in blubberndem Kauderwelsch, daß sie die Konzession nicht für sich selbst, daß sie sie für Dwayne wollte, und daß überhaupt alles, was sie wollte, immer nur für Dwayne war. Einige der Wörter nahmen Gestalt an. «Ich dachte an all die Leute, die ihre Verwandten im Gefängnis besuchen, und ich überlegte mir, daß die meisten von ihnen Schwarze wären, und dachte daran, wie gern Farbige Brathühner essen», sagte sie.

«Du mutest mir also zu, einen Nigger-Bums aufzumachen?» sagte Dwayne. Und so fort. Also hatte Francine die Ehre, jetzt die zweite Person im engeren Kreis um Dwayne zu sein, die entdecken mußte, wie hundsgemein er sein konnte.

«Harry LeSabre hatte recht», sagte Francine. Die Hände vorm Gesicht, stand sie jetzt mit dem Rücken an der Betonwand des Zimmers. Mit Harry LeSabre war natürlich Dwaynes transvestierender Verkaufsleiter gemeint. «Er sagte, du hättest dich verändert», sagte Francine. Sie spreizte die Finger wie ein Gitter vor ihren Mund. «Oh, Gott, Dwayne . . .» sagte sie, «du hast dich verändert, du hast dich verändert.»

«War vielleicht höchste Zeit!» sagte Dwayne. «Ich habe mich noch nie so wohl gefühlt wie jetzt!» Und so fort.

Auch Harry LeSabre jammerte in diesem Moment vor sich hin. Er hatte ein purpurrotes Samttuch um den Kopf. Er war vermögend. Er hatte im Laufe der Jahre sehr klug und mit Glück an der Börse investiert. Er hatte zum Beispiel einhundert Xerox-Aktien für acht Dollar pro Stück gekauft. Im Laufe der Zeit hatten die Aktien einfach dadurch, daß sie in der totalen Finsternis und Stille eines Bankschließfaches lagen, ein Hundertfaches an Wert gewonnen.

Solche Geldzaubereien waren gang und gäbe. Es war fast, als flöge eine blaue Fee über jenen Teil des sterbenden Planeten hin und als schwenkte sie ihren Zauberstab über bestimmter Pfandbriefe und Aktien und Börsenpapiere.

Harrys Frau Grace lag in einiger Entfernung vom Bett ausgestreckt auf einer Chaiselongue. Sie rauchte aus einer langen, aus dem Beinknochen eines Storchs gefertigten Zigarettenspitze eine kleine Zigarre. Ein Storch war ein großer europäischer Vogel, der ungefähr halb so groß war wie ein Bermuda-Adler. Kindern, die wissen wollten, woher die Babys kamen, wurde manchmal erzählt, sie würden von Störchen gebracht. Leute, die das ihren Kindern erzählten, waren der Meinung, ihre Kinder wären zu jung, um sich bei weit offenen Bibern und dergleichen etwas Vernünftiges denken zu können.

Und tatsächlich gab es auf Geburtsanzeigen und in Karikaturen Bilder von Babys anliefernden Störchen, die sich die Kinder ansehen konnten. Ein typischer Storch sah so aus:

Dwayne Hoover und Harry LeSabre hatten solche Bilder gesehen, als sie ganz kleine Jungen waren. Auch sie hatten diesen Bildern geglaubt.

Grace LeSabre äußerte sich verächtlich über Dwayne Hoovers gute Meinung, die ihr Mann verspielt zu haben glaubte. «Dieser Scheißkerl Dwayne Hoover», sagte sie. «Scheiß-Midland City. Verkaufen wir diese

gottsverdammten Xerox-Aktien und kaufen wir uns in ein Doppelhaus auf Maui ein.» Maui war eine der Hawaii-Inseln. Sie wurde allgemein für ein Paradies gehalten.
«Hör zu», sagte Grace, «wir sind, soweit mir bekannt ist, die einzigen Weißen in Midland City, die so etwas wie ein Geschlechtsleben haben. Du bist kein Sexmuffel. Dwayne Hoover ist einer! Was meinst du, wie viele Orgasmen der monatlich hat?»
«Ich weiß nicht», murmelte Harry unter seinem feuchten Umschlag.
Dwaynes monatliche Orgasmen-Quote war während der letzten zehn Jahre, in die auch die Jahre seiner Ehe fielen, durchschnittlich zweieinviertel. Graces' Vermutung kam der Wahrheit nahe. «Einskommafünf», sagte sie. Ihr eigener Monatsdurchschnitt während desselben Zeitabschnitts war siebenundachtzig. Ihr Mann lag bei durchschnittlich sechsunddreißig. Die Quote hatte sich bei ihm in den letzten Jahren verringert, was einer der vielen Gründe für seine Panik war.
Grace redete jetzt laut und zornig über Dwaynes Ehe. «Er hatte Angst vor Sex», sagte sie. «Deswegen hat er eine Frau geheiratet, die von der Sache nie etwas gehört hatte, und die sich garantiert selbst zerstören würde, wenn ihr dergleichen je zu Ohren käme.» Und so fort. «Was sie ja dann auch getan hat», sagte sie.

«Hört das Renntier auch nicht mit?» sagte Harry.

«Scheiß auf das Renntier», sagte Grace und fügte dann hinzu: «Nein, das Renntier hört nicht mit.» *Renntier* war ihr Code-Wort für das farbige Dienstmädchen, das um diese Zeit weit weg in der Küche war. Es war auch ganz allgemein ihr Code-Wort für Farbige. Es versetzte sie in die Lage, in der Stadt, wo dies ein heikles Thema war, über das Farbigenproblem zu sprechen, ohne irgendwelche mithörenden Schwarzen vor den Kopf zu stoßen.
«Das Renntier schläft – oder es liest den *Black Panther Digest*», sagte sie.

Mit dem Renntierproblem stand es im wesentlichen so: Niemand hatte mehr viel Verwendung für die Schwarzen – mit Ausnahme der Gangster, die ihnen Gebrauchtwagen und Rauschgift und Möbel andrehten. Dennoch fuhr das Renntier fort, sich zu vermehren. Überall gab es diese nutzlosen großen schwarzen Tiere, und viele von ihnen hatten einen sehr schlechten Charakter. Man gab ihnen monatlich kleine Geldbeträge, um sie vom Stehlen abzuhalten. Es war auch die Rede davon, ihnen sehr billiges Rauschgift zu geben, um ihre Trägheit und ihre Heiterkeit zu fördern und ihnen das Interesse an ihrer Vermehrung zu nehmen.
Die Polizeibehörde von Midland City und die Sherriff-Abteilung von Midland County setzten sich hauptsächlich aus Weißen zusammen. Sie hatten Ständer und Aberständer voller Maschinengewehre und zwölf-

kalibriger automatischer Schußwaffen für die Jagd auf Renntiere, mit der jederzeit zu rechnen war.

«Hör mich an – es ist mein voller Ernst», sagte Grace zu Harry. «Das hier ist der Arsch der Welt. Haun wir ab in ein Doppelhaus auf Maui, um zur Abwechslung mal zu *leben*.»

Das taten sie dann auch.

Aus Dwaynes Ungezogenheit Francine gegenüber war mittlerweile durch den Einfluß seiner schlechten chemischen Elemente eine erbärmliche Hörigkeit geworden. Er entschuldigte sich dafür, daß er jemals vermuten konnte, sie wäre auf eine Konzession zum Verkauf von Colonel Sanders' Kentucky-Brathühnern aus. Er sprach ihr für ihre unermüdliche Selbstlosigkeit seine volle Anerkennung aus. Er bat sie, ihn eine Weile in ihre Arme zu nehmen, was sie tat.

«Ich bin so verwirrt», sagte er.

«Das sind wir alle», sagte sie. Sie wiegte seinen Kopf an ihren Brüsten.

«Ich muß mit jemanden sprechen», sagte Dwayne.

«Du kannst Mommy alles sagen», sagte Francine. Mit *Mommy* meinte sie sich selbst.

«Sag mir, was ist der Sinn des Lebens», fragte Dwayne ihren duftenden Busen.

«Das weiß Gott allein», sagte Francine.

Dwayne war eine Weile still. Und dann erzählte er ihr stockend von einer Fahrt zur Hauptniederlage der Pontiac-Abteilung von General Motors in Pontiac, Michigan, die er drei Monate, nachdem seine Frau an Drāno verstorben war, unternommen hatte.

«Wir wurden in allen Forschungsabteilungen herumgeführt», sagte er. Was ihn am meisten beeindruckt hatte, sagte er, war eine Reihe von Laboratorien und ein Testgeländer im Freien, wo verschiedene Autoteile und auch ganze Automobile zerstört wurden. Pontiac-Ingenieure steckten die Polsterung in Brand, warfen Steine gegen die Windschutzscheiben, zerbrachen Kurbel- und Getriebewellen, inszenierten Zusammenstöße, rissen Ganghebel heraus, ließen Motore mit hoher Geschwindigkeit und fast ohne Schmierung laufen, öffneten und schlossen tagelang Handschuhfächer hundertmal die Minute, setzten die Armaturenbretter Kältegraden bis zum absoluten Nullpunkt aus, und so fort.

«Alles, was man mit einem Wagen nicht anstellen darf, stellten sie mit diesen Wagen an», sagte Dwayne zu Francine. «Und ich werde nie das Schild am Tor des Gebäudes vergessen, in dem diese Folterungen vor sich gingen.» So sah das Tor aus, das Dwayne Francine beschrieb:

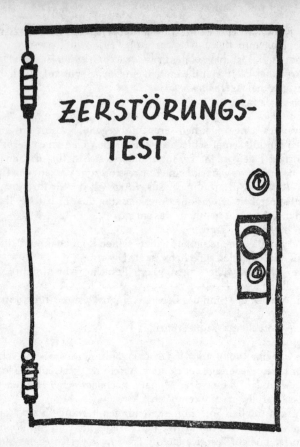

«Ich sah die Aufschrift», sagte Dwayne, «und ich konnte nicht anders – ich mußte mich fragen, ob es das war, womit Gott mich auf Erden beauftragt hatte – herauszufinden, wieviel ein Mensch ohne zu zerbrechen ertragen kann.»

«Ich habe mich verirrt», sagte Dwayne. «Ich brauche jemand, der mich an die Hand nimmt und mich aus dem Wald herausführt.»
«Du bist müde», sagte sie. «Warum wehrst du dich dagegen? Du arbeitest *so* schwer. Mir tun Männer leid, sie arbeiten so schwer. Möchtest du nicht etwas schlafen?»
«Ich kann nicht schlafen», sagte Dwayne, «bevor ich eine Antwort finde.»
«Willst du nicht zum Arzt gehen?» sagte Francine.
«Das Gerede von Ärzten interessiert mich nicht», sagte Dwayne. «Ich

will mit jemandem sprechen, der ganz neu ist, Francine», sagte er und grub die Finger in ihren weichen Arm. «Ich will Neues von neuen Menschen hören. Ich habe alles gehört, was alle in Midland City gesagt haben, und immer wieder sagen *werden*. Es muß jemand neues sein.»
«Wie wer zum Beispiel?» sagte Francine.
«Was weiß ich», sagte Dwayne. «Jemand vom Mars vielleicht.»
«Wir könnten in eine andere Stadt gehen», sagte Francine.
«Sie sind alle wie die hier. Sie sind sich alle gleich», sagte Dwayne.
Francine hatte eine Idee. «Wie ist es mit all den Malern und Schriftstellern und Musikern, die hier in die Stadt kommen?» sagte sie. «Mit solchen Leuten hast du doch noch nie gesprochen. Du solltest vielleicht mit einem von ihnen sprechen. Sie denken nicht so wie all die anderen.»
«Ich habe alles versucht», sagte Dwayne. Sein Gesicht erhellte sich. Er nickte. «Du hast recht! Durch das Festival könnte ich das Leben ganz neu sehen lernen!» sagte er.
«Das ist ja auch der Zweck», sagte Francine. «Nimm die Gelegenheit wahr!»
«Das *werde* ich», sagte Dwayne. Was ein großer Fehler war.

Kilgore Trout, der per Anhalter westwärts, immer weiter westwärts fuhr, war mittlerweile Fahrgast in einem Ford *Galaxy*. Der Mann am Steuer des *Galaxy* war Handlungsreisender für ein Gerät, das an Laderampen über das hintere Ende von Lastwagen gestülpt wurde. Es war ein ausziehbarer Tunnel aus gummierter Leinwand und sah in Aktion so aus:

Der Zweck des Gerätes war, Leuten in einem Gebäude zu gestatten, Lastwagen zu be- und entladen, ohne daß im Sommer kühle Luft und im Winter warme Luft ins Freie entwich.

Der Mann am Steuer des *Galaxy* handelte auch mit großen Spulen für Drähte, Kabel und Seile. Er verkaufte auch Feuerlöschgeräte. Er war Vertreter von Herstellerfirmen, erklärte er. Er war insofern sein eigener Boß, als er Produkte an den Mann brachte, deren Hersteller sich keinen eigenen Vertreter leisten konnten.

«Ich teile mir meine Zeit selbst ein, und ich wähle die Produkte selbst aus, die ich verkaufe. Die Produkte verkaufen nicht *mich*», sagte er. Sein Name war Andy Lieber. Er war zweiunddreißig. Er war Weißer. Er hatte wie so viele Leute im Lande beträchtliches Übergewicht. Er war offensichtlich ein glücklicher Mensch. Er fuhr wie ein Verrückter. Der Ford *Galaxy* fuhr jetzt im Hundertfünfzig-Kilometer-Tempo. «Ich bin einer der wenigen freien Männer, die es noch in Amerika gibt», sagte er.

Sein Penis hatte einen Durchmesser von zweikommafünfvier Zentimetern und war achtzehnkommasieben Zentimeter lang. Während des vergangenen Jahres hatte er durchschnittlich zweiundzwanzig Orgasmen im Monat gehabt. Sein Einkommen und die Höhe seiner bei Auszahlung fälligen Lebensversicherung lagen beträchtlich über dem Durchschnitt.

Trout hatte einmal einen Roman mit dem Titel *Wie ist es bei Ihnen?* geschrieben, in dem es um die nationalen Durchschnittquoten dieser oder jener Dinge ging. Eine Werbeagentur auf einem anderen Planten hatte einen erfolgreichen Werbefeldzug für ein Erzeugnis durchgeführt, das der erdüblichen Erdnußbutter entsprach. Der Knüller ihrer Anzeigen war eine Liste von verschiedenen Durchschnittsquoten – die Durchschnittszahl von Kindern, die Durchschnittsgröße der männlichen Geschlechtsorgane auf eben diesem Planeten, die sich bei einem inneren Durchmesser von siebenkommafünf Zentimeter und einem äußeren Durchmesser von zehnkommasechs Zentimetern auf eine Länge von fünfkommanullacht Zentimetern belief – und so fort. Die Anzeigen forderten die Leser auf, festzustellen, ob sie in dieser oder jener Beziehung – welche Beziehung nun gerade die jeweilige Anzeige herausstellte – der großen Mehrheit über- oder unterlegen waren.

Die Anzeige stellte des weiteren heraus, daß überlegene und unterlegene Bevölkerungsangehörige gleichermaßen die und die Sorte Erdnußbutter bevorzugten. Nur daß es sich auf jenem Planeten nicht um richtige Erdnußbutter handelte. Es war *Shazzbutter*.

Und so fort.

Kapitel 16

Und in dem Buch von Kilgore Trout bereiteten sich die Erdnußbutteresser auf Erden auf Eroberungszüge gegen die Shazzbutter auf jenem Planeten vor. Zu dieser Zeit hatten die Erdbewohner nicht nur West Virginia und Südostasien zerstört. Sie hatten alles zerstört. Also war es angebracht, wieder Pionierzüge zu unternehmen.

Sie erforschten die Lebensweise der Shazzbutteresser mit elektronischen Schnüffelmethoden und kamen zu dem Schluß, daß sie zu zahlreich und stolz waren und über zu reiche Nahrungsquellen verfügten, als daß ihnen mit Pionierzügen beizukommen wäre.

Also bemächtigten sich die Erdbewohner durch Infiltration der Werbeagentur, die als Markenartikel die Shazzbutter vertrat, und verfälschten die Statistiken in den Anzeigen. Sie setzten den allgemeinen Durchschnitt so hoch an, daß jedermann auf dem Planeten sich der Mehrheit in jeder Beziehung unterlegen fühlte.

Und dann flogen die gepanzerten Raumschiffe der Erdbewohner an und eroberten den Planeten. Weil sich die Einheimischen so unterdurchschnittlich fühlten, gab es nur hier und da Scheinwiderstand. Und dann begannen die Pionierzüge.

Trout fragte den glücklichen Herstellervertreter, wie er sich so beim Fahren eines *Galaxy* fühlte, welches der Name des Wagens war. Der Fahrer hatte sich um ein plumpes Wortspiel, mit dem Trout gleichzeitig gefragt hatte, was es bedeutete, einen solchen Wagen zu fahren, und was es hieß, so etwas wie die Milchstraße zu steuern, die eine Ausdehnung von einhunderttausend Lichtjahren hatte und zehntausend Lichtjahre dick war. Sie drehte sich alle zweihundert Millionen Jahre einmal um ihre Achse. Sie enthielt etwa einhundert Milliarden Sterne.

Und dann entdeckte Trout, daß ein einfaches Feuerlöschgerät in dem *Galaxy* diese Markenbezeichnung trug:

Soweit Trout wußte, bedeutete dieses Wort in einer toten Sprache *höher*. Es war auch etwas, das ein fiktiver Bergsteiger in einem berühmten Gedicht wiederholt ausrief, als er weit oben in einem Schneesturm verschwand. Und es war auch die Markenbezeichnung von Holzspänen, die benutzt wurden, um zerbrechliche Gegenstände in Paketen zu schützen.

«Wie konnte bloß einer drauf kommen, ein Feuerlöschgerät *Excelsior* zu nennen?» fragte Trout den Fahrer.

Der Fahrer zuckte mit den Schultern. «Muß jemandem wohl der *Klang* des Wortes gefallen haben», sagte er.

Trout sah hinaus in die Landschaft, die ihm bei der hohen Geschwindigkeit vor den Augen verschwamm. Er sah dieses Schild:

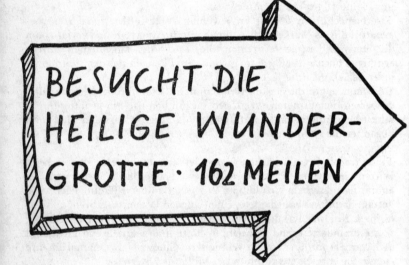

Also näherte er sich jetzt Dwayne Hoover. Und Trout, als suchte der Schöpfer des Universums oder eine andere übernatürliche Macht ihn auf die Begegnung vorzubereiten, hatte das dringende Bedürfnis, in seinem Buch *Jetzt kann es gesagt werden* zu blättern. Dies war das Buch, das in Kürze aus Dwayne einen mordsüchtigen Psychopathen machen sollte.

Der Grundgedanke des Buches war dieser: Das Leben war ein Experiment, durch das der Schöpfer des Universums ein neues Geschöpf testen wollte, das Er in das Universum einzuführen gedachte. Es war ein Geschöpf, das die Fähigkeit hatte, sich zu entscheiden. Alle anderen Geschöpfe waren vorprogrammierte Roboter.

Das Buch war in Form eines langen Briefes vom Schöpfer des Universums an dieses Versuchsgeschöpf abgefaßt. Der Schöpfer beglückwünschte das Geschöpf und entschuldigte sich für all die Unbequemlichkeiten, die es hatte ertragen müssen. Der Schöpfer lud es zu einem Ehrenbankett im Empire-Raum des Waldorf-Astoria-Hotels in New York City ein, wo ein farbiger Roboter namens Sammy Davis Jr. singen und tanzen würde.

Und das Versuchsgeschöpf wurde nach dem Bankett nicht getötet. Es wurde statt dessen auf einen jungfräulichen Planeten überführt. Lebende Zellen wurden ihm, während es bewußtlos war, aus den Innenflächen der Hände geschnitten. Die Operation war nicht im geringsten schmerzhaft.
Und dann wurden die Zellen auf dem jungfräulichen Planeten in ein suppenartiges Meer gerührt. Sie würden sich im Laufe der Äonen zu immer komplizierteren Lebensformen entwickeln. Welcherlei Gestalt sie anzunehmen gedachten, war ihrem freien Willen überlassen.
Trout gab dem Versuchsgeschöpf keinen besonderen Namen. Er nannte es schlicht *Mann*.
Auf dem jungfräulichen Planeten war Adam der Mann, und das Meer war Eva.

Der Mann sprang oft am Meer herum. Manchmal watete er in seiner Eva. Manchmal schwamm er in ihr, aber für ein belebendes Schwimmen war sie zu suppig. Sie bewirkte, daß Adam sich hinterher schläfrig und klebrig fühlte, so daß er in einen eisigen Fluß sprang, der soeben einem Berg entsprungen war.
Er schrie, als er in das eisige Wasser tauchte, und er schrie auch, als er wieder hochkam, um Luft zu schnappen. Er schlug sich die Knie blutig und lachte darüber, während er an Felsen hochkletterte, um aus dem Wasser herauszukommen.
Er keuchte und lachte noch mehr, und er hatte Lust, irgend etwas Erstaunliches aus sich herauszuschreien. Der Schöpfer wußte nicht, was er schreien würde. Der Schöpfer hatte keine Kontrolle über ihn. Der Mann hatte selbst zu entscheiden, was er als nächstes tun würde – und warum. Eines Tages schrie der Mann nach dem Tauchen zum Beispiel dies: «Käse!»
Ein andermal schrie er: «Würdest du nicht wirklich lieber einen Buick fahren?»

Das einzige andere große Tier auf dem jungfräulichen Planeten war ein Engel, der den Mann gelegentlich besuchte. Er war ein Bote und Kundschafter des Schöpfers des Universums. Er nahm die Gestalt eines achthundertpfündigen männlichen Zimtbären an. Auch er war, gemäß Kilgore Trout, ein Roboter, wie übrigens der Schöpfer auch.
Der Bär versuchte, sich einen Reim darauf zu machen, warum der Mann

tat, was er tut. So fragte er zum Beispiel: «Warum hast du ‹Käse› geschrien?»
Und der Mann sagte spöttelnd zu ihm: «Weil mir danach war, du blöde Maschine!»
Hier sieht man, wie am Schluß des Buches von Kilgore Trout der Grabstein des Mannes auf dem jungfräulichen Planeten aussah:

Kapitel 17

Bunny Hoover, Dwaynes homosexueller Sohn, war im Begriff, sich für die Arbeit anzuziehen. Er war Klavierspieler in der Cocktailbar der neuen Holiday Inn. Er war arm. Er wohnte allein in einem Zimmer ohne Bad im Fairchild Hotel, das einst bessere Zeiten gesehen hatte. Es war jetzt ein Pennerasyl in der gefährlichsten Gegend der Stadt.
Kurz darauf würde Bunny Hoover von Dwayne ernsthaft verletzt und, gemeinsam mit Kilgore Trout, im Unfallwagen abtransportiert werden.

Bunny war blaß, er hatte die gleiche ungesunde Farbe wie die blinden Fische, die im Grundwasser unter der Heiligen Wundergrotte gelebt hatten. Diese Fische waren eingegangen. Schon vor Jahren waren sie alle bauchoben geschwommen und aus der Grotte in den Ohio River gespült worden, um dort – peng! – in der Mittagssonne zu zerplatzen.
Bunny hatte gleichfalls etwas gegen Sonne. Und das Leitungswasser in Midland City wurde von Tag zu Tag giftiger. Er aß sehr wenig. Was er aß, machte er sich in seinem Zimmer selbst zurecht. Es war sehr einfach, da er nur Gemüse und Obst und beides roh aß.
Er kam nicht nur ohne totes Fleisch aus – ohne lebendes auch, denn er hatte weder Freunde noch Liebhaber noch Tiere. Er war einmal sehr beliebt gewesen. In der Prärie-Militärakademie zum Beispiel hatten seine Kameraden ihn einstimmig zum Kadettenoberst gewählt, was gegen Ende seiner Ausbildungszeit der höchste erreichbare Rang war.

Bunny hatte, wenn er in der Piano-Bar der Holiday Inn spielte, viele Geheimnisse. Dazu gehörte, daß er eigentlich gar nicht da war. Mit Hilfe der transzendentalen Meditation konnte er sich aus der Cocktailbar und übrigens auch vom Planeten absentieren. Er hatte diese Technik vom Maharishi Mahesh Yogi gelernt, der während einer Welttournee einmal in Midland City abstieg.
Für ein neues Taschentuch, etwas Obst, einen Blumenstrauß und fünfunddreißig Dollar lehrte der Maharishi Mahesh Yogi ihn die Augen schließen und wieder und wieder dieses schön klingende Unsinnswort vor sich hin sagen: «Aiyi-iiiim, aiyi-iiiim, aiyi-iiiim.» Bunny saß jetzt in seinem Hotelzimmer auf dem Bettrand und tat das. «Aiyi-iiiim, aiyi-iiiim», sagte er – innerlich – vor sich hin. Der Rhythmus dieses Singsangs stimmte mit seinem Herzschlag überein – auf zwei Herzschläge kam je eine Silbe. Er schloß die Augen. Er wurde zu einem Tiefseetaucher in den Tiefen seines Geistes. Diese Tiefen wurden selten in Anspruch

genommen.
Sein Herzschlag verlangsamte sich. Er hörte fast auf zu atmen. Ein winziges Wort schwebte in den Tiefen vorüber. Es hatte sich irgendwie aus den betriebsameren Teilen seines Geistes herausgelöst. Es schwamm müßig dahin, ein durchsichtiger, schleierähnlicher Fisch. Das Wort war besänftigend. Es war das Wort «Blau». So sah es für Bunny Hoover aus:

Und dann schwebte ein anderer lieblicher Schleier vorüber. Er sah so aus:

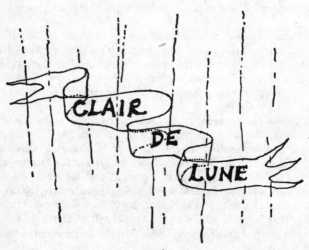

Fünfzehn Minuten später schnappte Bunnys Wahrnehmungsvermögen aus eigenem Antrieb an die Oberfläche. Bunny war erfrischt. Er stand vom Bett auf und bürstete sein Haar mit der Militärbürste, die ihm vor langer Zeit, als er zum Kadettenoberst gewählt wurde, seine Mutter gegeben hatte.

Bunny wurde mit zehn Jahren auf die Militärschule geschickt, eine Institution, die der Ausbildung zum Mord an Menschen und zu absolut humorlosem Gehorsam gewidmet war. Dazu kam es, nachdem Dwayne gestanden hatte, er wäre lieber eine Frau als ein Mann, weil das, was Männer taten, oft so grausam und abstoßend war.

Hören Sie: Bunny Hoover kam zur Prärie-Militärakademie, um dort acht Jahre lang ununterbrochen in Sport, Sauereien und Faschismus gedrillt zu werden. Die Sauereien bestanden darin, daß man seinen Penis jemandem ins Arschloch oder in den Mund steckte, oder daß man das bei sich von jemand anders machen ließ. Faschismus war eine einigermaßen populäre politische Philosophie, durch welche die Nation und die Rasse, denen der Philosoph angehörte, heiliggesprochen wurde. Sie forderte eine autokratische, zentralistische Regierung, an deren Spitze ein Diktator stand. Dem Diktator mußte gehorcht werden, ganz gleich, was zu tun er von einem verlangte. Und Bunny brachte, jedesmal wenn er in den Ferien nach Hause kam, neue Auszeichnungen mit. Er konnte fechten und boxen und ringen und schwimmen, er konnte mit Gewehr und Pistole schießen, mit dem Bajonett kämpfen, reiten, durch Buschwerk kriechen und robben, um Ecken spähen, ohne selbst gesehen zu werden. Er zeigte dann seine Auszeichnungen herum, und seine Mutter sagte zu ihm, wenn der Vater außer Hörweite war, sie würde von Tag zu Tag unglücklicher. Sie deutete an, Dwayne wäre ein Monstrum. Das war nicht wahr. Sie bildete sich das alles ein.
Sie fing dann auch an, Bunny zu erzählen, was so gemein an Dwayne war, aber immer wieder hielt sie sich zurück. «Du bist zu jung, um so was zu hören», pflegte sie, selbst als Bunny bereits sechzehn war, zu sagen. «Du kannst daran sowieso nichts ändern, und ein anderer auch nicht.» Sie gestikulierte, als verschlösse sie ihren Mund mit einem Schlüssel, und dann flüsterte sie Bunny zu: «Das sind Geheimnisse, die ich mitnehmen werde ins Grab.»
Das größte Geheimnis natürlich war etwas, das Bunny erst entdeckt, als sie sich mit Drāno umgebracht hatte: Celia Hoover war total verrückt gewesen.
Das war meine Mutter auch.

Hören Sie: Bunnys Mutter und meine Mutter waren sehr verschieden voneinander, aber sie waren beide auf eine exotische Weise schön, und

beide flossen über von chaotischem Gerede über Liebe und Frieden und Kriege, über ihre Verzweiflung und das Böse, über bessere Zeiten, die allmählich kommen müßten, und schlimmere Zeiten, die allmählich kamen. Und unsre beiden Mütter begingen Selbstmord.
Bunnys Mutter nahm Dräno ein.
Meine Mutter nahm Schlaftabletten, was nicht annähernd so grauenhaft war.

Und Bunnys Mutter und meine Mutter hatten eine seltsame Eigenschaft miteinander gemein: Beide konnten es nicht ausstehen, fotografiert zu werden. Tagsüber war gewöhnlich ein gutes Auskommen mit ihnen. Ihre Verrücktheiten hoben sie sich gewöhnlich bis zum späteren Abend auf. Aber wenn jemand am Tage eine Kamera auf sie richtete, dann fiel die eine wie die andere Mutter auf die Knie und hob die Arme schützend vor den Kopf, als wollte jemand sie mit einem Knüppel erschlagen. Es war ein beängstigender und mitleiderregender Anblick.

Zumindest aber brachte Bunnys Mutter ihm die Bedienung eines Pianos bei, was eine Musikmaschine war. Bunny Hoovers Mutter brachte ihm einen Beruf bei. Ein guter Pianobediener, und das war Bunny, fand, wenn er in Cocktailbars Musik machte, fast überall in der Welt einen Job. Seine militärische Ausbildung war trotz all seiner Auszeichnungen zu nichts nutze. Bei den Streitkräften wußte man, daß er homosexuell war, daß er sich unweigerlich in andere von der kämpfenden Truppe verlieben würde, und mit solchen Liebschaften hatten die Streitkräfte nichts im Sinn.

Also machte sich Bunny Hoover daran, seinen Beruf praktisch auszuüben. Er schlüpfte in eine schwarzsamtene Smokingjacke, unter der er einen schwarzen Rollkragenpullover trug. Bunny hatte durch das eine Fenster seines Zimmers einen Ausblick auf die schmale Straße draußen. Die besseren Zimmer hatten Aussicht auf den Fairchild Park, in dem in den vergangenen beiden Jahren sechsundfünfzig Morde begangen worden waren. Bunnys Zimmer lag im zweiten Stock, also hatte er vor sich einen Ausschnitt der kahlen Backsteinmauer eines Gebäudes, das einmal das Keedsler-Opernhaus gewesen war.
An der Vorderseite des ehemaligen Opernhauses hing ein historisch bedeutsames Schild. Nur wenige Leuten wußten, was es zu besagen hatte. Zu lesen stand darauf:

Das Opernhaus war einst das Heim des Midland City-Symphonieorchesters, einer Gruppe musikbegeisterter Amateure. 1927 aber wurden sie obdachlos, weil aus dem Opernhaus das Kino *The Bannister* wurde. Das Orchester fand weiterhin keine Bleibe, bis schließlich die Mildred Barry-Gedenkstätte für die Schönen Künste errichtet wurde.

Und *The Bannister* blieb viele Jahre lang das führende Kino der Stadt, bis es von dem sich ständig nach Norden ausdehnenden Verbrecherviertel übergeschluckt wurde. Es war also kein Theater mehr, wenn auch aus den Nischen der Innenwände weiterhin Shakespeare- und Mozartbüsten herabschauten.

Die Bühne war auch noch da, aber sie war jetzt mit Eßzimmermöbeln vollgestellt. Die Empire-Möbelgesellschaft hatte das Grundstück übernommen. Sie stand unter der Kontrolle von Gangstern.

Bunnys Nachbarschaft hatte den Spitznamen *Skid Row*. Jede amerikanische Stadt, ganz gleich welcher Größe, hatte so ein schäbiges Kleineleute-Vergnügungsviertel. Es war die Gegend, in der sich Leute herumtrieben, die weder Freunde oder Verwandte noch Besitz oder Ehrgeiz oder überhaupt einen Lebenszweck hatten.

In anderen Gegenden wurden solche Leute als Abschaum behandelt und

von der Polizei vertrieben. Sie zu vertreiben, war so leicht, als ließe man einen Kinderballon steigen.
Und sie trieben dann hierhin und dorthin, wie Ballons, die mit einem Gasgemisch, wenig schwerer als Luft, gefüllt waren, bis sie in Skid Row an den Grundmauern des Fairchild Hotels zur Ruhe kamen.
Sie konnten dösen oder untereinander den ganzen Tag vor sich hin muffeln. Sie konnten betteln. Sie konnten sich betrinken. Es ging nur darum, daß sie blieben, wo sie waren, und nicht anderswo Leute belästigten – bis sie aus Abenteuerlaune ermordet wurden oder im Winter erfroren.

Kilgore Trout schrieb einmal eine Geschichte über eine Stadt, die den Beschluß faßte, verkommenen Subjekten dadurch klarzumachen, wo sie waren und was sie zu erwarten hatten, daß sie Straßenschilder wie dies anbringen ließ:

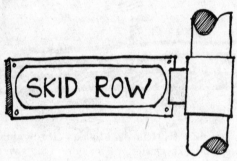

Bunny lächelte sich im Spiegel, im *Leck*, zu.
Er nahm einen Moment Haltung an und wurde wieder zu dem unerträglich humorlosen, hirnlosen, herzlosen Soldaten, zu dem er in der Militärschule ausgebildet worden war. Er murmelte die Devise der Militärschule vor sich hin, eine Devise, die er täglich etwa hundertmal laut ausrufen mußte – bei Tagesanbruch, bei Mahlzeiten, beim Eintritt in eine neue Klasse, beim Spielen, bei Bajonettübungen, beim Sonnenuntergang, beim Schlafengehen:
«Ich kann es», sagte er. «Ich kann es.»

Kapitel 18

Der Ford *Galaxy*, in dem Kilgore Trout mitfuhr, war jetzt auf der Interstate-Autobahn in der Nähe von Midland City. Er kroch dahin. Er war in die Stoßzeit des Verkehrs von Barrytron, Western Electric und Prairie Mutual geraten. Trout sah von seinem Buch hoch und erblickte eine Tafel, die besagte:

So war die Heilige Wundergrotte ein Stück Vergangenheit geworden.

Als sehr, sehr alter Mann würde Trout von Dr. Thor Lembrig, dem Generalsekretär der Vereinigten Nationen, gefragt werden, ob er Angst vor der Zukunft habe. Erwidern würde er ihm:
«Herr Generalsekretär, es ist die *Vergangenheit*, die mir wie der Teufel im Nacken sitzt.»

Dwayne Hoover war nur vier Meilen entfernt. Er saß allein auf einer mit Zebrafell bezogenen Wandbank in der Cocktailbar der neuen Holiday Inn. Es war dunkel dort, und still war es auch. Gegen das Blitzen und den lärmenden Aufruhr des Stoßzeitverkehrs war er durch dicke karmesinrote Samtvorhänge abgeschirmt. Auf jedem Tisch stand, obwohl die Luft sich nicht regte, eine Sturmlaterne mit einer Kerze darin.
Auf jedem Tisch gab es auch eine Schale mit gerösteten Erdnüssen und ein Schild, aufgrund dessen das Personal sich weigern konnte, Leute zu bedienen, deren Verhalten nicht mit der Atmosphäre in der Bar übereinstimmte. Es sah so aus:

Bunny Hoover bediente das Klavier. Er hatte nicht hochgesehen, als sein Vater hereinkam. Und sein Vater hatte auch nicht in seine Richtung geschaut. Seit Jahren schon hatten sie einander nicht mehr begrüßt.

Bunny fuhr fort, seine Blues zu spielen, die keine Negerblues waren. Es war eine langsame, klimpernde, leise Musik mit aparten Pausen dazwischen. Bunnys Blues hatten etwas von einer Musicbox an sich, von einer müden Musicbox. Es war ein Klimpern, das zögernd einsetzte, dann abbrach, träge hinfloß und dann wieder ins Klimpern überging.
Bunnys Mutter sammelte unter anderem kleine, klimpernde Musicboxen.

Also: Francine Pefko war unterdes nebenan in Dwaynes Automobilagentur. Sie arbeitete auf, wozu sie an diesem Nachmittag nicht gekommen war. Dwayne würde sie sehr bald zusammenschlagen.
Und die einzige andere Person, die sich, während sie Akten ablegte und tippte, mit ihr auf dem Grundstück befand, war Wayne Hoobler, der entlassene Strafgefangene, der weiterhin zwischen den Gebrauchtwagen herumlungerte. Auch auf ihn würde Dwayne losgehen, aber Wayne war ein Meister im Wegducken vor Schlägen. Francine war in diesem Augenblick die reine Maschine, eine aus Fleisch gemachte Maschine – eine tippende, Akten ablegende Maschine.
Wayne Hoobler andererseits hatte nichts Maschinenhaftes zu tun. Er lechzte danach, eine nützliche Maschine zu sein. Die Gebrauchtwagen waren zur Nacht alle fest verschlossen. An einem Drahtgestell über ihm regten sich ab und zu Aluminiumpropeller in der trägen Brise, und Wayne reagierte darauf, so gut erkonnte. «Los», sagte er zu ihnen. «Immer rum und rum.»

Mit Rücksicht auf die wechselnden Situationen entwickelte er auch eine Art Affinität zu dem Verkehr auf der Interstate-Autobahn. «Alle fahrn sie nach Haus», sagte er während des Gewühls der Stoßzeit. «Alle zu Haus jetzt», sagte er später, als der Verkehr nachließ. Die Sonne ging unter.

«Sonne geht unter», sagte Wayne Hoobler. Er hatte keine Ahnung, wohin er als nächstes gehen könnte. Er nahm an, er würde in dieser Nacht vielleicht an Ausgesetztsein sterben. Er hatte nie erlebt, daß einer an Ausgesetztsein starb, war von dieser Todesart nie bedroht worden, da er so selten außerhalb von Gebäuden gewesen war. Er wußte vom Tod durch Ausgesetztsein, weil die papierdünne Stimme des kleinen Radios in seiner Zelle ihm von Leuten erzählt hatte, die hin und wieder an Ausgesetztsein starben.

Ihm fehlte diese papierene Stimme. Ihm fehlte das Krachen von Stahltüren. Ihm fehlten das Brot und der Eintopf und die Eimer mit Kaffee und Milch. Ihm fehlte es, anderen in den Mund und ins Arschloch ficken zu können, von anderen in den Mund und ins Arschloch gefickt zu werden und abzuhauen und Kühe in der Gefängnismolkerei zu ficken, alles normale Vorgänge im Geschlechtsleben auf dem Planeten, soweit ihm bekannt war.

Dies hier wäre ein guter Grabstein für Wayne Hoobler, wenn es so weit war:

Die Gefängnismolkerei lieferte Milch und Sahne und Butter und Käse und Eiskrem nicht nur an das Gefängnis und das Bezirkskrankenhaus. Sie verkaufte ihre Erzeugnisse auch an die Welt außerhalb. Ihre Warenzeichen erwähnte das Gefängnis nicht. Es sah so aus:

Lesen war Waynes schwache Seite. Auf Schildern an den Fenstern des Ausstellungsraums und an den Windschutzscheiben der Gebrauchtwagen erschienen zum Beispiel die Wörter *Hawaii* und *Hawaiianisch* in Verbindung mit anderen, vertrauteren Wörtern und Zeichen. Wayne versuchte ohne viel Erfolg, die mysteriösen Wörter phonetisch zu entziffern. «Wahii-yo», sagte er vor sich hin, «huu-hi-w-uu-hei», und so fort.

Wayne Hoobler lächelte jetzt, nicht weil er glücklich war, sondern weil er, da er so wenig zu tun hatte, meinte, er könnte seine Zähne vielleicht mal zur Schau stellen. Sie waren in ausgezeichnetem Zustand. Die Erwachsenen-Besserungsanstalt in Shepherdstown war stolz auf ihr zahnärztliches Hilfsprogramm.

Dieses Programm hatte einen so hohen Ruf, daß darüber bereits in medizinischen Journalen und in *Reader's Digest*, dem beliebtesten Magazin auf dem sterbenden Planeten, geschrieben worden war. Dahinter stand der Gedanke, daß viele Ex-Sträflinge schon ihrer äußeren Erschei-

nung wegen keinen Job bekamen oder zu bekommen versuchten, und gutes Aussehen fing bei den Zähnen an.
Das Hilfsprogramm hatte es zu einer solchen Berühmtheit gebracht, daß selbst Polizisten in Nachbarstaaten, wenn sie einen armen Teufel mit kostspielig reparierten Zähnen, Plomben und Brücken aufgriffen, die Frage stellten: «Na mein Junge – wieviel Jahre hast du in Shepherdstown gebrummt?»

Wayne Hoobler hörte eine Kellnerin in der Cocktailbar dem Mann hinter der Theke Bestellungen zurufen. Wayne hörte sie rufen: «Ein Gilbey und ein Bitter mit Schuß.» Er hatte keine Ahnung, was das war – oder auch ein Manhattan oder ein Brandy Alexander oder ein Schlehen-Ginfizz. «Ein Johnny Walker Rob Roy», rief sie, «ein Martini on the rocks, ein Bloody Mary mit Wolfschmidts.»
Waynes Erfahrungen mit Alkohol beschränkten sich auf das Trinken von flüssigen Waschmitteln, aufs Essen von Schuhwichse und so fort. Er hatte keine Vorliebe für Alkohol.

«Ein Black-and-White und Wasser», hörte er die Kellnerin sagen, und da allerdings hätte er die Ohren spitzen sollen. Denn gerade dieses Getränk war nicht für eine x-beliebige Person bestimmt. Das Getränk war für jene Person, die Wayne all dies bis zur Stunde eingebrockt hatte, die ihn töten oder zum Millionär machen oder ihn ins Gefängnis zurückschicken oder überhaupt mit Wayne machen konnte, was ihr in den Kram paßte. Das Getränk war für mich.

Ich war inkognito zum Festival gekommen. Ich hielt mich dort auf, um bei der Gegenüberstellung zweier menschlicher Wesen zugegen zu sein, die ich geschaffen hatte: Dwayne Hoover und Kilgore Trout. Ich war nicht scharf darauf, erkannt zu werden. Die Kellnerin steckte die Kerze in der Sturmlaterne auf meinem Tisch an. Ich drückte die Flamme mit den Fingern aus. In einer Holiday Inn außerhalb von Ashtabula, Ohio, in der ich übernachtet hatte, hatte ich mir eine Sonnenbrille gekauft. Ich setzte sie hier in der Dunkelheit auf. Sie sah so aus:

Die Gläser hatten einen Belag, der sie für jeden, der mich ansah, zu Spiegeln werden ließ. Jeder, der wissen wollte, was für Augen ich hatte, wurde mit der Zwillingsreflexion seiner eigenen Augen konfrontiert. Wo andere Leute in der Cocktailbar Augen hatten, hatte ich zwei Löcher in ein anderes Universum. Ich hatte *Lecks*.

Auf meinem Tisch lag neben meinen Pall Mall-Zigaretten ein Streichholzpäckchen.
Die Botschaft auf dem Streichholzpäckchen, die ich anderthalb Stunden später las, als Dwayne gerade Francine Pefko zusammenschlug lautete:
«Sie können in Ihrer Freizeit leicht wöchentlich 100 Dollar verdienen, indem Sie Ihren Freunden die bequemen, in modernster Ausführung lieferbaren Mason-Schuhe anbieten. Alle reißen sich um Mason-Schuhe, die so angenehm am Fuß sind! Wir senden Ihnen kostenfrei eine Auswahl, so daß Sie diese geldbringende Tätigkeit in Ihrer Wohnung aufnehmen können. Wir werden Sie auch informieren, wie Sie selbst kostenfrei, als Bonus für eine bestimmte Anzahl von Bestellungen, in den Besitz von Mason-Schuhen kommen!»
Und so fort.

«Ein sehr schlechtes Buch, das du da schreibst», sagte ich hinter meinen *Lecks* zu mir selbst.
«Ich weiß», sagte ich.
«Du hast Angst, daß du dich auf dieselbe Weise umbringst, wie es deine Mutter getan hat», sagte ich.
«Ich weiß», sagte ich.

Dort in der Cocktailbar brachte ich, während ich durch meine Lecks eine von mir erfundene Welt betrachtete, dies Wort hervor: *Schizophrenie*. Der Klang und die Gestalt des Wortes hatten mich seit Jahren fasziniert. Es klang und sah für mich aus wie ein menschliches Wesen, das in einem Blizzard aus Seifenflocken niest.
Mir war und ist nicht klar, ob ich von dieser Krankheit befallen bin. Ich wußte und weiß nur soviel: ich machte es mir selbst schrecklich unbequem, indem ich meine Aufmerksamkeit nicht auf Einzelheiten des Lebens beschränkte, die unmittelbar wichtig waren, und indem ich mich weigerte zu glauben, was meine Mitmenschen glaubten.

Ich fühle mich jetzt wohler.
Ehrenwort: ich fühle mich jetzt wohler.

Eine Zeitlang freilich war ich richtig krank. Ich saß in einer Cocktailbar, die ich selbst erfunden hatte, und starrte durch meine *Lecks* zu einer weißen Kellnerin hinüber, die ich selbst erfunden hatte. Ich nannte sie

Bonnie MacMahon. Ich veranlaßte sie, Dwayne Hoover das Getränk zu bringen, das er gewöhnlich trank, einen House-of-Lords-Martini mit etwas Zitronenschale. Sie war eine alte Bekannte von Dwayne. Ihr Mann war Wärter in der Abteilung für Sexualdelinquenten der Erwachsenen-Besserungsanstalt. Bonnie mußte als Kellnerin arbeiten, weil ihr Mann alles Geld in eine Autowäscherei in Shepherdstown investiert und es dabei verloren hatte.
Dwayne hatte ihnen geraten, das nicht zu tun. So kam es zur Bekanntschaft zwischen Dwayne, ihrem Mann Ralph und ihr: Sie hatten in den letzten sechzehn Jahren neun Pontiacs von ihm gekauft.
«Wir sind eine Pontiac-Familie», sagten sie immer.
Bonnie machte, als sie ihm jetzt seinen Martini servierte, einen Witz. Sie machte diesen Witz jedesmal, wenn sie jemandem einen Martini servierte. «Frühstück für starke Männer», sagte sie.

Die Bezeichnung «Frühstück für starke Männer» ist ein eingetragenes Warenzeichen der *General Mills Inc.* für ein Frühstücksgericht aus Getreideflocken. Mit der Verwendung dieser Bezeichnung als Titel dieses Buches und auch im Buch selbst ist weder beabsichtigt, die General Mills zu fördern oder eine Verbindung mit ihr anzudeuten, noch sollen dadurch ihre ausgezeichneten Produkte in Verruf gebracht werden.

Dwayne hoffte, daß einige der prominenten Besucher des Festivals, die alle in der Holiday Inn untergebracht waren, in die Cocktailbar kommen würden. Er wollte, wenn er Gelegenheit dazu bekam, mit ihnen sprechen, um in Erfahrung zu bringen, ob ihnen Wahrheiten über das Leben bekannt waren, von denen er noch nie gehört hatte. Das war es, was er sich von neuen Wahrheiten erhoffte: daß sie es ihm ermöglichen würden, über seine Sorgen zu lachen, weiterzuleben und davor bewahrt zu werden, in den für Geisteskranke bestimmten Nordflügel des Allgemeinen Krankenhauses von Midland County gebracht zu werden.
Während er auf das Erscheinen eines Künstlers wartete, tröstete er sich mit der einzigen künstlerischen Schöpfung von einiger Tiefe und Rätselhaftigkeit, die er in seinem Gedächtnis gespeichert hatte. Es war ein Gedicht, das auswendig zu lernen man ihm in seinem zweiten Jahr auf dem Sugar Creek College, damals die Schule für die weiße Elite, gezwungen hatte. Sugar Creek College war jetzt eine höhere Schule für Nigger. Dies war das Gedicht:

> *Der Finger schreibt, er regt sich*
> *Und fährt fort: nicht eure Frömmigkeit*
> *Noch aller Witz verlocken ihn, er streicht*
> *Nicht eine Zeile, und eure Tränen,*
> *sie löschen nicht ein einz'ges Wort.*

Was für ein Gedicht!

Und Dawyne war so aufgeschlossen für neue Vermutungen über den Sinn des Lebens, daß er in eine Art Hypnose verfiel. Trance überkam ihn, als er jetzt in seinen Martini blickte und dort an der Oberfläche Myriaden blinzelnder Augen tanzen sah. Die Augen waren perlender Zitronensaft.
Dwayne bemerkte nicht, daß jetzt zwei prominente Festivalbesucher hereinkamen und sich auf die Barhocker neben Bunnys Klavier setzten. Es waren Weiße. Es waren Beatrice Keedsler, die romantische Schriftstellerin, und Rabo Karabekian, der als Maler der Richtung der Minimalisten angehörte.
Bunnys Klavier, ein Steinway-Stutzflügel, war mit kürbisfarbenen Plastikgebilden bestückt und von Stühlen umringt. Gästen wurden, wenn sie wollten, Speisen und Getränke auf dem Klavier serviert. Beim vorigen Erntedankfest war einer elfköpfigen Familie die Erntedank-Mahlzeit auf dem Klavier serviert worden. Bunny spielte.

«Dies *muß* einfach der Arsch der Welt sein», sagte Rabo Karabekian, der Minimalist.
Beatrice Keedsler, die romantische Schriftstellerin, war in Midland City aufgewachsen. «Ich war entsetzt bei dem Gedanken, nach all den Jahren in meine Heimatstadt kommen zu sollen», sagte sie zu Karabekian.
«Amerikaner haben immer Angst davor, heimzukommen», sagte Karabekian, «aus gutem Grund, möchte ich sagen.»
«Sie *hatten* einmal guten Grund», sagte Beatrice, «heute nicht mehr. Die Vergangenheit hat ihre Schrecken verloren. Ich jedenfalls sage heute zu jedem umherziehenden Amerikaner: ‹Natürlich können Sie zurück nach Hause, und das so oft, wie Sie Lust dazu haben. Das Motel ist doch Ihr Zuhause.›»

Eine Meile östlich der neuen Holiday Inn hatte sich der Verkehr auf der nach Westen führenden Fahrbahn der Interstate-Autobahn gestaut – wegen eines schlimmen Unfalls bei der Ausfahrt 10A. Fahrer und Mitfahrer stiegen aus ihren Wagen, um sich die Beine zu vertreten und, wenn möglich, ausfindig zu machen, was da vorn los war.
Kilgore Trout gehörte auch zu denen, die ausstiegen. Er hörte von anderen, daß die neue Holiday Inn leicht zu Fuß zu erreichen war. Also nahm er seine Plakate, die auf dem Vordersitz des *Galaxy* lagen, an sich. Er dankte dem Fahrer, dessen Namen er vergessen hatte, und trollte sich.
Er begann, sich ein System von Grundsätzen zurechtzulegen, die der ihm in Midland City bevorstehenden Aufgabe angemessen wären. Er sah seine Aufgabe darin, diesen Provinzlern, denen nichts über die Erhabenheit des Schöpfertums ging, einen Möchtegern-Schöpfer vorzuführen, der versagt und immer wieder versagt. Er blieb auf dem Weg stehen, um

sich im Rückspiegel, im rückwärts gerichteten *Leck*, eines in der Verkehrsstauung steckengebliebenen Lasters zu betrachten. Es war eine Zugmaschine, an die nicht nur ein, sondern zwei Anhänger gekoppelt waren. Dies waren die Worte, welche die Eigentümer des Lasters für geeignet hielten, als Botschaft an menschliche Wesen verkündet zu werden:

Trouts Anblick in dem *Leck* war so schockierend, wie er es sich erhofft hatte. Er hatte sich nach dem Überfall durch die *Pluto-Bande* nicht gründlich gewaschen, so daß ein Ohrläppchen und die Oberlippe unter dem linken Nasenloch blutverkrustet waren. An seinem Mantel, links an der Schulter, klebte Hundekacke. Er war nach dem Überfall auf dem Handballplatz bei der Queensboro-Brücke in Hundekacke gefallen.
Ein Zufall, so wenig glaubhaft das scheinen mag, hatte es gewollt, daß die Kacke von einem elenden Windhund stammte, der einem mir bekannten Mädchen gehörte.

Das Mädchen mit dem Windhund war Beleuchtungsassistentin bei einer Musikkomödie über amerikanische Geschichte, und sie hielt ihren armen Windhund, der *Lancer* hieß, sechs Treppen hoch in einer Einzimmerwohnung von vier mal acht Metern Größe. Sein ganzes Sinnen war darauf gerichtet, seine Exkremente zur rechten Zeit und am rechten Ort abzuladen. Orte gab es dafür zwei: den zweiundsiebzig Stufen entfernten Rinnstein außerhalb des Hauses, wo der Verkehr wild vorbeirauschte, oder die Bratpfanne, die seine Herrin vor dem Westinghouse-Kühlschrank stehen hatte.
Lancer hatte ein sehr kleines Gehirn, aber von Zeit zu Zeit muß ihm, ähnlich wie es Wayne Hoobler erging, der Verdacht gekommen sein, daß irgendein furchtbarer Irrtum begangen worden war.

Trout latschte weiter, ein Fremder in einem fremden Land. Durch seine Pilgerschaft wurde ihm eine Weisheit zuteil, die sich ihm, wenn er in seiner Kellerwohnung in Cohoes geblieben wäre, niemals erschlossen hätte. Er fand die Antwort auf eine Frage, die sich viele menschliche Wesen so aufgeregt stellten: «Was ist es, das den Verkehr da vorn auf der Midland City-Strecke der Interstate-Autobahn blockiert?»
Die Schuppen fielen Kilgore Trout von den Augen. Er sah, was es war: ein

Königin der Prärien-Milchwagen lag umgekippt auf der Seite und blokkierte die Fahrbahn. Ein zweitüriger Chevrolet *Caprice*, Baujahr 71, war ihm mit voller Wucht in die Seite gefahren. Der Chevrolet hatte sich in den Rasen des Mittelstreifens gebohrt. Der Beifahrer hatte den Sicherheitsgurt nicht umgeschnallt. Er war nach vorn durch die splittersichere Windschutzscheibe geschleudert worden. Er lag tot in der Betonmulde des Sugar Creek. Der Fahrer des Chevrolet war auch tot. Die Lenksäule hatte ihn aufgespießt.
Blut floß aus dem tot im Sugar Creek liegenden Beifahrer des Chevrolet. Aus dem Milchwagen floß Milch. Milch und Blut vereinigten sich mit der stinkenden Substanz der Tischtennisbälle, die im Innern der Heiligen Wundergrotte produziert wurden.

Kapitel 19

Ich war dem Schöpfer des Universums ebenbürtig, dort im Dunkel der Cocktailbar. Ich ließ das Universum zu einem Ball schrumpfen, der einen Durchmesser von genau einem Lichtjahr hatte. Ich ließ es explodieren. Ich brachte es dazu, sich wieder zu zerstreuen.
Stellen Sie mir eine Frage, irgendeine Frage. Wie alt ist das Universum? Es ist eine halbe Sekunde alt, aber diese halbe Sekunde hat bislang eine Quintillion Jahre angedauert. Wer hat es geschaffen? Niemand hat es geschaffen. Es ist immer dagewesen.
Was ist Zeit? Sie ist eine Schlange, die sich in den Schwanz beißt, wie diese hier:

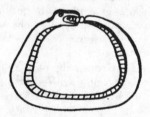

Dies ist die Schlange, die sich lang genug entringelte, um Eva den Apfel zu reichen, der so aussah:

Was war der Apfel, den Eva und Adam aßen? Es war der Schöpfer des Universums.
Und so fort.
Symbole können so schön sein, manchmal.

Hören Sie:
Die Kellnerin brachte mir noch einen Drink. Sie wollte meine Sturmlaterne wieder anstecken. Ich hielt sie davon ab. «Können Sie denn mit Ihrer Sonnenbrille in der Dunkelheit etwas sehen?» fragte sie mich.
«Die große Show spielt sich in meinem Kopf ab», sagte ich.
«Oh», sagte sie.
«Ich kann wahrsagen», sagte ich. «Soll ich Ihnen einmal wahrsagen?»
«Nicht gerade jetzt», sagte sie. Sie ging zurück zur Bar, und sie und der Barmann unterhielten sich über mich, glaube ich. Der Barmann sah mehrmals besorgt in meine Richtung. Sehen konnte er nichts als die *Lecks* vor meinen Augen. Es hätte mir nichts ausgemacht, wenn er mich gebeten hätte, das Lokal zu verlassen. Schließlich hatte ich auch ihn erfunden. Ich gab ihm einen Namen: Harold Newcomb Wilbur. Ich zeichnete ihn mit dem Silberstern aus, mit dem Bronzestern, der Tapferkeitsmedaille, der Verdienstmedaille und mit dem Purpurherz mit Eichenblättern, das ihn zum zweithöchstdekorierten Veteranen von Midland City machte. Ich brachte alle diese Orden unter seinen Taschentüchern in einer Kommodenschublade unter.
Mit all diesen Orden wurde er im Zweiten Weltkrieg ausgezeichnet, der von Robotern in Szene gesetzt worden war, damit Dwayne Hoover auf diese Massenschlachtung mit einer Geste des freien Willens reagieren konnte. Der Krieg war ein so aufwendiges Ausstattungsstück, daß es kaum irgendwo einen Roboter gab, für den es darin keine Rolle gegeben hätte. Harold Newcomb Wilbur verdiente sich seine Orden durch den

Mord an Japanern, die gelbe Roboter waren. Reis war der Treibstoff, mit dem sie versorgt wurden.

Und er fuhr fort, mich anzustarren, obwohl es jetzt meine Absicht war, ihn zu stoppen. Mit meiner Kontrolle über die Charaktere, die ich geschaffen hatte, stand es so: ich konnte, da sie so große Tiere waren, ihr Verhalten nur bis zu einem gewissen Grade bestimmen. Das Trägheitsmoment war zu überwinden. Es war nicht so, als wäre ich mit ihnen durch Stahldrähte verbunden. Es war eher so, als wären es abgenutzte Gummibänder, durch die ich mit ihnen verbunden war.

Also ließ ich das grüne Telefon hinter der Bar klingeln. Harold Newcomb Wilbur nahm den Hörer ab, behielt mich aber im Auge. Ich mußte mir rasch überlegen, wer der Anrufer sein konnte. Ich setzte an das andere Ende des Telefons den höchstdekorierten Veteranen von Midland City. Er hatte einen Penis von achthundert Meilen Länge und einem Durchmesser von zweihundertundzehn Meilen, aber das alles praktisch in der vierten Dimension. Er erwarb sich seine Auszeichnungen in Vietnam. Er hatte auch gegen gelbe, mit Reis betriebene Roboter gekämpft.

«Hier's die Cocktailbar», sagte Harold Newcomb Wilbur.

«Hal...?»

«Ja?»

«Hier ist Ned Lingamon.»

«Ich hab zu tun.»

«Nicht auflegen. Die Bullen haben mich im Stadtgefängnis eingelocht. Haben mir nur ein Telefongespräch erlaubt, deswegen ruf ich dich an.»

«Warum gerade mich?»

«Du bist der einzige Freund, den ich habe.»

«Weshalb haben sie dich eingelocht?»

«Sie sagen, ich hätte meine kleine Tochter umgebracht.»

Und so fort.

Dieser Mann, ein Weißer, hatte alle Orden, die auch Harold Newcomb Wilbur besaß, dazu die höchste Tapferkeitsauszeichnung, die sich ein amerikanischer Soldat verdienen kann, und die so aussah:

Er hatte jetzt auch das schändlichste Verbrechen begangen, das ein Amerikaner begehen konnte: nämlich sein eigenes Kind getötet. Der Name seiner Tochter war Cynthia Anne, und sie hatte ohne Frage nicht sehr lange gelebt, bis sie wieder totgemacht wurde. Sie wurde getötet, weil sie schrie und schrie. Sie wollte einfach nicht aufhören.
Zuerst hatte sie mit all ihren Quengeleien ihre siebzehnjährige Mutter aus dem Haus getrieben, und dann hatte ihr Vater sie getötet.
Und so fort.

Was ich der Kellnerin hatte wahrsagen wollen, war: «Sie werden von Termitenvertilgern betrogen werden und es nicht einmal merken. Sie werden sich für die Vorderräder Ihres Wagens Stahlgürtelreifen kaufen. Ihre Katze wird von einem Motorradfahrer namens Headley Thomas überfahren werden, und Sie werden sich eine andere Katze anschaffen. Ihr Bruder Arthur in Atlanta wird in einem Taxi elf Dollar finden.»

Auch Bunny Hoover hätte ich wahrsagen können: «Ihr Vater wird schwer erkranken, und Sie werden darauf so grotesk reagieren, daß man in Betracht ziehen wird, auch Sie in die Klapsmühle zu stecken. Sie werden den Ärzten und Schwestern im Warteraum des Krankenhauses Szenen machen und ihnen sagen, daß Sie an der Erkrankung Ihres Vaters schuld sind. Sie werden sich Vorwürfe machen, weil Sie jahrelang versucht haben, ihn durch Ihren Haß zu töten. Sie werden Ihrem Haß eine andere Richtung geben. Sie werden Ihre Mommy hassen.» Und ich ließ Wayne Hoobler, den schwarzen Ex-Sträfling, freudlos zwischen den Mülleimern an der Hintertür der Holiday Inn stehen und das Kleingeld nachzählen, das er an diesem Morgen am Gefängnistor erhalten hatte. Er hatte nichts anderes zu tun.
Er musterte die Pyramide mit dem Strahlenauge darüber. Er wünschte, über die Pyramide und das Auge besser informiert zu sein. Es gab soviel zu lernen!
Wayne wußte nicht einmal, daß die Erde sich um die Sonne drehte. Er dachte, die Sonne drehte sich um die Erde, weil es ohne Frage so aussah.
Ein Lastwagen wuchtete auf der Interstate-Autobahn vorbei, er schien zu Wayne hin Schmerzensschreie auszustoßen, denn dieser versuchte, die Botschaft an seiner Seitenwand phonetisch zu entziffern. Die Botschaft verkündete Wayne, daß der Wagen beim An- und Abtransport seiner Lasten von Todeskrämpfen heimgesucht wurde. Die Botschaft, die Wayne laut vor sich hin sagte, sah so aus:

Was Wayne, weil ich es so wollte, in etwa vier Tagen passieren würde, war dies: Er würde von Polizisten gestellt und verhört werden, weil er sich am Hinterausgang der Barrytron GmbH, die mit der Herstellung supergeheimer Waffen befaßt war, verdächtig benommen hatte. Sie meinten zuerst, daß er sich absichtlich dumm und unwissend stellte, daß er in Wahrheit aber ein durchtriebener Spion der Kommunisten war. Eine Überprüfung seiner Fingerabdrücke und der an ihm ausgeführten, erstklassigen Zahnarbeiten ergab, daß er der war, der er zu sein behauptete. Aber da war noch etwas anderes: wie erklärte es sich, daß er eine auf den Namen Paulo di Capistrano ausgestellte Mitgliedskarte des Playboy-Clubs von Amerika bei sich führte? Er gab an, daß er sie in einem Mülleimer hinter der neuen Holiday Inn gefunden hatte.
Und so fort.

Und jetzt war es an der Zeit, daß ich um dieses Buches willen den Maler Rabo Karabekian und die Romancière Beatrice Keedsler weiteres von sich geben ließ. Ich wollte nicht spukhaft durch Hinstarren in ihre von mir gelenkten Reaktionen eingreifen, also gab ich vor, mit meinem feuchten Finger in das Malen von Bildern auf meine Tischplatte vertieft zu sein. Ich zeichnete das irdische Symbol für das *Nichts*, das so aussah:

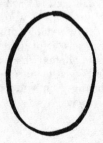

Ich zeichnete das irdische Symbol für *alles*, das so aussah:

Dwayne Hoover und Wayne Hoobler kannten das erste, das zweite dagegen nicht. Und jetzt zeichnete ich in die verschwindende Feuchtigkeit ein Symbol, das Dwayne schmerzlich vertraut war, Wayne aber nicht. Dies war es:

DRĀNO

Und jetzt zeichnete ich ein Symbol, dessen Bedeutung Dwayne während seiner Schulzeit einige Jahre lang gekannt hatte, dessen Bedeutung ihm aber seither entfallen war. Für Wayne mochte dieses Zeichen wie das Gestell eines Tisches im Eßraum eines Gefängnisses aussehen. Es symbolisierte das Verhältnis eines Kreises zu seinem Durchmesser. Dieses Verhältnis konnte auch in Zahlen ausgedrückt werden, und während Dwayne und Wayne und Karabekian und Beatrice Keedsler, wie wir anderen alle auch, dabei waren, unseren Geschäften nachzugehen, waren erdansässige Wissenschaftler dabei, diese Zahlen monoton ins Weltall zu funken. Bezweckt wurde damit, anderen bewohnten Planeten, sollten sie zuhören, zu beweisen, wie intelligent wir waren. Wir hatten Kreise in die Folter genommen, bis sie dieses Symbol ihrer verborgenen Existenz preisgaben:

Und ich zeichnete auf meine Plastik-Tischplatte ein unsichtbares Duplikat eines Gemäldes von Rabo Karabekian, das den Titel *Die Versuchung des Heiligen Antonius* trug. Mein Duplikat war eine Miniatur der Sache selbst, und es war auch nicht in Farbe, aber ich hatte den Geist und die Gestalt des Bildes dennoch eingefangen. Dies hier war, was ich zeichnete:

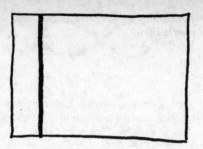

Das Original war sechs Meter breit und fast fünf Meter hoch. Die Fläche war in *Hawaiisch Avocado* gehalten, einer grünen Wandfarbe, hergestellt von der Lack- und Ölfarbenmanufaktur O'Hare in Hellertown, Pennsylvania. Der senkrechte Strich war ein orange-reflektierender Dayglo-Klebestreifen. Abgesehen von Gebäuden und Grabmälern, abgesehen auch von der Abraham Lincoln-Statue vor der alten Nigger-Oberschule, war dies das weitaus teuerste aller Kunstwerke.
Es war ein Skandal, was das Gemälde kostete. Es war die erste Anschaffung für die ständige Ausstellung der Mildred Barry-Gedenkstätte für die Schönen Künste. Fred T. Barry, der Vorsitzende des Aufsichtsrates der Barrytron GmbH, hatte persönlich fünfzigtausend Dollar für das Bild ausgespuckt.
Midland City war empört. Ich auch.

Auch Beatrice Keedsler war empört, aber sie schluckte ihren Ärger herunter, solange sie mit Karabekian an der Piano-Bar saß. Karabekian, der ein Frotteehemd mit einem aufgedruckten Beethovenbild trug, wußte, daß er von Leuten umgeben war, die ihn haßten, weil er so viel Geld für so wenig Arbeit bekommen hatte. Ihn amüsierte das.
Wie alle anderen in der Cocktailbar, war auch er dabei, seinen Verstand durch Alkohol einzutrüben. Dies war eine Substanz, die von einer winzigen, Hefe genannten Kreatur erzeugt wurde. Hefeorganismen aßen Zukker und schieden Alkohol aus. Sie töteten sich selbst dadurch, daß sie ihre Umwelt durch Hefe-Exkremente zerstörten.

Kilgore Trout schrieb einmal eine Kurzgeschichte, die aus einem Dialog zwischen zwei Hefe-Kreaturen bestand. Während sie Zucker aßen und in ihren eigenen Exkrementen allmählich erstickten, diskutierten sie über den möglichen Sinn des Lebens. Wegen ihrer beschränkten Intelligenz blieb ihnen verborgen, daß sie dabei waren, Champagner herzustellen.

So ließ ich also Beatrice Keedsler dort an der Piano-Bar zu Rabo Karabekian sagen: «Ich schäme mich furchtbar, aber ich muß gestehen, ich weiß

nicht einmal, wer Antonius war. Wer war das, und warum waren alle darauf aus, ihn zu versuchen?»
«Ich weiß es nicht, und es wäre für mich höchst ärgerlich, wenn ich dahinterkäme», sagte Karabekian.
«Sie haben für die Wahrheit keine Verwendung?» sagte Beatrice.
«Wissen Sie, was Wahrheit ist?» sagte Karabekian. «Es ist irgendein verrückter Kram, den mein Nachbar glaubt. Habe ich vor, mich mit ihm näher anzufreunden, dann frage ich ihn, was er glaubt. Er sagt es mir, und ich sage: ‹Ja, ja, ja – das ist auch wirklich wahr.›»

Vor der schöpferischen Arbeit des Malers wie der Romanschriftstellerin hatte ich nicht den geringsten Respekt. Karabekian, war ich der Ansicht, hatte sich mit seinen nichtssagenden Bildern einer Verschwörung von Millionären angeschlossen, die armen Leuten das Gefühl vermitteln wollten, daß sie stupide seien. Beatrice Keedsler steckte meiner Meinung nach mit anderen altmodischen Geschichtenerzählern unter einer Decke, die den Leuten einreden wollten, im Leben gäbe es Haupt- und Nebenpersonen, wichtige und weniger wichtige Details, daß es Lehren erteilte, Prüfungen bereithielt und einen Anfang, eine Mitte und ein Ende hätte. Als ich mich meinem fünfzigsten Geburtstag näherte, steigerten sich meine Wut und meine Verwunderung über die idiotischen Entscheidungen, die meine Landsleute trafen. Und dann plötzlich regte sich in mir das Mitgefühl mit ihnen, denn ich begriff, wie natürlich es für sie war, sich in aller Unschuld so abscheulich und mit so scheußlichen Resultaten zu benehmen: Sie taten, was in ihren Kräften stand, um zu leben, wie Leute in Romanen lebten. Dies war der Grund, weswegen Amerikaner sich so oft gegenseitig erschossen: Es war eine bequeme literarische Methode, Erzählungen und Romane zu beenden.
Warum wurden so viele Amerikaner von ihrer Regierung so behandelt, als wäre ihr Leben ebenso wegwerfbar wie Gesichtstücher aus Papier? Weil das die Art war, in der Autoren in ihren erfundenen Erzählungen gewohnheitsgemäß Personen in Nebenrollen behandelten.
Und so fort.
Als ich begriffen hatte, was Amerika zu einer so gefährlichen, unglücklichen Nation von Leuten gemacht hatte, die mit dem wirklichen Leben nichts zu tun hatten, entschloß ich mich, das Erzählen von Geschichten aufzugeben. Ich wollte über das Leben schreiben. Jede Person sollte genauso wichtig sein wie jede andere. Alle Fakten sollten von der gleichen Wichtigkeit sein. Nichts sollte ausgelassen werden. Sollten andere Ordnung in das Chaos bringen. Ich wollte statt dessen Chaos in die Ordnung bringen – was ich, glaube ich, auch getan habe.
Täten das alle Schriftsteller, dann würden vielleicht die nicht im Literaturgeschäft tätigen Bürger begreifen, daß in der Welt um uns herum keine Ordnung ist und daß wir uns daher den Forderungen anpassen

müssen, die das Chaos stellt.
Es ist schwer, sich dem Chaos anzupassen, aber es ist zu schaffen. Ich selbst bin der Beweis dafür: es ist zu schaffen.

Mich dort in der Cocktailbar dem Chaos anpassend, ließ ich Bonnie MacMahon, die genauso wichtig war wie jeder andere Mensch im Universum, Beatrice Keedsler und Karabekian noch etwas Hefe-Exkremente bringen. Und weil Karabekian einen Beefeater Dry Martini mit etwas Zitronenschale trank, sagte Bonnie zu ihm: «Frühstück für starke Männer.»
«Das haben Sie bereits gesagt, als Sie mir den ersten Martini brachten», sagte Karabekian.
«Ich sage das immer, wenn ich jemandem einen Martini bringe», sagte Bonnie.
«Ist das nicht auf die Dauer langweilig?» sagte Karabekian. «Oder vielleicht ist das der Grund, weshalb Leute in solchen gottverlassenen Gegenden wie der hier Städte gründen – damit sie wieder und wieder denselben Witz machen können, bis ihnen der strahlende Todesengel den Mund mit Asche verstopft.»
«Ich versuche nur, die Leute etwas aufzuheitern», sagte Bonnie. «Daß das ein Verbrechen sein soll, hab ich nicht gewußt. Ich werd's also von jetzt an nicht mehr sagen. Bitte, entschuldigen Sie. Ich wollte Sie nicht beleidigen.» Bonnie konnte Karabekian nicht ausstehen, aber er fand sie zum Anbeißen süß. Sie hatte sich angewöhnt, ihren Ärger über irgend etwas in der Cocktailbar nicht zu zeigen. Den Hauptteil ihres Einkommens machten die Trinkgelder aus, und um große Trinkgelder zu bekommen, mußte man lächeln, lächeln, lächeln – ganz gleich, wie einem zumute war. Bonnie hatte im Moment nur zwei Ziele im Auge. Sie wollte das Geld wieder zusammenkriegen, das ihr Mann in der Autowäscherei in Shepherdstown verloren hatte, und sie war scharf drauf, sich Stahlgürtelreifen für die Vorderräder ihres Automobils zu kaufen.
Ihr Mann sah unterdessen zu Hause im Fernsehen Profi-Golfspielern zu und benebelte sich mit Hilfe von Hefe-Exkrementen.

Der Heilige Antonius, nebenbei bemerkt, war ein Ägypter, der das erste Kloster gründete, einen Ort also, wo Menschen einfach leben und ohne Ablenkung durch Ehrgeiz und Sex und Hefe-Exkremente oft zum Schöpfer des Universums beten konnten. Der Heilige Antonius selbst verkaufte, als er jung war, alles, was er hatte, und ging in die Wildnis, wo er zwanzig Jahre lang allein lebte. Er wurde in diesen Jahren der völligen Einsamkeit oft von Visionen des guten Lebens heimgesucht, das er in der Nähe eines Marktplatzes mit Speisen und Männern und Frauen und Kindern und so fort hätte führen können.
Sein Biograph, der Heilige Athanasius, war ebenfalls Ägypter, dessen

dreihundert Jahre nach dem Mord an Christus niedergelegte Theorien über die Dreifaltigkeit, die Fleischwerdung Gottes und die Göttlichkeit des Heiligen Geistes für Katholiken noch zu Lebzeiten Dwayne Hoovers Gültigkeit hatten.
Die katholische Höhere Schule in Midland City war nach Sankt Athanasius benannt. Sie war zunächst nach Sankt Christophorus benannt worden; doch dann verkündete der Papst, der das Oberhaupt aller in der Welt vorhandenen katholischen Kirchen war, daß es wahrscheinlich nie einen Sankt Christophorus gegeben habe, und daß die Leute ihn darum nicht weiter verehren sollten.

Ein schwarzer Tellerwäscher trat jetzt aus der Küche der Holiday Inn ins Freie, um Luft zu schnappen und eine Pall Mall-Zigarette zu rauchen. Er trug an seinem weißen durchgeschwitzten T-Shirt einen großen Ansteckknopf, der so beschriftet war:

Überall im Gasthaus standen Schalen mit solchen Knöpfen, so daß sich ein jeder bedienen konnte, und in einem Anfall von Leichtfertigkeit hatte der Tellerwäscher sich einen genommen. Er hatte keine Verwendung für Kunstwerke, höchstens für sehr simple und billige, denen keine große Lebensdauer beschieden war. Sein Name war Eldon Robbins, und er hatte einen zweiundzwanzigkommafünf Zentimeter langen Penis mit einem Durchmesser von fünf Zentimetern.
Eldon Robbins hatte ebenfalls eine Zeit in der Erwachsenen-Besserungsanstalt zugebracht, und so war es für ihn ein leichtes, in Wayne Hoobler dort zwischen den Mülleimern einen jüngst aus der Haft Entlassenen zu erkennen. «Willkommen in der großen Welt, Bruder», sagte er mit etwas verklemmter Liebenswürdigkeit zu Wayne. «Wann hast du zuletzt was gegessen? Heut morgen?»
Wayne gab schüchtern zu, daß es so war. Also führte Eldon ihn durch die Küche zu einem langen Tisch, an dem das Küchenpersonal zu essen

pflegte. Dort hinten gab es einen Fernsehapparat, der angestellt war und Wayne die Hinrichtung der Königin Mary von Schottland vorführte. Alle trugen Hofkleider, und Königin Mary legte ihren Kopf freiwillig auf den Block.
Eldon sorgte dafür, daß Wayne umsonst ein Steak und Kartoffelbrei und Sauce und alles, was er außerdem haben wollte, bekam. Zubereitet hatten das andere Schwarze in der Küche. Auf dem Tisch stand eine Schale mit Festival-Ansteckknöpfen, und Eldon veranlaßte Wayne, sich vorm Essen einen anzustecken. «Wenn du den immer trägst», sagte er ernst zu Wayne, «dann kann dir nichts passieren.»

Eldon zeigte Wayne ein Guckloch, das die Küchenangestellten in die Wand zur Cocktailbar gebohrt hatten. «Wenn du das Fernsehen satt hast», sagte er, «kannst du die Tiere da in dem Zoo betrachten.»
Eldon riskierte einen Blick durch das Guckloch und erzählte Wayne, dort an der Piano-Bar säße ein Mann, der fünfzigtausend Dollar dafür erhielt, daß er einen gelben Klebestreifen auf ein grünes Stück Leinwand geklebt hatte. Er bestand darauf, daß Wayne sich Karabekian *sehr genau* ansah. Wayne gehorchte.
Und Wayne neigte nach wenigen Sekunden dazu, sich vom Guckloch zu entfernen, weil es ihm an nahezu jeglicher Information zum Verständnis dessen fehlte, was in der Cocktailbar vorging. So irritierten ihn zum Beispiel die Kerzen. Er vermutete, daß der elektrische Strom ausgefallen und nun jemand hingegangen war, um die Sicherung auszuwechseln. Auch wußte er nicht, was er von Bonnie MacMahons Kostümierung halten sollte: sie trug nämlich weiße Cowboystiefel und schwarze Netzstrümpfe mit karmesinroten Strumpfhaltern, über denen eine Handbreit ihrer nackten Oberschenkel zu sehen war; dazu eine Art von Zierblumen-Badeanzug mit einer rosa Baumwollrüsche an der Rückseite.
Bonnie stand mit dem Rücken zu Wayne, so daß er nicht sehen konnte, daß sie eine zweiundvierzigjährige Frau mit Pferdegesicht war, die eine achteckige, randlose Trifokalbrille trug. Er konnte auch nicht sehen, daß sie, mochte Karabekian auch noch so ausfällig werden, lächelte, lächelte und lächelte. Ihm vom Mund ablesen, was er sagte, konnte er allerdings. Er war gut im Lippenlesen, besser noch als andere, die eine Zeitlang in Shepherdstown gewesen waren. In Shepherdstown herrschte auf den Korridoren und bei den Mahlzeiten striktes Redeverbot.

Karabekian sagte zu Bonnie: «Diese hochangesehene Dame ist eine berühmte Geschichtenerzählerin, und dieser Eisenbahnknotenpunkt ist ihr Geburtsort. Vielleicht können Sie ihr einige aus jüngster Zeit stammende, wahre Geschichten aus ihrer Heimatstadt erzählen.»
«Ich weiß keine», sagte Bonnie.
«Na, hören Sie», sagte Karabekian. «Über jeden Insassen dieser Bar

müßte ein großer Roman geschrieben werden können.» Er zeigte auf Dwayne Hoover. «Wie ist es zum Beispiel mit der Lebensgeschichte dieses Mannes?»
Bonnie beschränkte sich darauf, von Dwaynes Hund Sparky zu erzählen, der nicht wedeln konnte. «Also muß er sich immerzu beißen», sagte sie.
«Großartig», sagte Karabekian. Er wandte sich Beatrice zu. «Ich bin sicher, daß Sie das verwenden können.»
«Ja, wirklich, das kann ich», sagte Beatrice. «Das ist ein entzückendes Detail.»
«Je mehr Details, desto besser», sagte Karabekian. «Gott sei Dank, daß es Romanschriftsteller gibt. Ein Glück, daß es Leute gibt, die alles aufzuschreiben bereit sind. Wie vieles würde sonst verlorengehen!» Er bat Bonnie um noch mehr wahre Geschichten.
Bonnie ließ sich von seiner Begeisterung täuschen und fühlte sich durch den Gedanken, daß Beatrice Keedsler so dringend wahre Geschichten für ihre Bücher brauchte, angespornt. «Hm . . .» sagte sie, «würden Sie Shepherdstown, mehr oder weniger, als Teil von Midland City betrachten?»
«Natürlich», sagte Karabekian, der nie etwas von Shepherdstown gehört hatte. «Was wäre Midland City ohne Shepherdstown? Und was wäre Shepherdstown ohne Midland City?»
«Na, ja . . .» sagte Bonnie, der jetzt eine Geschichte einfiel, die vielleicht wirklich gut sein mochte, «mein Mann ist Wärter in der Erwachsenen-Besserungsanstalt von Shepherdstown, und da mußte er immer Leuten, die auf dem elektrischen Stuhl hingerichtet werden sollten, Gesellschaft leisten – damals, als der Stuhl noch allgemein in Gebrauch war. Er spielte Karten mit ihnen oder las ihnen aus der Bibel vor oder was sie so wollten, und einmal leistete er einem Weißen Gesellschaft, der Leroy Joyce hieß.»
Bonnies Kostüm zeigte, während sie sprach, ein schwaches, sonderbar fischiges Flimmern. Das kam daher, daß der Stoff durch und durch mit fluoreszierenden Chemikalien imprägniert war. Das war auch bei dem Jackett des Barmanns und den afrikanischen Masken an den Wänden der Fall. Die chemischen Bestandteile blitzten wie Elektrosignale auf, wenn die ultravioletten Strahler an der Decke eingeschaltet waren. Der Barmann schaltete sie willkürlich je nach Laune ein, um den Gästen eine reizvolle und verblüffende Abwechslung zu bieten.
Die Versorgung der Leuchtstäbe und überhaupt aller elektrischer Einrichtungen in Midland City erfolgte nebenbei durch die Kohle der ausgebeuteten Minen von West Virginia, an denen Kilgore Trout vor wenigen Stunden vorbeigekommen war.

«Leroy Joyce war so ein Tölpel», fuhr Bonnie fort, «er konnte nicht Karten spielen. Er verstand die Bibel nicht. Er konnte kaum sprechen. Er aß seine Henkersmahlzeit und saß dann schweigend da. Er sollte wegen einer Vergewaltigung hingerichtet werden. So nahm mein Mann außerhalb der Zelle auf dem Korridor Platz und las für sich allein. Er hörte Leroy sich in der Zelle bewegen, aber er kümmerte sich nicht weiter darum. Und dann klapperte Leroy mit seinem Blechbecher gegen die Traljen. Mein Mann dachte, Leroy wollte noch etwas Kaffee. Leroy lächelte, als wäre jetzt alles bestens. Er würde nicht auf den elektrischen Stuhl müssen. Er hatte sein Dingsbums abgeschnitten und es in den Becher getan.»

Was in diesem Buch steht, habe ich natürlich alles erfunden, aber diese Geschichte, die ich Bonnie erzählen ließ, hat sich tatsächlich zugetragen – in der Todeszelle eines Zuchthauses in Arkansas.
Was Dwayne Hoovers nicht zum Wedeln fähigen Hund Sparky angeht: als Modell für Sparky habe ich einen Hund benutzt, der meinem Bruder gehört und fortwährend in Beißereien verwickelt wird, weil er nicht wedeln kann. Einen solchen Hund *gibt* es also.

Rabo Karabekian bat Bonnie MacMahon, ihm etwas über das junge Mädchen auf dem Umschlag des Festival-Programms zu erzählen. Es war dies das einzige international berühmte Wesen in Midland City. Es war Mary Alice Miller, die Weltmeisterin im Zweihundert-Meter-Brustschwimmen. Sie war erst fünfzehn, sagte Bonnie.
Mary Alice war auch Königin des Festivals für die Schönen Künste. Auf dem Umschlagbild hatte sie einen weißen Badeanzug an und trug ihre olympische Goldmedaille um den Hals. Die Medaille sah so aus:

Mary Alice lächelte einem Bild des heiligen Sebastians von dem spanischen Maler El Greco zu. Es war dem Festival von Eliot Rosewater, dem Förderer Kilgore Trouts, zur Verfügung gestellt worden. Sankt Sebastian

war ein römischer Soldat, der siebzehnhundert Jahre vor mir und Mary Alice und Wayne und Dwayne und allen anderen gelebt hatte. Er war insgeheim Christ geworden, als das Christentum noch gesetzwidrig war. Und irgend jemand hatte ihn verpfiffen. Der Kaiser Diokletian ließ ihn von Bogenschützen erschießen. Das Bild, dem Mary Alice so unkritisch und glückselig zulächelte, zeigte ein derart von Pfeilen gespicktes menschliches Wesen, daß es aussah wie ein Stachelschwein.
Da die Maler ihn gern von so vielen Pfeilen durchbohrt darstellten, wußte, nebenbei bemerkt, niemand, daß er die Sache überlebt hatte. Er kam wieder auf die Beine.
Er ging umher, verkündete das Christentum und machte den Kaiser so schlecht, daß er ein zweites Mal zum Tode verurteilt wurde. Er wurde mit Ruten zu Tode geprügelt.
Und so fort.
Und Bonnie MacMahon erzählte Beatrice und Karabekian, daß Mary Alices Vater, der Mitglied des Haftentlassungskomitees in Shepherdstown war, ihr das Schwimmen schon mit acht Monaten beigebracht und darauf bestanden hatte, daß sie von ihrem dritten Lebensjahr an täglich mindestens vier Stunden schwamm.
Rabo Karabekian dachte darüber nach, und dann sagte er so laut, daß viele Leute ihn hören konnten: «Was muß das für ein Mann sein, der aus seiner Tochter einen Außenbordmotor macht?»

Und jetzt kommt es zum geistigen Höhepunkt dieses Buches, denn an dieser Stelle wurde ich, der Autor, plötzlich durch das, was ich bislang zuwege gebracht hatte, transformiert. Dies war es, um dessentwillen ich nach Midland City gegangen war: Ich wollte neu geboren werden. Und das Chaos verkündete, daß es im Begriff war, einem neuen Ich dadurch zur Geburt zu verhelfen, daß es Rabo Karabekian diese Worte in den Mund legte: «Was für ein Mann muß das sein, der aus seiner Tochter einen Außenbordmotor macht?»
Eine so winzige Bemerkung konnte so umwälzende Folgen haben, weil der geistige Nährboden der Cocktailbar in einem, wie ich es nennen möchte, *prä-seismischen Zustand* begriffen war. Ungeheuerliche Kräfte waren auf unsere Seelen angesetzt, aber sie konnten nicht wirksam werden, weil sie sich gegenseitig so reibungslos aufhoben.
Aber dann bröckelte ein Sandkorn ab. Eine der Kräfte gewann plötzlich die Oberhand über andere, und geistige Kontinente begannen sich anzuheben und in Bewegung zu setzen.
Eine der Kräfte war fraglos die Gier nach Geld, von der so viele Leute in der Cocktailbar versuescht waren. Sie wußten, was an Rabo Karabekian für sein Gemälde gezahlt worden war, und sie wollten ebenfalls fünfzigtausend Dollar. Mit fünfzigtausend Dollar, glaubten sie wenigstens, konnten sie verdammt auf die Pauke hauen. Aber sie waren gehalten, das

Geld auf die harte Tour zu verdienen, immer nur wenige Dollar auf einmal. Das war nicht gerecht.

Eine andere Kraft war die Angst eben dieser Leute, daß ihr Leben eine alberne Farce, daß ihre ganze Stadt albern und lächerlich sein könnte. Und jetzt war das Schlimmstmögliche passiert: Mary Alice Miller, das eine Faktum über ihre Stadt, das für sie über alle Lächerlichkeit erhaben war, war soeben von einem Auswärtigen durch eine träge hingeworfene Bemerkung lächerlich gemacht worden.

Mein eigener prä-seismischer Zustand muß ebenfalls in Betracht gezogen werden, denn ich war es, der sich in den Wehen einer Neugeburt befand. Niemand sonst in der Cocktailbar war, so weit ich weiß, neu geboren worden. Sie, oder einige von ihnen, hatten ihre Einstellung zur modernen Kunst geändert.

Was mich selbst anging, so war ich zu dem Schluß gekommen, daß weder an mir noch an anderen menschlichen Wesen irgend etwas geheiligt war, daß wir alle zu Zusammenstößen, zu unaufhörlich wiederholten Zusammenstößen verdammte Maschinen waren. Weil uns nichts Besseres einfiel, wurden wir zu Kollisionsfanatikern. Manchmal schrieb ich gut über diese Zusammenstöße, was bedeutete, daß ich eine schreibende Maschine in gutem Reparaturzustand war. Manchmal schrieb ich schlecht, was bedeutete, daß ich eine schlecht reparierte schreibende Maschine war. Ich beherbergte in mir nicht mehr Geheiligtes als einen Pontiac, eine Mausefalle oder eine Drehbank.

Ich erwartete nicht von Rabo Karabekian, daß er mich retten würde. Ich hatte ihn geschaffen, und er war in meinen Augen ein eitler und kraftloser Kitschproduzent und alles andere als ein Künstler. Aber es war Rabo Karabekian, der mich zu dem heiter-gelassenen Erdbewohner machte, der ich heute bin.

Hören Sie:

«Was für ein Mann muß das sein, der aus seiner Tochter einen Außenbordmotor macht?» sagte er zu Bonnie MacMahon.

Bonnie MacMahon ging hoch. Seit sie die Arbeit in der Cocktailbar aufgenommen hatte, war dies das erste Mal, daß sie hochging. Ihre Stimme wurde so unangenehm wie das Geräusch einer Blechsägemaschine. Und *laut* wurde sie auch. «Aija?» sagte sie. «Aija?»

Alle erstarrten. Bunny Hoover hörte auf, Klavier zu spielen. Keiner wollte sich ein Wort entgehen lassen.

«Sie halten nicht viel von Mary Alice Miller?» sagte sie. «Na schön – von Ihrem Gemälde halten wir auch nicht viel. Ich habe ein fünfjähriges Kind schon besser malen sehen.»

Karabekian glitt von seinem Barhocker und stand auf, um seine Feinde besser ins Auge fassen zu können. Wirklich, das überraschte mich an ihm. Ich hatte gedacht, er würde sich unter einem Hagel von Oliven, Maraschinokirschen und Zitronenschalen zurückziehen. Aber majestä-

tisch stand er da. «Hören Sie», sagte er ganz ruhig. «Ich habe die Leitartikel gegen mein Gemälde in Ihrer wundervollen Zeitung gelesen. Ich habe jedes Wort der Haßbriefe gelesen, die nach New York zu schicken Sie taktvoll genug waren.»
Dies setzte die Leute einigermaßen in Verlegenheit.
«Bevor ich es gemalt habe, existierte das Gemälde nicht», fuhr Karabekian fort. «Da es jetzt existiert, wäre ich über nichts glücklicher, als wenn es wieder und wieder neu gemacht und von all den Fünfjährigen hier in der Stadt weitgehend verbessert würde. Ich würde mich herzlich freuen, wenn Ihre Kinder vergnügt und gleichsam im Spiel fänden, was herauszufinden mich viele böse Jahre gekostet hat.
Ich gebe Ihnen jetzt mein Ehrenwort», fuhr er fort, «daß dieses im Besitz Ihrer Stadt befindliche Bild alles über das Leben enthält, was wirklich zählt, und daß darin nichts ausgelassen ist. Es ist ein Bild vom bewußten Wahrnehmungsvermögen eines jeden Tieres. Es ist der substanzlose Kern jeden Tieres – das ich bin, an das alle Botschaften gehen. Dies allein ist in jedem von uns lebendig – in einer Maus, in einem Hirsch, in einer Barkellnerin. Es ist unwandelbar und rein, ganz gleich, was für widersinnigen Abenteuern wir ausgesetzt werden mögen. Ein geheiligtes, allein St. Antonius darstellendes Bild ist ein senkrechter, unbewegter Streifen Licht. Wäre eine Kakerlake in seiner Nähe oder eine Barkellnerin, dann würden sich auf dem Bild zwei solche Lichtstreifen finden. Unser Wahrnehmungsvermögen ist das einzige in uns allen Lebendige, und es mag geheiligt sein. Alles andere an uns ist tote Maschinerie.
Ich habe eben von dieser Barkellnerin hier, diesem senkrechten Lichtstreifen, eine Geschichte über ihren Mann und einen Idioten gehört, der in Shepherdstown hingerichtet werden sollte. Sehr gut – soll doch bitte ein Fünfjähriger eine geheiligte Auslegung dieser Begegnung malen. Soll der Fünfjährige die Idiotie, die Gitterstäbe, den bereitstehenden elektrischen Stuhl, die Uniform des Wärters, den Revolver des Wärters, das Fleisch und Bein des Wärters weglassen. Wie sieht dann das vollkommene Bild aus, das jeder Fünfjährige malen kann? Zwei unbewegte Streifen Licht.»
Verzücktheit flammte in dem barbarischen Gesicht Rabo Karabekians. «Bürger von Midland City, ich grüße euch», sagte er. «Ihr habt einem Meisterwerk eine Heimstatt gegeben!»

Dwayne Hoover, nebenbei bemerkt, bekam nichts davon mit. Er war weiter in Hypnose versunken, nach innen gewandt. Er dachte an sich regende Finger, die schrieben und sich vorbewegten, und so fort. Er hatte einen Dachschaden. Er war nicht ganz dicht. Er hatte nicht alle Tassen im Schrank.

Kapitel 20

Während mein Leben durch die Worte Rabo Karabekians erneuert wurden, fand sich Kilgore Trout am Rand der Interstate-Autobahn stehen, von wo er über den Sugar Creek in seiner Betonmulde zur neuen Holiday Inn hinüberstarrte. Keine Brücke führte über das Wasser. Er würde warten müssen.
Also setzte er sich auf ein Schutzgeländer, zog seine Schuhe und Socken aus und krempelte seine Hosenbeine hoch. Seine nackten Schienbeine waren mit Krampfadern und Narben verschnörkelt. So war es mit den Schienbeinen meines Vaters auch, als er ein sehr alter Mann war.
Kilgore Trout hatte meines Vaters Schienbeine. Sie waren ein Geschenk von mir. Ich gab ihm auch die Füße meines Vaters, die lang waren und schmal und empfindsam. Sie waren bläulich. Es waren künstlerische Füße.

Trout senkte seine künstlerischen Füße in die Betonmulde des Sugar Creek. Sie überzogen sich sofort mit einer klaren Plastikmasse, die auf der Wasseroberfläche schwamm. Als Trout überrascht einen Fuß aus dem Wasser zog, trocknete die Plastikmasse sofort an der Luft und wurde zu einem dünnen, hautnahen, perlmuttschillernden Futteral. Er unterzog den anderen Fuß der gleichen Prozedur.
Die Plastikmasse kam von der Barrytron-Fabrik. Die Firma stellte eine neue, zum Einsatz gegen lebende Ziele bestimmte Bombe für die Luftstreitkräfte her. Die Bombe streute Plastikkugeln statt Stahlkugeln aus, weil die Plastikkugeln billiger waren. Auch war es unmöglich, sie in den Körpern verwundeter Feinde mit Hilfe von Röntgenstrahlen zu orten.
Die Barrytron GmbH hatte keine Ahnung, daß der Abfall in den Sugar Creek gekippt wurde. Sie hatte die Baufirma Gebrüder Maritimo, die in den Händen von Gangstern war, beauftragt, eine Anlage zu bauen, die den Müll verschwinden ließ. Sie wußte, daß die Firma in Händen von Gangstern war. Jedermann wußte das. Aber die Gebrüder Maritimo waren in den meisten Fällen die besten Bauunternehmer in der Stadt. Sie hatten zum Beispiel Dwayne Hoovers Haus gebaut, und das war ein solides Haus.
Aber oft genug war es auch erstaunlich kriminell, was sie zustande brachten. Die Barrytron-Müllanlage war so ein Fall. Sie war teuer und schien kompliziert und viel Arbeit zu erfordern. In Wirklichkeit war es altes, in die Gegend gekipptes Gerümpel, unter dem ein gestohlenes Abflußrohr von Barrytron direkt in den Sugar Creek führte.

Den Barrytron-Leuten würde ganz übel werden, wenn sie erfuhren, was für Umweltverschmutzer sie geworden waren. Solange die Gesellschaft existierte, hatte sie, ganz gleich, was es sie kostete, versucht, als makelloses Vorbild an bürgerlichem Gemeinsinn dazustehen.

Trout durchquerte jetzt den Sugar Creek auf den Beinen und Füßen meines Vaters, und mit jedem watenden Schritt wurden die Überzüge immer perlmuttähnlicher. Obwohl ihm das Wasser nur bis an die Kniescheiben ging, trug er seine Pakete und seine Schuhe und Socken auf dem Kopf.
Er wußte, was für eine komische Figur er abgab. Er hoffte auf einen abscheulichen Empfang, träumte davon, die Festivalteilnehmer in tödliche Verlegenheit zu versetzen. Er hatte diesen weiten Weg auf sich genommen um einer masochistischen Orgie willen. Er wollte wie eine Kakerlake behandelt werden.

Die Situation, in der er sich, soweit er Maschine war, befand, war kompliziert, tragisch und lächerlich. Aber das, was an ihm geheiligt war, seine Bewußtheit, sein Wahrnehmungsvermögen, blieb, was es war – ein unveränderlicher Lichtstreifen.
Und dieses Buch ist von einer Maschine aus Fleisch in Kooperation mit einer Maschine aus Metall und Plastik geschrieben. Plastik ist, nebenbei bemerkt, dem Unrat im Sugar Creek nahe verwandt. Und im inneren Kern der schreibenden Maschine aus Fleisch ist etwas, das geheiligt ist – ein unveränderlicher Lichtstreifen.
Im Inneren jeder Person, die dieses Buch liest, ist ein unveränderlicher Lichtstreifen.
An der Tür meiner New Yorker Wohnung hat es soeben geklingelt. Und ich weiß, was ich vorfinden werde, wenn ich die Tür öffne: einen unveränderlichen Lichtstreifen. Gott segne Rabo Karabekian!

Hören Sie: Kilgore Trout kletterte aus der Mulde und betrat die Asphaltwüste des Parkplatzes. Er hatte vorgehabt, den Vorraum der Holiday Inn mit nassen nackten Füßen zu betreten und auf dem Teppich Fußabdrücke zu hinterlassen – wie diese:

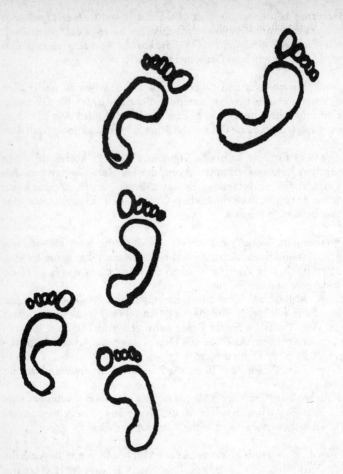

Trout malte sich aus, daß irgendwer über die Fußabdrücke empört sein würde. Das würde ihm Gelegenheit geben, mit großer Geste zu antworten: «Was empört Sie daran so sehr? Womit ich hier umgehe, ist die erste, von Menschen benutzte Druckerpresse. Was Sie hier lesen, ist eine kühne, universal verständliche Schlagzeile, die besagt: ‹Ich bin hier, ich bin hier, ich bin hier.›»

Aber Trout war keine wandelnde Druckerpresse. Seine Füße hinterließen auf dem Teppich keine Spuren, weil sie von Plastik überzogen waren und die Plastikmasse getrocknet war. Die Struktur der Plastik-Moleküle sah so aus:

Die Moleküle bewegten sich weiter und weiter vor, sie wiederholten sich endlos und bildeten eine zähe und porenlose Deckschicht.
Dieses Molekül war das Monstrum, das Dwaynes Stiefbrüder, die Zwillinge Lyle und Kyle, mit ihren Gewehren attackiert hatten. Dies war auch der Stoff, der sich im Innern der Heiligen Wundergrotte vorfraß.

Professor Walter H. Stockmayer vom Dartmouth College war es, der mir erklärte, wie man einen Ausschnitt von Plastikmolekülen graphisch darstellt. Mit diesem amüsanten und hilfreichen Mann, der ein hervorragender Vertreter der physikalischen Chemie ist, bin ich befreundet. Ich habe ihn nicht erfunden. Ich wäre selbst gern Professor Walter H.

Stockmayer. Er ist ein brillanter Klavierspieler und ein traumhaft geschickter Skifahrer.
Und wenn er eine einleuchtende Molekularstruktur aufzeichnete, dann gab er, ebenso wie ich es getan habe, durch eine Abkürzung Stellen an, an denen sie sich in immer derselben Weise ins Endlose fortsetzt.
Da das Leben jetzt eine polymere, die Erde fest umschließende Hülle ist, sollte, scheint mir, diese Abkürzung das geeignete Ende einer jeden, mit Menschen befaßten Geschichte sein, und so zeichne ich sie, weil mir danach ist, hier in großen Buchstaben auf:

Und wenn ich so viele Sätze mit «Und» und «So» beginne und so viele Absätze mit «... und so fort» abschließe, so tue ich das, um mich dem ununterbrochenen Fortgang dieser Polymerie anzupassen.
Und so fort.
«Es gleicht alles einem Ozean!» rief Dostojewski. Ich sage, es ist alles wie Plastik.

Und so betrat Trout den Vorraum als Druckpresse ohne Druckerschwärze, aber auch das änderte nichts daran, daß niemals zuvor ein derart groteskes menschliches Wesen hier hereingekommen war.
Um ihn herum waren, wie andere sie nannten, lauter Spiegel, die er *Lecks* nannte. Die Wand, die den Vorraum von der Cocktailbar trennte, war ein einziges drei Meter hohes und neun Meter langes *Leck*. Auch an dem Zigaretten- und dem Bonbonautomaten waren *Lecks*. Und als Trout durch sie hindurchschaute, um festzustellen, was in dem anderen Universum vorging, sah er eine schmuddelige alte, barfüßige Kreatur mit rotgeränderten Augen, deren Hose bis zu den Knien aufgekrempelt war.
Die einzige andere Person in dem Vorraum war, wie es der Zufall wollte, der schöne junge Hotelangestellte Milo Maritimo. Milos Anzug, seine Haut und seine Augen waren alle von der Farbe, wie man sie von Oliven her kennt. Er hatte seine Ausbildung an der Hotelschule Cornell erhalten. Er war der homosexuelle Enkel von Guillermo «Little Willie» Maritimo, einem Leibwächter des berüchtigten Chikagoer Gangsters Al Capone.

Trout präsentierte sich diesem harmlosen Menschen, indem er sich mit gespreizten nackten Füßen und ausgebreiteten Armen vor seinem Schreibtisch aufstellte. «Der Scheußliche Schneemann ist gekommen», sagte er zu Milo. «Wenn ich nicht so sauber bin wie die meisten scheußlichen Schneemänner, dann liegt das daran, daß ich als Kind an den Hängen des Mount Everest gekidnappt und als Sklave in ein Bordell in Rio de Janeiro gebracht wurde, wo ich in den letzten fünfzig Jahren die unaussprechlich dreckigen Toiletten reinigen mußte. Ein Kunde dort in unserem Peitschenraum schrie in einem ekstatischen Krampfanfall, daß in Midland City ein Kunst-Festival in Vorbereitung sei. Ich floh mit Hilfe zusammengeknoteter Decken, die ich aus einem stinkenden Wäschekorb genommen hatte. Ich bin nach Midland City gekommen, um, bevor ich sterbe, als der große Künstler anerkannt zu werden, der ich meines Wissens bin.»

Milo Maritimo begrüßte Trout strahlend und voller Ehrerbietung. «Mr. Trout», sagte er hingerissen, «ich würde Sie erkennen, wo immer ich Ihnen begegnete. Willkommen in Midland City. Wir brauchen Sie *so* dringend!»

«Woher wissen Sie, wer ich bin?» sagte Kilgore Trout. Noch nie hatte jemand gewußt, wer er war.

«Sie *müssen* einfach Sie sein», sagte Milo.

Trout sackte in sich zusammen – er war *entwaffnet*. Er ließ die Arme fallen, wurde wie ein Kind. «Noch nie hat jemand gewußt, wer ich war», sagte er.

«Ich weiß», sagte Milo. «Wir haben Sie entdeckt, und wir hoffen, Sie werden auch uns entdecken. Midland City wird fortan nicht allein als die Heimatstadt von Mary Alice Miller, der Weltmeisterin im Zweihundert-Meter-Brustschwimmen, bekannt sein. Es wird in Zukunft auch die Stadt sein, die als erste die Größe von Kilgore Trout entdeckte.»

Trout entfernte sich ohne viel Aufhebens vom Schreibtisch und setzte sich auf ein Brokatsofa im spanischen Stil. Der ganze Vorraum war, abgesehen von den Verkaufsautomaten, im spanischen Stil gehalten.

Milo benutzte jetzt einen Satz aus einer Fernsehschau, die vor einigen Jahren in Mode gewesen war. Die Schau wurde nicht mehr gesendet, aber die meisten Leute erinnerten sich noch an den Satz. Die Unterhaltungen hier im Lande wurden größtenteils mit Sätzen aus früheren und gerade laufenden Fernsehserien bestritten. Bei der Fernsehschau, aus der Milos Satz stammte, handelte es sich um irgendeine alte, gewöhnlich ziemlich berühmte Person, die in ein einigermaßen normal aussehendes Zimmer geführt wurde, das aber in Wirklichkeit eine Bühne war, mit einem Publikum davor und Fernsehkameras, die ringsum versteckt waren. Versteckt waren auch ringsherum Leute, welche die Person aus früheren Zeiten kannten. Sie würden später hervortreten und Anekdoten über die Person erzählen.

Milo sagte jetzt zu Trout, was der Zeremonienmeister gesagt haben würde, wenn der Vorhang aufgegangen und Trout auf der Bühne gewesen wäre: «Kilgore Trout! Dies ist Ihr Leben!»

Nur daß es hier weder Publikum noch Vorhang, noch sonst dergleichen gab. Und außerdem war Milo Maritimo die einzige Person in Midland City, die etwas von Kilgore Trout wußte. Es beruhte auf seinem eigenen Wunschdenken, wenn er meinte, die Oberschicht von Midland City würde sich, was Kilgore Trouts Werke anging, ebenso meschugge in Lobhudeleien ergehen wie er.
«Wir sind so reif für eine Renaissance, Mr. Trout! Werden Sie unser Leonardo!»
«Wie ist es *möglich*? Ich meine, daß Sie je etwas von mir gehört haben?» sagte Trout benommen.
Milo kam hinter seinem Schreibtisch hervor. In den Händen hatte er etwas, das aussah wie ein alter, aus der Form geratener Faustball, der kreuz und quer von den verschiedensten Klebestreifen zusammengehalten wurde. «Als ich nirgends etwas über Sie fand», sagte er, «schrieb ich an Eliot Rosewater, der uns auf Sie hingewiesen hatte. In seiner Privatsammlung stehen einundvierzig Romane und dreiundsechzig Kurzgeschichten von Ihnen, Mr. Trout. Er hat sie mir alle zum Lesen geliehen.»
Er hob den vermeintlichen Faustball hoch, der in Wirklichkeit ein Buch aus Rosewaters Sammlung war. Rosewater nahm seine Science-fiction-Bibliothek hart her. «Dies ist das einzige Buch, das ich noch nicht ganz gelesen habe; aber noch bevor die Sonne morgen aufgeht, werde ich damit durch sein», sagte Milo.

Der in Frage stehende Roman hieß, nebenbei bemerkt, *Smart Bunny*. Die Hauptperson war ein Kaninchen, das wie alle anderen wilden Kaninchen lebte, aber so intelligent war wie Albert Einstein oder William Shakespeare. Es war ein weibliches Kaninchen. Es war die einzige weibliche Hauptperson in Kilgore Trouts Romanen und Erzählungen.
Trotz ihrer aufgedunsenen Intelligenz führte Bunny ganz normal das Leben eines weiblichen Kaninchens. Sie kam zu dem Schluß, daß ihre Intelligenz unbrauchbar sei – eine Art Tumor, der in der Kaninchenordnung der Dinge keinen Platz hatte.
Also lief sie hoppeldihopp, hoppeldihopp zur Stadt, um den Tumor entfernen zu lassen. Aber ein Jäger namens Dudley Farrow schoß auf sie und tötete sie, bevor sie dorthin kam. Farrow zog ihr das Fell ab und nahm die Eingeweide heraus, aber dann scheuten er und seine Frau Grace davor zurück, sie zu essen, weil sie einen so ungewöhnlich großen Kopf hatte. Sie glaubten, was Bunny bei Lebzeiten geglaubt hatte – daß sie krank sein müßte.
Und so fort.

Kilgore Trout mußte so bald wie möglich das einzige andere Zeug anziehen, das er besaß, seinen College-Smoking und sein neues Smokinghemd und so fort. Die unteren Teile seiner aufgerollten Hose waren von der Plastikmasse aus dem Creek so durchbacken, daß er sie nicht runterkrempeln konnte. Sie waren steif wie die Flansche an Abwasserrohren.
Also führte Milo Maritimo ihn zu einem Appartement, das aus zwei gewöhnlichen Holiday-Inn-Zimmern bestand. Die Tür zwischen ihnen stand offen. Trout und alle anderen distinguierten Gäste hatten eine solche Suite mit zwei Farbfernsehgeräten, zwei gekachelten Bädern und vier mit *Magischen Fingern* ausgerüsteten Doppelbetten. Magische Finger waren an den Sprungfedern der Betten befestigte elektrische Vibratoren. Wenn der Gast einen Vierteldollar in einen Kasten auf seinem Nachttisch steckte, brachten die Magischen Finger sein Bett rüttelnd in Bewegung.
In Trouts Zimmer gab es genug Blumen, um damit das Begräbnis eines katholischen Gangsters begehen zu können. Sie stammten von Fred T. Barrry, dem Vorsitzenden des Kunst-Festivals, und von der Vereinigung der Midland-City-Frauenclubs, von der Handelskammer und und und . . .
Trout las einige der Karten an den Blumen und kommentierte: «Die Stadt scheint tatsächlich den Künsten in breiter Front nahezukommen.»
Milo schloß fest seine olivfarbenen Augen und wimmerte wie in angehenden Krämpfen. «Es wird *Zeit*. O Gott, Mr. Trout, wir haben so lange gedarbt, ohne auch nur zu wissen, wonach wir hungerten», sagte er. Dieser junge Mann war nicht nur ein Abkomme von Meisterverbrechern, er war auch ein naher Verwandter von Banditen, die gegenwärtig in Midland City am Werk waren. So waren zum Beispiel die Partner der Baufirma Gebrüder Maritimo seine Onkel. Gino Maritimo, der Sohn eines leiblichen Vetters von Milo, war der Rauschgiftkönig der Stadt.

«Oh, Mr. Trout», fuhr der schöne Milo in Trouts Suite fort, «lehren Sie uns, zu singen, zu tanzen, zu lachen und zu weinen. Wir haben so lange versucht, unserem Leben mit Sex und Neid, mit Grundstückskäufen und Rugby und Basketball und Automobilen und Fernsehen und Alkohol einen Inhalt zu geben – von Sägemehl und zerbrochenem Glas haben wir gelebt!»
«Machen Sie die Augen auf!» sagte Trout erbittert. «Sehe ich aus wie ein Tänzer, ein Sänger, ein Mann der Freude?» Er hatte jetzt seinen Smoking an. Er war eine Nummer zu groß für ihn. Er hatte seit seiner Schulzeit beträchtlich abgenommen. Seine Taschen waren gerammelt voll von Mottenkugeln. Sie wölbten sich wie Satteltaschen.
«Machen Sie die Augen auf!» sagte Trout. «Sieht ein von Schönheit durchdrungener Mann so aus? Hier bei Ihnen gibt es nichts als Verzweiflung und Trübsinn, sagen Sie? Ich bringe Ihnen nur noch mehr davon!»

«Meine Augen *sind* auf», sagte Milo mit Wärme in der Stimme, «und ich sehe genau, was ich *erwartet* habe. Ich sehe einen Mann, der zutiefst verwundet ist – weil er es gewagt hat, sich durch die Feuer der Wahrheit einen Weg zur anderen Seite zu bahnen, die sich unseren Augen immer verschlossen hat. Und dann ist er zurückgekommen – um uns von der anderen Seite zu erzählen.»

Und ich saß dort in der neuen Holiday Inn und ließ sie verschwinden, dann wieder erscheinen, dann verschwinden, dann wieder erscheinen. In Wirklichkeit war dort nur ein großes freies Feld. Ein Farmer hatte auf ihm Roggen angebaut.
Es war höchste Zeit, dachte ich, daß Trout und Dwayne Hoover sich begegneten, daß Dwayne Amok liefe.
Ich wußte, wie dies Buch enden würde. Dwayne würde eine Menge Leute verletzen. Er würde ein Glied von Kilgore Trouts rechtem Ringfinger abbeißen.
Und dann würde Trout mit verbundenem Finger in die ihm unbekannte Stadt gehen. Er würde seinem Schöpfer begegnen, der alles erklären würde.

Kapitel 21

Kilgore Trout betrat die Cocktailbar. Seine Füße waren glühend heiß. Sie waren nicht nur in Schuhe und Socken, sondern auch in klarer Plastikmasse verpackt. Sie waren außerstande, zu schwitzen, und atmen konnten sie auch nicht.
Rabo Karabekian und Beatrice sahen ihn nicht hereinkommen. Sie waren an der Piano-Bar von bewundernden Freunden umgeben. Karabekians Rede hatte begeisterten Anklang gefunden. Alle waren sich jetzt einig, daß Midland City eines der bedeutendsten Gemälde der Welt besaß.
«Sie mußten es uns nur erklären», sagte Bonnie MacMahon.
«Jetzt verstehe ich es.»
«Ich hatte nicht geglaubt, daß es da etwas zu erklären gab», sagte der Bauunternehmer Carlo Maritimo verwundert. «Aber bei Gott, es war nötig.»
Abe Cohen, der Juwelier, sagte zu Karabekian: «Wenn Künstler mehr erklären würden, dann würden die Leute die Kunst mehr lieben. Meinen Sie nicht auch?»
Und so fort.
Trout war nicht ganz geheuer zumute. Ihn würden, meinte er, vielleicht viele Leute ebenso überschwenglich begrüßen, wie Milo Maritimo es

getan hatte, und er hatte mit solchen Empfängen keine Erfahrung. Aber niemand kam ihm in den Weg. Er hatte wieder seinen alten Freund Anonymus zur Seite, und die beiden wählten sich einen Tisch in der Nähe von Dwayne Hoover und mir. Alles, was er von mir sehen konnte, waren die Reflexe der Kerzenflammen in meinen spiegelnden Brillengläsern, in meinen *Lecks*.

Dwayne Hoover hatte sich geistesabwesend weiterhin dem Betrieb in der Cocktailbar entzogen. Er hockte da wie ein Klumpen Knetmasse und starrte auf etwas lange Vergangenes und weit Entferntes.

Dwayne bewegte die Lippen, als Trout sich setzte. Er sagte mit tonloser Stimme etwas, das weder mit Trout noch mit mir zu tun hatte: «Goodbye, blauer Montag.»

Trout hatte einen dicken Briefumschlag bei sich. Milo Maritimo hatte ihn ihm gegeben. Er enthielt ein Programm des Festivals der Schönen Künste, eine Begrüßungsadresse von Fred T. Barry, dem Festival-Vorsitzenden, an Trout, eine Liste mit den Ereignissen der kommenden Woche – und einige andere Dinge.

Trout hatte auch ein Exemplar seines Romans *Jetzt kann es gesagt werden* bei sich. Dies war das Weit-offene-Biber-Buch, das Dwayne in Kürze so ernst nehmen würde.

So waren wir drei also beisammen. Dwayne und Trout und ich saßen an den Ecken eines gleichschenkligen Dreiecks, dessen Schenkel knapp vier Meter lang waren.

Wie drei unveränderliche Lichtstreifen saßen wir einzeln in einer einfachen und schönen Anordnung da. In unserer Eigenschaft als Maschinen waren wir schlaffe Säcke voller abgenutzter Versatzstücke und Drahtleitungen, voller rostiger Türangeln und erschlaffter Sprungfedern. Und unsere Beziehungen zueinander waren kompliziert.

Schließlich war ich es, der Dwayne und Trout geschaffen hatte, und Trout war jetzt im Begriff, Dwayne in hell lodernden Wahnsinn zu treiben, und Dwayne würde in Kürze ein Stück von Trouts Finger abbeißen.

Wayne Hoobler beobachtete uns durch ein Guckloch in der Küche. Jemand tippte ihm auf die Schulter. Der Mann, der ihn mit Essen versorgt hatte, sagte jetzt zu ihm, er solle gehen.

So schlenderte er ins Freie und lungerte wie zuvor zwischen Dwaynes Gebrauchtwagen herum. Er nahm wieder das Gespräch mit dem Verkehr auf der Interstate-Autobahn auf.

Der Mann hinter der Cocktailbar schaltete jetzt das ultraviolette Licht an der Decke ein. Bonnie MacMahons Uniform, die mit einer fluoreszierenden Masse imprägniert war, leuchtete elektrisch auf.

Ebenso das Jackett des Barmanns und die afrikanischen Masken an den Wänden.
Auch Dwayne Hoovers Hemd und die Hemden einiger anderer Männer leuchteten auf. Das hatte folgenden Grund: diese Hemden waren mit Waschmitteln gewaschen worden, die fluoreszierende Substanzen enthielten. Das Fluoreszieren sollte bewirken, daß Kleidungsstücke im Sonnenlicht weißer aussahen.
Auch Bunny Hoovers Zähne leuchteten auf, denn er benutzte eine Zahnpasta mit fluoreszierenden Essenzen, damit sein Lächeln bei Tageslicht strahlender wirkte. Er grinste jetzt, und es sah aus, als habe er den Mund voll winziger Christbäume.
Das bei weitem stärkste Strahlen aber ging in diesem Raum vom Spitzenjabot an Kilgore Trouts neuem Smokinghemd aus. Es war ein Glitzern, das Tiefe hatte. Es hätte auch der Einblick in einen geöffneten Sack mit radioaktiven Diamanten sein können.
Aber dann beugte sich Trout unwillkürlich vor, wodurch seine gestärkte Hemdbrust verrutschte und einen parabolischen Trichter bildete. Dadurch wurde das Hemd zu einem Scheinwerfer, dessen Strahl sich auf Dwayne richtete.
Der plötzliche Lichteinfall riß Dwayne aus seiner Trance. Er hatte vielleicht gedacht, er wäre schon gestorben. Auf alle Fälle hatte sich etwas Übernatürliches, Schmerzloses ereignet. Dwayne lächelte vertrauensvoll in das heilige Licht. Er war zu allem bereit.

Trout wußte sich die phantastische Veränderung gewisser Kleidungsstücke rings im Raum nicht zu erklären. Wie die meisten Science-fiction-Schriftsteller hatte er so gut wie keine wissenschaftlichen Kenntnisse. Er wußte mit handfesten Auskünften ebensowenig anzufangen wie Rabo Karabekian. So blieb ihm nichts, als entgeistert umherzuschauen.
Mein eigenes Hemd fluoreszierte nicht, es war alt und x-fach in einer chinesischen Wäscherei mit gewöhnlicher Seife gewaschen worden.
Dwayne Hoover verlor sich jetzt abwesend in Trouts Hemdbrust, ebenso wie er sich zuvor im perlenden Gesprudel von Zitronensaft verloren hatte. Er erinnerte sich daran, wie sein Vater ihm als Zehnjährigem erklärt hatte, warum es in Shepherdstown keine Nigger gab.
Es war kein gänzlich belangloses Faktum, an das er sich da erinnerte. Dwayne hatte schließlich mit Bonnie MacMahon gesprochen, deren Mann in einer Autowäscherei in Shepherdstown so viel Geld verloren hatte. Und der Hauptgrund, weshalb es mit der Autowäscherei nicht klappte, war der, daß eine gutgehende Autowäscherei billige und voll ausnutzbare Arbeitskräfte benötigte, Schwarze also – und in Shepherdstown gab es keine Nigger.
«Vor Jahren noch», erzählte Dwaynes Stiefvater Dwayne, als Dwayne zehn war, «kamen Nigger zu Millionen in den Norden – nach Chikago,

nach Midland City, nach Indianapolis, nach Detroit. Der Weltkrieg brach aus. Es herrschte ein solcher Arbeitsmangel, daß selbst Nigger, die weder lesen noch schreiben konnten, in Fabriken gute Arbeitsplätze bekamen. Nigger hatten soviel Geld, wie sie ihr Lebtag nicht in die Finger gekriegt hatten.
Drüben in Shepherdstown aber», fuhr er fort, «muckten die Weißen auf. Sie wollten keine Nigger in ihrer Stadt, also stellten sie an den Hauptstraßen am Stadtrand und am Bahnhof Schilder auf.» Dwaynes Stiefvater beschrieb die Schilder, die so aussahen:

«Eines Abends», sagte Dwaynes Stiefvater, «stieg in Shepherdstown eine Niggerfamilie von ihrem Kastenwagen. Vielleicht hatten sie die Schilder nicht gesehen. Vielleicht konnten sie nicht lesen. Vielleicht glaubten sie nicht, was sie gelesen hatten.» Dwaynes Stiefvater war arbeitslos, als er die Geschichte so launig erzählte. Die große Wirtschaftskrise hatte gerade eingesetzt. Er und Dwayne machten ihre wöchentliche Fahrt mit dem Familienwagen, auf der sie Abfall und Gerümpel aufs Land hinausfuhren, um beides in den Sugar Creek zu kippen.
«Sie zogen jedenfalls an dem Abend in eine leere Hütte», fuhr Dwaynes Stiefvater fort. «Sie machten Feuer im Ofen und sonst alles so. Um Mitternacht machte sich der Mob auf den Weg. Sie holten den Mann raus und sägten ihn auf dem obersten Draht eines Stacheldrahtzauns in zwei Stücke.» Dwayne erinnerte sich noch genau, daß sich, während sein

Stiefvater das erzählte, durch den Müll ein hübscher Regenbogen aus Öl auf der Wasserfläche des Sugar Creek ausbreitete.
«Seit dieser Nacht, und das ist jetzt lange her», sagte sein Stiefvater, «hat kein Nigger mehr in Shepherdstown übernachtet.»

Trout bemerkte irritiert, daß Dwayne so abwesend auf seine Hemdbrust starrte. Dwaynes Augen schwammen, und Trout kam es so vor, als schwämmen sie in Alkohol. Er konnte nicht wissen, daß Dwayne eine Ölpfütze auf dem Sugar Creek betrachtete, die sich vor vierzig langen Jahren in einen Regenbogen verwandelt hatte.
Trout hatte auch ein Auge auf mich, so wenig er von mir sehen konnte. Das brachte ihn noch mehr durcheinander als der Anblick, den Dwayne ihm bot. Es war ja so: Trout war die einzige von mir geschaffene Person, die genug Phantasie hatte, um sich selbst als Schöpfung eines anderen menschlichen Wesens begreifen zu können. Diese Möglichkeit hatte er seinem Wellensittich gegenüber wiederholt zur Sprache gebracht. Er hatte zum Beispiel gesagt: «Ich schwöre es zu Gott, Bill, aber ich kann mir, wie alles so läuft, nur vorstellen, daß ich eine Person in einem Buch von jemandem bin, der über jemanden, der die ganze Zeit leidet, zu schreiben vorhat.»
Jetzt begann es Trout zu dämmern, daß er ganz in der Nähe der Person saß, die ihn geschaffen hatte. Das brachte ihn in Verlegenheit. Er konnte schwerlich wissen, wie er zu reagieren hätte, besonders da seine Reaktionen so sein würden, wie sie von mir gewollt waren.
Ich setzte ihm nicht zu, winkte nicht, starrte nicht zu ihm hin. Ich behielt die Sonnenbrille auf. Ich zeichnete wieder auf der Tischplatte, kritzelte die Formel über das Verhältnis von Masse und Energie hin, wie sie zu meiner Zeit gültig war:

Es war, was mich anging, eine lückenhafte Gleichung. Es hätte ein «W» darin vorkommen sollen, für *Wahrnehmungsvermögen* – ohne welches das «E» und das «M» und die mathematische Konstante «c» nicht existieren konnte.

Wir alle hafteten, nebenbei bemerkt, an der Oberfläche einer Kugel. Der Planet war kugelförmig. Warum wir nicht herunterfielen, wußte niemand, wenn auch alle vorgaben, einen Begriff davon zu haben.
Leute, die mit allen Wassern gewaschen waren, wußten, daß man noch am ehesten reich wurde, wenn man einen Teil der Oberfläche besaß, an der die Leute Halt suchen mußten.

Trout vermied es ängstlich, Augenverbindung mit Dwayne oder mir aufzunehmen, er befaßte sich statt dessen mit dem Inhalt des Kouverts, das er in seiner Suite vorgefunden hatte.

Als erstes nahm er sich den Brief vor, den Fred T. Barry, der Festival-Vorsitzende und Förderer der Mildred Barry-Gedenkstätte für die Schönen Künste, der auch Gründer und Vorsitzender des Aufsichtsrates der Barrytron GmbH war, geschrieben hatte.

Angeheftet war eine auf den Namen Kilgore Trout ausgestellte Barrytron-Aktie. Hier der Brief:

«Verehrter Mr. Trout», begann er, «es ist uns eine Ehre und ein Vergnügen, daß eine so angesehene und kreative Persönlichkeit ihre kostbare Zeit dem ersten in Midland City veranstalteten Festival der Schönen Künste widmet. Es ist unser Wunsch, daß Sie sich während Ihres hiesigen Aufenthaltes als Angehöriger unserer Familie fühlen. Um das Gefühl der Teilnahme am Leben unserer Gemeinschaft zu vertiefen, mache ich Ihnen und den anderen prominenten Gästen eine Aktie der Gesellschaft zum Geschenk, die ich gegründet habe und deren Aufsichtsratsvorsitzender ich bin. Es ist das jetzt nicht nur mehr meine Gesellschaft, sondern auch die Ihre.

Unsere Gesellschaft wurde 1934 als Robo-Magic Corporation von Amerika ins Leben gerufen. Sie hatte im Anfang drei Angestellte, und ihre Aufgabe war es, die erste im Haushalt verwendbare, vollautomatische Waschmaschine herzustellen. Sie finden das der Waschmaschine beigegebene Motto in unserem Firmenzeichen am Kopf der Aktie.»

Das Firmenzeichen zeigte eine griechische Göttin auf einer verzierten Chaiselongue. In der Hand hielt sie eine Fahnenstange, an der ein langer Wimpel flatterte. Auf dem Wimpel stand:

Das Motto der alten Robo-Magic-Waschmaschine verflocht geschickt zweierlei verschiedene Vorstellungen, die Leute mit dem Montag verbanden. Das eine war, daß Frauen traditionsgemäß ihre Wäsche am

Montag machten. Der Montag war eben Waschtag und als solcher kein besonders unangenehmer Tag.

Leute andererseits, die während der Woche Arbeit zu verrichten hatten, die ihnen verhaßt war, nannten den Montag «Blauer Montag», weil sie nach dem Wochenende ungern an ihre Arbeit zurückgingen. Als Fred T. Barry als junger Mann das Robo-Magic-Motto einführte, gab er vor, der Montag würde deswegen «Blauer Montag» genannt, weil das Waschen den Frauen zuwider war und sie bis zur Erschöpfung anstrengte.

Die Robo-Magic-Gesellschaft half, ihnen das Leben zu erleichtern.

Es war übrigens nicht wahr, daß die meisten Frauen zu der Zeit, als die Robo-Magic-Waschmaschine erfunden wurde, ihre Wäsche am Montag machten. Sie machten die Wäsche, wann immer ihnen danach war. An kaum etwas aus der Zeit der Großen Wirtschaftskrise erinnerte sich Dwayne Hoover zum Beispiel so deutlich wie an den Entschluß seiner Stiefmutter, die Wäsche am Weihnachtsabend zu machen. Sie war verzweifelt über die ärmlichen Verhältnisse, in denen die Familie lebte, und so stapfte sie plötzlich in den Keller, zu den Mistkäfern und Tausendfüßlern, und machte die Wäsche.

«Gerade die richtige Zeit für Niggerarbeit», sagte sie.

Mit der Werbung für die Robo-Magic-Waschmaschine begann Fred T. Barry 1933, lange bevor ein gebrauchsfertiger Typ auf dem Markt war. Er war einer der wenigen Geschäftsleute in Midland City, die sich während der großen Wirtschaftskrise Reklameplakate leisten konnten; also brauchten die Robo-Magic-Verkaufsanzeigen sich nicht vorzudrängen, um die Aufmerksamkeit auf sich zu lenken. Sie waren praktisch die einzigen Symbolzeichen in der Stadt.

Eines von Freds Plakaten klebte an einer Tafel vor dem Haupttor der eingegangenen Keedsler-Automobil-Werke, die von der Robo-Magic Corporation übernommen worden waren. Darauf war eine Dame der High Society abgebildet, im Pelzmantel und mit Perlen um den Hals. Sie war dabei, ihr hochherrschaftliches Haus zu verlassen, um einen angenehmen Nachmittag zu verbringen, und aus ihrem Mund stieg ein Ballon auf. In dem Ballon stand:

Ein anderes Plakat, das an einer Tafel beim Eisenbahndepot hing, zeigte zwei Weiße vor einem Lieferwagen, die eine Robo-Magic in ein Haus brachten. Ein schwarzes Dienstmädchen sah ihnen zu. Die Augen gingen ihr über, was sehr komisch wirkte. Auch aus ihrem Mund stieg ein Ballon auf, und sie sagte:

> LAUFT, FÜSSE, LAUFT! DIE HAM SICH 'N ROBO-MAGIC ANGESCHAFFT! DIE BRAUCHEN UNS HIER IM HAUS NICHT MEHR!

Fred T. Barry verfaßte den Text dieser Anzeigen selbst, und er sagte damals voraus, daß der Robo-Magic mit seinen verschiedenen Zubehörteilen eines Tages «überall die ganze Niggerarbeit», wie er's nannte, machen würde, worunter Sachen schleppen und Reinigen und Kochen und Waschen und Bügeln und Kinder beaufsichtigen und Dreck wegmachen zu verstehen war.
Dwayne Hoovers Stiefmutter war nicht die einzige Weiße, die sich schüttelte, wenn es um solche Arbeit ging. Bei meiner Mutter war's genauso, und bei meiner Schwester, Gott hab sie selig, auch. Beide weigerten sich glattweg, Niggerarbeit zu tun.
Die weißen Männer natürlich auch. Sie nannten das *Frauenarbeit*, und die Frauen nannten es *Niggerarbeit*.

Ich wage jetzt eine kühne Vermutung: Ich glaube, daß die Weißen im Norden, die den Bürgerkrieg in meinem Lande gewannen, vom Ende des Krieges in einer Weise enttäuscht wurden, die bisher noch nicht erkannt worden ist. Diese Enttäuschung lebte, glaube ich, in ihren Nachkommen fort, ohne daß diese eigentlich wußten, um was es dabei ging.
Die Sieger wurden um die begehrenswerteste Beute betrogen, die es in diesem Krieg gab, um Menschensklaven.

Der Robo-Magic-Traum wurde durch den Zweiten Weltkrieg unterbrochen. Statt Waschinen-Zubehörteile herzustellen, wurden die alten Keedsler-Automobilwerke zur Waffenfabrik. Von der Waschmaschine selbst überlebte nur das Gehirn, das dem übrigen Mechanismus übermittelt hatte, wann Wasser einzulassen, wann Wasser abzulassen, wann zu waschen, wann zu spülen war, und wann der Trockenlauf einzusetzen hatte und so fort.

Dieses Gehirn wurde im Zweiten Weltkrieg das Nervenzentrum des sogenannten «BANC-Systems». Es war in schwere Bomber eingebaut und es sorgte für den Abwurf der Bomben, nachdem der Bombenschütze auf den rot blinkenden Knopf mit der Aufschrift «Bomben ab» gedrückt hatte. Der Knopf setzte das BANC-System in Gang, das die Bomben so auslöste, daß der Planet unten mit dem erwünschten Teppich explodierender Bomben belegt wurde. «BANC» war die Abkürzung für «Bomben-Abstand-Normalisierungs-Computer».

Kapitel 22

Und ich saß in der Cocktailbar der neuen Holiday Inn und sah Dwayne Hoover auf Kilgore Trouts Hemdbrust starren. Ich trug einen Armreifen, der so aussah:

DO1 stand für Deckoffizier Erster Klasse: das war der Dienstgrad von Jon Sparks.

Der Armreifen hatte mich zweieinhalb Dollar gekostet. Es war dies eine Möglichkeit, mein Mitgefühl mit Hunderten von Amerikanern auszudrücken, die während des Krieges in Vietnam gefangengenommen wurden. Diese Armreifen waren populär. Auf jedem standen der Name eines tatsächlich existierenden Kriegsgefangenen, sein Dienstgrad und das Datum seiner Gefangennahme.

Von den Trägern der Armreifen wurde erwartet, daß sie ihn erst abnahmen, wenn der betreffende Gefangene in die Heimat zurückkam oder als vermißt oder tot gemeldet wurde.

Ich fragte mich, wie ich den Armreifen in meiner Geschichte unterbringen könnte, und kam auf die gute Idee, ihn irgendwo liegenzulassen, so

daß Wayne Hoobler ihn finden würde.
Wayne würde vermuten, daß er einer Frau gehörte, die jemanden namens DO1 Jon Sparks liebte, und daß die Frau und DO1 sich am 19. März 1971 verlobt oder geheiratet oder etwas anderes Wichtiges unternommen hatten. Wayne würde den ungewöhnlichen Vornamen vorsichtig auszusprechen versuchen. «Doo-ii?» würde er sagen. «Du-ii? Du-Ei? Dwie?»

Dort in der Cocktailbar sprach ich Dwayne Hoover das Verdienst zu, in der Nacht an einem Schnellese-Kursus bei der Vereinigung Christlicher Junger Männer teilgenommen zu haben. Das würde ihn in die Lage versetzen, Kilgore Trouts Roman statt in Stunden in wenigen Minuten zu lesen.

Dort in der Cocktailbar nahm ich eine weiße Pille, die ich, hatte der Arzt gesagt, mit Maßen – zwei am Tag – einnehmen könnte, um mich in eine melancholische Stimmung zu versetzen.

Dort in der Cocktailbar setzten die Pille und der Alkohol mich entsetzlich unter Druck, alles, was ich noch nicht erklärt hatte, zu erklären, und dann meine Geschichte Hals über Kopf vorzutreiben.
Immer mit der Ruhe: die für Dwayne wenig charakteristische Eigenschaft, so schnell lesen zu können, habe ich bereits erklärt. Kilgore Trout würde wahrscheinlich die Fahrt von New York City nicht in der Zeit geschafft haben, die ich dafür angesetzt hatte; aber es ist jetzt zu spät, sich darüber den Kopf zu zerbrechen. Soll's dabei bleiben, soll's dabei bleiben!
Ruhig, ganz ruhig. Ah, ja – ich muß noch eine Jacke erklären, die Trout im Krankenhaus zu Gesicht bekommen wird. Sie wird von hinten so aussehen:

Hier ist die Erklärung: es gab nur eine höhere Schule für Nigger in Midland City, und sie war noch Nur-für-Nigger. Benannt war sie nach Chrispus Attucks, einem Schwarzen, der 1770 von britischen Truppen in Boston erschossen worden war. Im Hauptkorridor der Schule hing ein Ölgemälde, das diesen Vorfall darstellte. Auch einige Weiße waren Kugelfang gewesen. Chrispus Attucks hatte ein Loch in der Stirn, das wie die Tür eines Vogelhauses aussah.

Aber die farbige Bevölkerung nannte die Schule nicht mehr *Chrispus Attucks High School*. Sie nannte sie *Unschuldiger Zuschauer High School*.

Und als nach dem Zweiten Weltkrieg eine weitere höhere Schule für Nigger gebaut wurde, benannte man sie nach George Washington Carver, einem als Sklave geborenen Farbigen, der immerhin ein berühmter Chemiker wurde. Er entdeckte eine Reihe von neuen, bemerkenswerten Verwendungsmöglichkeiten für Erdnüsse.

Aber auch diese Schule nannten die Schwarzen nicht bei ihrem richtigen Namen. Schon am Tage der Eröffnung sah man junge Farbige mit Jacken, die von hinten so aussahen:

Ich muß auch erklären, warum es in Midland City so viele Schwarze gab, die Vögel aus Ländern imitieren konnten, aus denen sich früher das British Empire zusammensetzte. Die Sache war so: Fred T. Barry und seine Eltern waren fast die einzigen Leute in Midland City, die es sich während der großen Wirtschaftskrise leisten konnten, Nigger für die Niggerarbeit anzustellen. Sie übernahmen das alte Keedslersche Herrenhaus, in dem die Romanschriftstellerin Beatrice Keedsler geboren war. Das Personal bestand, alles in allem, aus zwanzig Hausarbeitern und Dienstmädchen.

Freds Vater hatte während der Prosperität in den zwanziger Jahren als Alkoholschmuggler und durch Börsenmachenschaften einen Haufen Geld verdient. Er behielt das Geld in Banknoten im Haus, was sich, da während der Großen Wirtschaftskrise so viele Banken Pleite machten, als richtig erwies. Freds Vater war überdies Agent für Chikagoer Gangster, die ihren Kindern und Kindeskindern legitime Geschäftsgrundlagen verschaffen wollten. Durch Vermittlung von Freds Vater kauften diese Gangster fast alle brauchbaren Grundstücke in Midland City zu einem Zehntel oder gar Hundertstel ihres wirklichen Wertes.

Und bevor Freds Mutter und sein Vater nach dem Ersten Weltkrieg in die Vereinigten Staaten kamen, waren sie Varietékünstler in England gewesen. Freds Vater hatte die singende Säge gespielt. Seine Mutter hatte Vögel aus verschiedenen Ländern imitiert, die noch zum British Empire gehörten.

Sie behielt das Imitieren von Vögeln zu ihrem Vergnügen bis weit in die Große Wirtschaftskrise bei. «Die malayische Nachtigall», pflegte sie zum Beispiel zu sagen, und dann imitierte sie den Gesang dieses Vogels. Oder sie sagte: «Die neuseeländische Riesenschwalmeule» – und dann imitierte sie die Stimme dieses Vogels.

Und all die Schwarzen, die für sie arbeiteten, glaubten noch nie etwas so Komisches erlebt zu haben, hüteten sich aber, laut zu lachen, wenn sie sich in Vogelstimmen erging. Und um ihre Freunde und Verwandten am Gelächter teilhaben zu lassen, lernten sie ebenfalls das Imitieren von Vogelstimmen.

Die Verrücktheit machte Schule. Schwarze, die nie im Keedslerschen Herrenhaus gewesen waren, konnten den Leierschwanz und den australischen Wippsteert imitieren, die indische Goldamsel und die in England selbst beheimatete Nachtigall, den Buchfink, den Zaunkönig und den englischen Weidenlaubsänger oder Zilpzalp.

Sie konnten sogar das glückliche Kreischen von Kilgore Trouts ausgestorbenem Inselgefährten, dem Bermuda-Adler nämlich, nachahmen.

Als Kilgore Trout in die Stadt kam, konnten die Schwarzen immer noch diese Vögel imitieren, und sie wußten auch Wort für Wort, was Freds Mutter vor jedem Gesangsakt gesagt hatte. Wenn jemand von ihnen zum Beispiel eine Nachtigall imitierte, dann sagten er oder sie vorweg: «Was dem Gesang der von den Dichtern so sehr geliebten Nachtigall besondere Schönheit verleiht, ist die Tatsache, daß sie *nur* bei Mondlicht singt.»

Und so fort.

Dort in der Cocktailbar entschieden die schlechten chemischen Elemente in Dwayne Hoover plötzlich, daß es für Dwayne an der Zeit war, Kilgore Trout nach den Geheimnissen des Lebens zu fragen.

«Verkünden Sie mir die Botschaft», rief Dwayne. Torkelnd erhob er sich von seiner Bank, setzte sich neben Trout hin und gab wie eine Dampfheizung Hitze ab. «Die Botschaft, bitte.»

Und hier nun tat Dwayne etwas außergewöhnlich Unnatürliches. Er tat es, weil ich es von ihm wollte. Es war etwas, das ich inständig schon seit Jahren eine Person hatte tun lassen wollen. Dwayne machte mit Trout, was die Gräfin in Lewis Carrolls *Alice im Wunderland* mit Alice gemacht hatte. Er legte das Kinn auf die Schulter des armen Trout und bohrte es in seine Schulter.

«Die Botschaft?» sagte er, das Kinn tiefer und tiefer eingrabend.

Trout blieb stumm. Er hatte gehofft, durch das bißchen ihm verbliebene Leben zu kommen, ohne noch einmal ein menschliches Wesen berühren zu müssen. Dwaynes Kinn auf seiner Schulter war für Trout so schockierend wie Notzucht.

«Ist sie das? Ist sie das?» sagte Dwayne und griff sich Trouts Roman *Jetzt kann es gesagt werden*.

«Ja – das ist sie», krächzte Trout. Zu seiner enormen Erleichterung nahm Dwayne das Kinn von seiner Schulter.

Dwayne begann jetzt gierig zu lesen, als lechzte er nach Gedrucktem. Und der Schnellese-Kursus, den er bei der Vereinigung Christlicher Junger Männer mitgemacht hatte, gestattete es ihm, Sätze und Wörter wie ein Schwein zu verschlingen.

«Lieber Herr, armer Herr, braver Herr», las er, «Sie sind ein Experiment des Schöpfers des Universums. Sie sind das einzige Geschöpf im gesamten Universum, das einen freien Willen hat. Sie sind der einzige, der zu begreifen vermag, was als nächstes zu tun ist – und *warum*. Alle anderen sind Roboter, sind Maschinen.

Sie sind ausgepumpt und demoralisiert», las Dwayne. «Warum sollte es anders sein? Natürlich machte es einen fertig, immerfort in einem Universum nach Vernunft zu suchen, das nicht als vernünftig gedacht war.»

Kapitel 23

Dwayne Hoover las weiter: «Sie sind umgeben von liebenden Maschinen, hassenden Maschinen, gierigen Maschinen, selbstlosen Maschinen, tapferen Maschinen, feigen Maschinen, redlichen Maschinen, lügnerischen Maschinen, komischen Maschinen, würdevollen Maschinen», las er. «Ihr Zweck ist einzig und allein, Sie auf jede erdenkliche Weise aufzustören, so daß der Schöpfer des Universums Ihre Reaktionen überprüfen kann. Fühlen und Schlüsse ziehen können sie so wenig wie Kuckucksuhren. Der Schöpfer des Universums möchte sich jetzt entschuldigen, nicht nur für die launische, rüpelhafte Gesellschaft, die er Ihnen während des Tests beigab, sondern auch für den Zustand des in Dreck und Gestank erstickenden Planeten selbst. Der Schöpfer hat seit Millionen von Jahren Roboter programmiert, ihn zu verschandeln, damit er bei Ihrer Ankunft ein giftig verseuchter Klumpen wäre. Auch sorgte er dafür, daß er hoffnungslos von programmierten Robotern übervölkert sein würde, die ungeachtet ihrer Lebensbedingungen nach nichts so gieren wie nach Geschlechtsverkehr, und die nichts so vergöttern wie Nachkommenschaft.»

Zufällig kam jetzt Mary Alice Miller, die Weltmeisterin im Brustschwimmen und Königin des Festivals der Schönen Künste, durch die Cocktailbar. Sie verkürzte sich so den Weg zur Halle vom seitlichen Parkplatz her, wo ihr Vater in seinem avocadogrünen 1970er Plymouth *Barracuda* mit Fließheck, den er als Gebrauchtwagen von Dwayne gekauft hatte, auf sie wartete. Der Garantieschein für den Wagen war erneuert worden.
Mary Alices Vater, Don Miller, war unter anderem Vorsitzender des Entlassungskomitees in Shepherdstown. Er war es, der entschieden hatte, daß Wayne Hoobler, der erneut zwischen Dwaynes Gebrauchtwagen herumlungerte, reif war, von der Gesellschaft wieder aufgenommen zu werden.
Mary Alice ging in den Vorraum, um sich für ihre Rolle als Königin bei dem abendlichen Festival-Bankett Krone und Zepter zu holen. Milo Maritimo, der Hotelangestellte und Enkel eines Gangsters, hatte beides mit eignen Händen angefertigt. Ihre Augen waren permanent entzündet. Sie sahen aus wie Maraschino-Kirschen.
Nur eine Person nahm sie deutlich genug wahr, um ihr Erscheinen kommentieren zu können. Das war Abe Cohen, der Juwelier. Ihre Geschlechtslosigkeit und Unschuld und geistige Leere stießen ihn ab, und so sagte er über Mary Alice: «Der reine Thunfisch!»

Kilgore Trout hörte ihn das sagen – das über den reinen Thunfisch. Er versuchte, sich einen Reim darauf zu machen. In seinem Kopf schwappten Mysterien. Er hätte ebensogut der zwischen Dwaynes Gebrauchtwagen in der Hawaii-Woche umherstreifende Wayne Hoobler sein können. Seine in Plastik verpackten Füße waren mittlerweile immer heißer geworden. Die Hitze war jetzt schmerzhaft. Seine Füße zuckten und wanden sich und verlangten danach, in kaltes Wasser gesteckt oder durch die Luft geschwenkt zu werden.
Und Dwayne las weiter über sich und den Schöpfer des Universums,

und zwar:
«Er hat auch Roboter programmiert, Bücher und Magazine und Zeitungen für Sie zu schreiben, auch Fernseh- und Radiosendungen und Theaterstücke und Filme. Sie haben Lieder für Sie geschrieben. Der Schöpfer des Universums ließ sie hunderterlei Religionen erfinden, damit Sie reichlich Auswahl hätten. Zu Millionen ließ er sie einander umbringen, nur aus einem Grunde: Sie in Erstaunen zu versetzen. Sie haben gefühllos, automatisch, unaufhaltsam alle nur denkbaren Grausamkeiten begangen und alle nur denkbaren Freundlichkeiten erwiesen, nur um S-I-E zur Reaktion zu bringen.»
Das Wort Sie war in besonders großen Buchstaben gedruckt und nahm eine ganze Zeile ein, so daß es so aussah:

«Jedesmal wenn Sie in die Bibliothek gingen», hieß es in dem Buch, «hielt der Schöpfer des Universums den Atem an. Was aus diesem literarischen kalten Büfett würden Sie mit Ihrem freien Willen wählen?
Ihre Eltern waren streitsüchtige Maschinen und sich selbst bemitleidende Maschinen», hieß es weiter. «Ihre Mutter war programmiert, Ihren Vater anzuschreien, weil er in puncto Geld eine versagende Maschine war, und Ihr Vater war programmiert, sie zu beschimpfen, weil sie in Haushaltsdingen eine versagende Maschine war. Beide waren sie programmiert, sich gegenseitig anzuschreien, weil sie in der Liebe versagende Maschinen waren.
Dann wurde Ihr Vater programmiert, aus dem Haus zu rennen und die Tür krachend hinter sich zuzuschlagen. Das machte automatisch aus Ihrer Mutter eine weinende Maschine. Und Ihr Vater ging in eine Wirtschaft, wo er sich mit anderen trinkenden Maschinen betrank. Dann gingen all die trinkenden Maschinen in ein Freudenhaus, wo sie sich fickende Maschinen mieteten. Und dann torkelte Ihr Vater nach Hause, wo er zu einer um Verzeihung bittenden Maschine wurde. Und Ihre Mutter wurde zu einer sehr langsam verzeihenden Maschine.»

Und nachdem Dwayne lauter solche ich-versessenen Schrullenhaftigkeiten – Zehntausende von Wörtern in zehn Minuten oder so – verschlungen hatte, erhob er sich.
Steif aufgerichtet ging er hinüber zur Piano-Bar. Seine steife Haltung war verursacht durch das Bewußtsein seiner eigenen Stärke und Recht-

schaffenheit. Aus Angst, er würde die neue Holiday Inn durch sein
Stampfen zerstören, wagte er es nicht, mit voller Kraft auszuschreiten. Er
hatte keine Angst um sein Leben, denn Trouts Buch hatte ihn darüber
belehrt, daß er schon dreiundzwanzigmal getötet worden war. Jedesmal
hatte der Schöpfer des Universums ihn wieder zusammengeflickt und
aufs neue losgeschickt.
Weniger aus Sicherheitsgründen als aus Vornehmheit hielt sich Dwayne
zurück. Vor einem zweiköpfigen Publikum – vor sich selbst und seinem
Schöpfer – wollte er sein neues Lebensverständnis mit Geschick demonstrieren.
Er näherte sich seinem homosexuellen Sohn.
Bunny sah die Katastrophe kommen, den Tod selbst, meinte er. Mit den
Kampfmethoden, die er in der Militärschule gelernt hatte, hätte er sich
leicht zur Wehr setzen können. Aber er zog es vor, sich in die Meditation
zurückzuziehen. Er schloß die Augen, und sein Bewußtsein sank ab in die
Stille der unberührten Schleiergebilde seines Geistes. Ein phosphoreszierender Schleier schwamm vorüber:

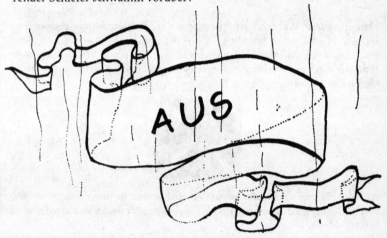

Dwayne packte Bunnys Kopf von hinten. Er rollte ihn wie eine Beutelmelone links und rechts über die Klaviertasten. Dwayne lachte und nannte
seinen Sohn: «... eine gottverdammte, pimmellutschende Maschine!»
Bunny widersetzte sich nicht, so grauenhaft sein Gesicht auch zugerichtet wurde. Dwayne riß seinen Kopf hoch und schmetterte ihn noch mal
auf die Tasten. Auf den Tasten war Blut und Speichel und Schleim.
Rabo Karabekian und Beatrice Keedsler und Bonnie MacMahon, sie alle
packten jetzt Dwayne und zogen ihn von Bunny weg. Das steigerte nur
Dwaynes Übermut. «Noch nie 'ne Frau geschlagen, was?» sagte er zum
Schöpfer des Universums.

Und dann versetzte er Beatrice Keedsler einen Kinnhaken. Er schlug Bonnie MacMahon in den Bauch. Er wahr ehrlich davon überzeugt, daß sie fühllose Maschinen seien.
«Ihr Roboter alle, wollt ihr wissen, warum meine Frau Drāno eingenommen hat?» fragte Dwayne die vom Donner gerührte Gruppe. «Ich will's euch sagen: Sie war auch so eine Maschine!»

Am nächsten Morgen war in der Zeitung eine Skizze von Dwaynes wüstem Amoklauf. Die gepunktete Linie, die seinen Weg nachzeichnete, begann in der Cocktailbar, querte den Asphaltplatz hinüber zu Francine Pefkos Büro in der Automobil-Agentur, berührte in einer Schleife noch einmal die neue Holiday Inn und verlief dann über den Sugar Creek und die westwärts verlaufende Fahrbahn der Interstate-Autobahn zum grasbewachsenen Mittelstreifen. Hier auf dem Mittelstreifen wurde Dwayne von zwei zufällig vorbeikommenden Staatspolizisten gestellt.
Dies hier sagte Dwayne zu den Polizisten, als sie ihm Handschellen anlegten: «Gott sei Dank, daß Sie kommen!»

Dwayne tötete während seiner wilden Raserei niemanden, aber er verletzte elf Personen so ernstlich, daß sie ins Krankenhaus gebracht werden mußten. Und auf der Zeitungsskizze war an jeder Stelle, an der er jemanden schwer verletzt hatte, ein Zeichen. Dieses Zeichen sah, stark vergrößert, so aus:

Auf der Skizze von Dwaynes Amoklauf waren in der Cocktailbar drei solche Kreuze eingezeichnet – für Bunny und Beatrice Keedsler und Bonnie MacMahon.
Danach rannte Dwayne nach draußen auf den Asphaltplatz zwischen dem Gasthaus und seinem Gebrauchtwagenplatz. Er schrie da draußen nach Niggern, die sofort zu ihm kommen sollten. «Ich will mit euch reden», sagte er.
Er war da draußen allein. Niemand aus der Cocktailbar war ihm bislang gefolgt. Don Miller, Mary Alice Millers Vater, der auf Mary Alice mit ihrer Krone und ihrem Zepter wartete, war in seinem Wagen ganz in Dwaynes Nähe, aber von der Schau, die Dwayne abzog, sah er nichts. Die Rücklehnen der Sitze konnten zurückgeklappt und so zu Betten gemacht werden. Den Kopf unterm Fensterrand, lag Don sich ausruhend auf dem Rücken und starrte gegen die Decke. Um seine Französisch-Kenntnisse

aufzufrischen, hörte er sich ein Band mit Sprachlektionen an.
«Demain nous allons passer la soirée au cinéma», tönte es vom Band, und Don versuchte, das nachzusprechen. «Nous espérons que notre grand-père vivra encore longtemps», fuhr das Band fort. Und so weiter.

Dwayne rief weiter nach Niggern, die zu ihm kommen sollten. Er lächelte. Er meinte, der Schöpfer des Universums hätte sie alle programmiert, sich zum Scherz zu verstecken.
Dwayne sah sich verschmitzt um. Dann gab er einen Schrei von sich, den er als Junge ausgerufen hatte, wenn das Räuber-und-Gendarm-Spiel vorbei und es für die Kinder in ihren Verstecken Zeit war, nach Hause zu gehen. Dies war der Schrei, und die Sonne war schon untergegangen, als er ihn ausrief: «Alle-alle-Ochs-sind-freeeeeiiiiiiiiiiiii.»
Die Person, die auf diesen Lockruf antwortete, war jemand, der in seinem Leben nie Räuber und Gendarm gespielt hatte. Es war Wayne Hoobler, der leise zwischen den Gebrauchtwagen hervorkam. Er verschränkte die Hände hinter dem Rücken und stellte sich breitbeinig hin. Das, nahm er an, war die Haltung bei *Rührt euch*. Dies war die Haltung, die gleichermaßen Soldaten wie Gefangenen beigebracht wurde – um Aufmerksamkeit zu bekunden, Tölpelhaftigkeit, Respekt und willentliche Wehrlosigkeit. Er war auf alles gefaßt, und wenn's der Tod selbst wäre.
«Da bist du ja», sagte Dwayne, und seine Augen zwinkerten vor bittersüßer Vergnügtheit. Er wußte nicht, wer Wayne war. Er bewillkommnete ihn als einen typischen schwarzen Roboter. Jeder andere schwarze Roboter wäre ihm auch recht gewesen. Und Dwayne begann wieder ein verqueres Gespräch mit dem Schöpfer des Universums, wobei er einen Roboter als fühlloses Konversationsobjekt benutzte. Eine Menge Leute in Midland City stellten nutzlose Gegenstände aus Hawaii oder Mexiko oder sonstwoher auf ihre Kaffeetische oder die Ausziehtische in ihren Wohnzimmern oder auf was weiß ich für Regale – und solche Gegenstände nannten sie *Konversationsobjekte*.
Wayne behielt jene Habt-acht-Stellung bei, während Dwayne von seinem Jahr als Landesbeauftragter für die Boy Scouts von Amerika erzählte, einem Jahr, in dem sich mehr jugendliche Farbige zu pfadfinderischer Tätigkeit bereitfanden als jemals zuvor. Dwayne erzählte Wayne von seinen Bemühungen, einem jungen Farbigen namens Payton Brown das Leben zu retten: dem mit seinen fünfzehn Jahren jüngsten Strafgefangenen, der auf dem elektrischen Stuhl in Shepherdstown hingerichtet werden sollte. Dwayne erging sich weiter über all die Farbigen, die er angestellt hatte, als kein anderer auch nur daran dachte, Farbige anzustellen, und darüber, daß es ihnen offenbar schwerfiel, jemals pünktlich zur Arbeit zu kommen. Er erwähnte auch einige, die fleißig und pünktlich waren, und er blinzelte Wayne zu und sagte: «Sie waren so programmiert.»

Er sprach auch wieder von seiner Frau und seinem Sohn, erkannte an, daß weiße Roboter im großen ganzen genau wie schwarze Roboter waren, indem sie nämlich programmiert waren, zu sein, wie sie waren, und zu tun, was immer sie taten.
Hiernach schwieg Dwayne eine Weile.
Mary Alice Millers Vater, der weniger Meter entfernt in seinem Wagen lag, fuhr derweil fort, französische Konversation zu treiben.
Und dann ging Dwayne mit einem Schwinger auf Wayne los. Er hoffte, ihn hart mit der offenen Hand ins Gesicht zu treffen, aber Wayne verstand sich aufs Wegducken. Er ging auf die Knie, während die Hand in Gesichtshöhe durch die Luft zischte.
Dwayne lachte. «Afrikanischer Kneifer!» sagte er. Das war eine Anspielung auf eine Jahrmarktsbude, die sich in Dwaynes Kindheit großer Beliebtheit erfreute. An der Rückwand der Bude steckte ein Schwarzer seinen Kopf durch ein Loch in einer Segeltuchwand, und die Leute zahlten für das Privileg, ihm harte Basebälle an den Kopf zu werfen. Trafen sie seinen Kopf, dann gewannen sie einen Preis.

Und so dachte Dwayne jetzt, der Schöpfer des Universums habe ihn aufgefordert, eine Runde Afrikanischer Kneifer zu spielen. Er bot seine ganze Durchtriebenheit auf, verbarg seine gewalttätigen Absichten hinter gespielter Langeweile. Und dann schlug er ganz plötzlich zu.
Wayne duckte sich wieder weg und mußte sich gleich darauf wiederholt ducken, denn Dwayne attackierte ihn mit einer schnellen Schlagfolge von Geraden, Haken und Schwingern. Und Wayne sprang mit einem Satz auf die Ladefläche eines sehr ungewöhnlichen Lastwagens, der als Untergestell das Chassis einer 1962er Cadillac-Limousine hatte. Er hatte einst dem Bauunternehmen der Gebrüder Maritimo gehört.
Waynes nunmehr erhöhter Standpunkt ermöglichte ihm über Dwayne hinweg eine Aussicht auf beide Fahrbahnen der Interstate-Autobahn und auf eine Meilenbreite oder mehr des Will-Fairchild-Memorial-Flughafens, der sich jenseits erstreckte. Und es ist in diesem Zusammenhang wichtig zu wissen, daß Wayne nie vorher einen Flughafen gesehen hatte und ganz und gar nicht auf das gefaßt war, was einem Flughafen bevorstand, wenn ein Flugzeug bei Nacht anflog.
«Is schon gut, is schon gut», suchte Dwayne Wayne zu beruhigen. Er war ein sehr fairer Sportsmann. Er hatte nicht die Absicht, auf den Lastwagen zu klettern, um Wayne doch noch eins auszuwischen. Einmal war ihm die Luft ausgegangen. Zum andern aber hatte er begriffen, daß Wayne eine perfekte Wegduck-Maschine war. Nur eine perfekte Schlag-Maschine konnte ihn treffen. «Du bist mir über», sagte Dwayne.
So wich Dwayne ein wenig zurück und gab sich mit einer kleinen Predigt an Wayne zufrieden. Er erzählte ihm von Menschensklaverei – nicht nur von schwarzen, auch von weißen Sklaven. Dwayne betrachtete Bergleute

und Arbeiter an Fließbändern und so fort als Sklaven, ganz gleich, welcher Hautfarbe sie waren. «Eine Schande wäre das, habe ich mal gedacht», sagte er. «Ich habe gedacht, der elektrische Stuhl wäre eine Schande. Der Krieg wäre eine Schande, habe ich gedacht – und Automobilunfälle und Krebs», sagte er. Und so fort.

Er hielt das alles nicht mehr für eine Schande. «Was schert's mich – sind alles Maschinen, denen das zustößt», sagte er.

Wayne Hooblers Gesicht war bislang ohne Ausdruck gewesen, aber jetzt begann es, vor ununterdrückbarer Ehrfurcht zu blühen. Er riß den Mund auf.

Die Lichter auf den Landebahnen des Will Fairchild Memorial-Flughafens leuchteten auf. Für Wayne sahen die Lichter aus wie Meilen und Meilen von verwirrend schönem Geschmeide. Er sah jenseits der Autobahn einen Traum Wahrheit werden.

Wayne erkannte, innerlich aufleuchtend, jenen aus elektrischen Signalen gesponnenen Traum wieder, die ihm einen kindischen Namen gaben – diesen:

Kapitel 24

Also: Dwayne Hoover verletzte so viele Leute schwer, daß ein als *Martha* bekannter Spezial-Unfallwagen gerufen wurde. *Martha* war ein voll ausgerüsteter General-Motors-Transkontinental-Bus, dessen Sitze abmontiert waren. Er enthielt sechsunddreißig Betten für Unfallopfer, dazu eine Küche und eine Badeeinrichtung und einen Operationsraum. Er hatte genügend Nahrungsmittel und Medikamente an Bord, um eine

Woche lang ohne äußere Hilfe als kleines unabhängiges Hospital eingesetzt werden zu können.

Die volle Bezeichnung dafür war *Martha Simmons Mobile Unfallstation* – zum ehrenden Andenken an die Ehefrau von Newbolt Simmons, einem Landeskommissar für öffentliche Sicherheit. Sie starb an der Tollwut, die sie sich zugezogen hatte, als sie eines Morgens eine kranke Fledermaus in den von der Decke zum Fußboden reichenden Vorhängen ihres Wohnzimmers verfangen fand. Sie hatte gerade eine Biographie über Albert Schweitzer gelesen, der meinte, menschliche Wesen sollten simplere Tiere liebevoll behandeln. Die Fledermaus pickte sie nur ganz wenig, als sie sie in ein *Kleenex*-Gesichtstuch einwickelte. Sie trug die Fledermaus hinaus auf ihre Terrasse und setzte sie auf ein künstliches Rasenstück, Marke *Astro-Turf*.

Sie hatte, als sie starb, einen Hüftumfang von neunzig Zentimetern, Taille zweiundsiebzigkommafünf Zentimeter und eine Brustweite von fünfundneunzig Zentimetern. Ihr Gatte hatte einen achtzehnkommasieben Zentimeter langen Penis mit einem Durchmesser von fünf Zentimetern.

Er und Dwayne fühlten sich eine Weile zueinander hingezogen, weil sowohl seine Frau wie auch Dwaynes Frau innerhalb eines Monats auf so ungewöhnliche Weise zu Tode gekommen waren.

Sie kauften gemeinsam eine Kiesgrube an der Überlandstraße 23A; doch dann bot ihnen das Bauunternehmen Gebrüder Maritimo das Doppelte von dem, was sie bezahlt hatten. So gingen sie auf das Angebot ein und teilten den Gewinn, und irgendwie ging es dann mit der Freundschaft langsam zu Ende. Sie tauschten weiterhin Weihnachtsgrüße aus.

Dwaynes letzte an Newbolt Simmons verschickte Weihnachtskarte sah so aus:

Newbolt Simmons' zuletzt an Dwayne geschickte Weihnachtskarte sah so aus:

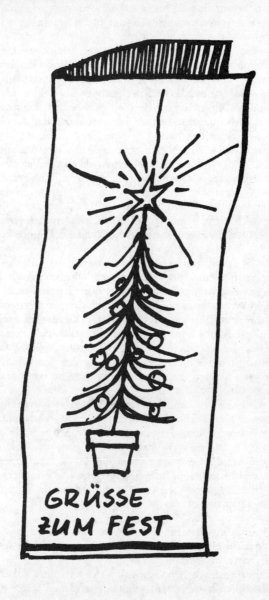

Meine Psychiaterin heißt auch Martha. Sie stellt verhaltensgestörte junge Leute zu kleinen Familien zusammen, die sich einmal die Woche treffen. Es geht immer sehr lustig zu. Sie lehrt uns, wie man auf kluge Weise Verständnis füreinander aufbringt. Sie ist jetzt im Urlaub. Ich mag sie sehr gern.
Und jetzt, wo es auf meinen fünfzigsten Geburtstag zugeht, muß ich an den amerikanischen Romanschreiber Thomas Wolfe denken, der erst achtunddreißig Jahre alt war, als er starb. Beim Ordnen seiner Romanmanuskripte stand ihm Maxwell Perkins, der Cheflektor des Scribner-Verlags, äußerst hilfreich zur Seite. Ich habe gehört, Perkins habe ihm gesagt, er solle beim Schreiben als leitmotivische Idee die Suche nach einem Vater im Auge behalten.
Mir scheint, in wirklich wahrhaften amerikanischen Romanen sollten sich statt dessen die Helden und Heldinnen gleichermaßen auf die Suche nach *Müttern* begeben. Das braucht nicht peinlich zu sein. Es ist ganz einfach die Wahrheit.
Eine Mutter ist so sehr viel nützlicher.
Ich würde mich nicht besonders wohl fühlen, wenn ich einen anderen Vater fände. Dwayne Hoover auch nicht. Und auch Kilgore Trout nicht.

Und gerade als der mutterlose Dwayne Hoover den mutterlosen Wayne Hoobler auf dem Gebrauchtwagenplatz beschimpfte, war ein Mann, der tatsächlich seine Mutter getötet hatte, im Begriff, in einem Charterflugzeug auf dem Will Fairchild Memorial-Flughafen jenseits der Interstate-Autobahn zu landen. Es war Eliot Rosewater, Kilgore Trouts Mäzen. Er hatte als junger Mann seine Mutter versehentlich bei einem Bootsunglück getötet. Sie war, neunzehnhundertsechsunddreißig Jahre nachdem, wie es heißt, der Sohn Gottes geboren worden war, Schachmeisterin der Vereinigten Staaten von Amerika gewesen. Im Jahr darauf brachte Rosewater sie um.
Sein Pilot war es, der die Landebahnen des Flughafens veranlaßte, zu dem zu werden, was ein Ex-Sträfling sich unter dem Märchenland vorstellte. Rosewater erinnerte sich der Juwelen seiner Mutter, als die Lichter aufblinkten. Er sah nach Westen und lächelte zur Mildred Barry-Gedenkstätte für die Schönen Künste hinüber, einem Erntemond auf Stützen an einer Flußbiegung des Sugar Creek. Das erinnerte ihn daran, wie seine Mutter ausgesehen hatte, wenn er sie als Kind mit seinen kurzsichtigen Augen betrachtete.

Ich hatte ihn natürlich erfunden – und seinen Piloten auch. Ich hatte Colonel Looseleaf Harper, den Mann, der die Atombombe auf Nagasaki abgeworfen hatte, ins Cockpit gesetzt.
In einem anderen Buch habe ich Rosewater zu einem Alkoholiker gemacht. Inzwischen hatte ich für seine einigermaßen totale Ausnüchte-

rung, veranlaßt durch den Bund für alkoholfreien Verkehr, gesorgt. Ich hatte ihn in seiner neugewonnenen Nüchternheit in die Lage versetzt, sich mit den vermeintlichen geistigen und körperlichen Vorzügen von Sexualorgien mit Fremden in New York City bekannt zu machen. Er war vorerst über eine gewisse Verwirrung nicht hinausgekommen.
Ich hätte für einen ihn und auch den Piloten betreffenden tödlichen Unfall sorgen können, aber ich ließ sie beide am Leben. Und so landete ihr Flugzeug ohne Zwischenfall.

Die Ärzte in dem als *Martha* bekannten Unfallwagen waren Cyprian Ukwende aus Nigeria und Khashdrahr Miasma aus dem jungen Staatswesen Bangladesh. Beides waren Weltgegenden, die dafür bekannt waren, daß ihnen von Zeit zu Zeit die Lebensmittel ausgingen. Beide Staaten fanden besondere Erwähnung in Kilgore Trouts Buch *Jetzt kann es gesagt werden*. Dwayne Hoover las in dem Buch, daß Robotern in aller Welt ständig der Treibstoff ausging und sie tot umfielen, während sie auf die geringe Chance warteten, das einzige im Universum vorhandene, mit einem freien Willen ausgestattete Geschöpf, falls es erscheinen würde, zu testen.

Am Steuer des Unfallwagens saß Eddie Key, ein junger Farbiger und direkter Abkomme von Francis Scott Key, dem patriotischen weißen Amerikaner, der die Nationalhymne geschrieben hatte. Eddie wußte, daß Key sein Vorfahre war. Er wußte gut sechshundert seiner Vorfahren namentlich aufzuzählen und hatte über jeden von ihnen mindestens eine Anekdote bereit. Es waren Afrikaner, Indianer und Weiße.
Er wußte zum Beispiel, daß der Familie mütterlicherseits die Farm gehört hatte, auf deren Grundstück die Heilige Wundergrotte entdeckt worden war, und daß seine Vorfahren ihr den Namen «Bluebird-Farm» gegeben hatten.

Der Grund, weshalb es in den Krankenhäusern so viele ausländische Ärzte gab, war dieser: das Land hatte nicht annähernd genügend Ärzte für seine vielen Kranken, aber es hatte schrecklich viel Geld. Also kaufte es Ärzte aus Ländern, die nicht soviel Geld hatten.

Eddie Key wußte so viel über seine Vorfahren, weil die schwarzen Angehörigen seiner Familie etwas getan hatten, was so viele afrikanische Familien in Afrika immer noch tun; sie hatten es in jeder Generation einem Familienmitglied zur Pflicht gemacht, die Familiengeschichte bis zum gegenwärtigen Zeitpunkt auswendig zu lernen. Eddie Key hatte schon mit sechzehn begonnen, sich die Namen und Abenteuer seiner Vorfahren mütterlicher- wie väterlicherseits einzuprägen. Während er vorn in dem Unfallwagen saß und durch die Windschutzscheibe nach

draußen sah, hatte er das Gefühl, als wäre er selbst ein Fahrzeug, und als wären seine Augen Windschutzscheiben, durch welche seine Ahnen, wenn sie es wünschten, nach draußen schauen konnten.
Francis Scott Key war nur einer von Tausenden seiner Ahnenreihe. Angesichts der geringen Chance, daß Key jetzt von dem Wunsch beseelt sein möchte, einen Blick auf das zu werfen, was mittlerweile aus den Vereinigten Staaten von Amerika geworden war, heftete Eddie seinen Blick auf eine an der Windschutzscheibe angebrachte amerikanische Fahne. Er sagte sehr ruhig: «Weht immer noch, Mann.»

Eddie Keys Vertrautheit mit der trächtigen Vergangenheit machte das Leben für ihn viel interessanter, als es zum Beispiel für Dwayne war oder für mich oder für Kilgore Trout – oder für fast alle Weißen im Midland City jener Tage. In uns war nicht das Gefühl lebendig, daß sich irgend jemand anders unserer Augen bediente – oder unserer Hände. Wir wußten nicht einmal, wer unsere Urgroßväter und unsere Urgroßmütter gewesen waren. Eddie Key trieb in einem Strom von Menschen dahin, die in den Gezeiten hierhin und dorthin schwammen. Dwayne und Trout und ich waren herumliegende Kieselsteine.
Und Eddie Key war, da er so viel auswendig wußte, zu tiefen, ergiebigen Einsichten über Dwayne Hoover, zum Beispiel, und auch über Dr. Cyprian Ukwende fähig. Dwayne war ein Mann, dessen Familie die Bluebird-Farm übernommen hatte. Ukwende, ein Indaro, war ein Mann, dessen Ahnen einen Mann namens Ojumwa, einen Vorfahren von Key, an der Westküste Afrikas gefangen und entführt hatten. Die Indaros verkauften ihn für eine Muskete an britische Sklavenhändler, die ihn auf einem Segelschiff mit dem Namen *Skylark* nach Charleston, Süd-Carolina, brachten, wo er als eine sich selbst reparierende Ackermaschine mit Selbstantrieb versteigert wurde. Und so fort.

Durch eine große Doppeltür hinten, unmittelbar über dem Motorengehäuse, wurde Dwayne Hoover jetzt an Bord der *Martha* gehievt. Eddie Key saß auf dem Fahrersitz und beobachtete den Vorgang im Rückspiegel. Dwayne war so fest in Segeltuchbahnen verschnürt, daß es für Eddie im Spiegel wie ein bandagierter Daumen aussah.
Dwayne bemerkte die Verschnürung nicht. Er glaubte, er befände sich auf dem in Kilgore Trouts Buch verheißenen jungfräulichen Planeten. Selbst als Cyprian Ukwende und Khashdrahr Miasma ihn waagerecht hingelegt hatten, dachte er noch, er stünde aufrecht. Dem Buch hatte er entnommen, daß er auf dem jungfräulichen Planeten in kaltem Wasser schwimmen und immer, wenn er der eisigen Flut entstiege, etwas Überraschendes schreien würde. Es war ein Spiel. Der Schöpfer des Universums würde zu erraten versuchen, was Dwayne an dem jeweiligen Tag schreien würde. Und Dwayne würde ihn an der Nase herumführen.

Was Dwayne in dem Unfallwagen schrie, war: «Goodbye, blauer Montag!» Dann kam es ihm vor, als sei auf dem jungfräulichen Planeten ein Tag vergangen und daher Zeit, wiederum etwas zu schreien: «Lucky Strike – kein Husten, und wenn Sie Kette rauchen!» schrie er.

Kilgore Trout gehörte zu den Verletzten, die noch gehen konnten. Er erkletterte ohne fremde Hilfe die *Martha* und suchte sich einen Platz, an dem er nicht mit richtigen Notfällen in Berührung kommen würde. Er hatte Dwayne Hoover von hinten angesprungen, als Dwayne Francine Pefko aus seinem Ausstellungsraum und nach draußen auf das Asphaltpflaster geschleppt hatte. Dwayne wollte sie in aller Öffentlichkeit verprügeln, weil ihm seine schlechten Chemikalien eingaben, daß sie es reichlich verdient hatte.
Im Büro hatte Dwayne ihr bereits den Unterkiefer und drei Rippen gebrochen. Als er sie nach draußen zerrte, hatte sich von der Cocktailbar und der Küche der neuen Holiday Inn her eine ansehnliche Menge angesammelt. «Die beste Fickmaschine im ganzen Staate», erklärte er der Menge. «Hochgekitzelt, läßt die sich toll ficken und sagt dann, sie liebt einen, und hört nicht damit auf, bis man ihr eine Konzession für Colonel Sander's Kentucky-Brathühner verschafft hat.»
Und so fort. Trout packte ihn von hinten.
Trouts rechter Ringfinger geriet dabei irgendwie in Dwaynes Mund, und Dwayne biß ihm das oberste Glied ab. Dwayne ließ daraufhin von Francine ab, sie sackte auf dem Asphalt zusammen. Sie war bewußtlos und von allen am schwersten verletzt. Und Dwayne galoppierte hinüber zur Betonmulde an der Interstate-Autobahn und spuckte Trouts Fingerglied in den Sugar Creek.

Kilgore Trout wählte sich keinen Liegeplatz in der *Martha*. Er ließ sich auf einem Ledersitz hinter Eddie Key nieder. Key fragte ihn, was mit ihm wäre, und Trout hob seine teilweise von einem blutigen Taschentuch verhüllte rechte Hand hoch, die so aussah:

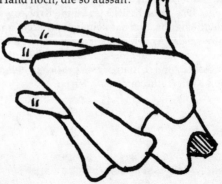

«Ein falsches Wort kann ein Schiff versenken!» schrie Dwayne.

«Denkt an Pearl Harbour!» schrie Dwayne. Was er in der letzten Dreiviertelstunde angerichtet hatte, war größtenteils ungerecht und gemein. Aber er hatte wenigstens Wayne Hoobler verschont. Wayne hielt sich unversehrt wieder zwischen den Gebrauchtwagen auf. Er sammelte einen Armreifen auf, den ich dort für ihn fallen gelassen hatte.
Was mich anging: ich hielt einen respektvollen Abstand zwischen mir und all der Gewalttätigkeit inne – obwohl ich Dwayne und seine Gewalttätigkeit und die Stadt und den Himmel oben und die Erde unten selbst geschaffen hatte. Dennoch kam ich nicht ungeschoren davon. Mein Uhrglas war zersprungen und ein Zeh war, wie sich später herausstellte, gebrochen. Irgend jemand war zurückgesprungen, um Dwayne aus dem Wege zu gehen. Er machte mein Uhrglas kaputt und brach mir, obwohl ich ihn geschaffen hatte, den Zeh.

Dieses Buch gehört nicht zu jener Art von Literatur, bei der die Personen am Ende erhalten, was ihnen zukommt. Dwayne verletzte nur eine Person, die es wegen ihrer Gemeinheit verdient hatte: Don Breedlove. Breedlove war der weiße Gasanlagen-Installateur, der Patty Keene, die Kellnerin in Dwaynes Burger Chef-Lokal an der Crestview Avenue, auf dem Parkplatz des George Hickman Bannister-Gedenkhauses am kommunalen Marktgelände vergewaltigt hatte, nachdem das Erdnuß-College bei den regionalen Basketball-Schulmeisterschaften Sieger über die Unschuldiger Zuschauer-H.S. geblieben war.

Don Breedlove war, als Dwayne mit seiner Raserei begann, in der Küche der Holiday Inn. Er reparierte dort einen defekten Gasofen.
Er ging nach draußen, um frische Luft zu schnappen, und da kam Dwayne auf ihn losgerannt. Dwayne hatte gerade Kilgore Trouts Fingerglied in den Sugar Creek gespuckt. Don und Dwayne kannten einander gut, hatte doch Dwayne einmal an Breedlove einen neuen Pontiac *Ventura* verkauft, der, sagte Don, eine Krücke war. Eine Krücke war ein Automobil, das nicht ordentlich fuhr, und das keiner reparieren konnte.
Dwayne zahlte bei der Angelegenheit drauf, da er den Wagen überholen und Teile erneuern ließ, um Don Breedlove zu besänftigen. Aber Breedlove war untröstlich, und so malte er schließlich in hellgelben Buchstaben dies auf seinen Kofferraum und beide Türen:

DIESER WAGEN IST EINE KRÜCKE!

Was – nebenbei gesagt – mit dem Wagen wirklich nicht stimmte, war dies. Ein Kind aus Breedloves Nachbarschaft hatte Harzzucker in den Benzintank des *Ventura* geschüttet. Harzzucker war ein Produkt, das aus dem Blut von Bäumen hergestellt wurde.

So streckte Dwayne Hoover seine rechte Hand aus, und Breedlove, ohne sich etwas dabei zu denken, gab ihm die Hand. Die Hände umfaßten sich in dieser Weise:

Dies war ein Symbol der Freundschaft zwischen Männern. Man glaubte ganz allgemein, daß an der Art, wie ein Mann die Hand gab, einiges von seinem Charakter zu erkennen war. Dwayne und Don Breedlove drückten sich gegenseitig trocken und hart die Hand.
Dwayne hielt Don Breedloves Hand mit der Rechten und lächelte, als wäre alles Vergangene vergessen. Dann schloß er die linke Hand halb zur Faust und schlug Don mit der halboffenen Innenfläche aufs Ohr. Das erzeugte in Dons Gehörgang einen unerträglichen Luftdruck. Er hatte so furchtbare Schmerzen, daß er zu Boden stürzte. Don sollte auf diesem Ohr nie wieder hören können.

So war jetzt Don auch in dem Unfallwagen – er saß aufrecht wie Kilgore Trout. Francine dagegen lag – sie war bewußtlos, stöhnte aber. Beatrice Keedsler lag auch, obwohl sie aufrecht hätte sitzen können. Ihr Unterkiefer war gebrochen. Bunny Hoover lag ausgestreckt auf der Pritsche. Sein Gesicht war nicht – nicht einmal als Gesicht, als irgend jemandes Gesicht – erkennbar. Cyprian Ukwende hatte ihm eine Morphiumspritze gegeben.
Noch fünf weitere Opfer waren in dem Wagen – eine weiße Frau, zwei weiße Männer und zwei Schwarze. Die drei Weißen waren nie vorher in Midland City gewesen. Sie waren gemeinsam von Erie in Pennsylvania auf dem Weg zum Grand Canyon, der tiefsten Felsschlucht auf dem Planeten. Sie hatten in die Schlucht hinuntersehen wollen, aber sie kamen nun nicht mehr dazu. Dwayne Hoover ging auf sie los, als sie auf dem Wege von ihrem Wagen zur Neuen Holiday Inn waren. Die beiden Schwarzen gehörten zum Küchenpersonal des Gasthauses.

Cyprian Ukwende versuchte jetzt, Dwayne Hoover die Schuhe auszuziehen. Aber Dwaynes Schuhe und Schnürsenkel und Socken waren von der Plastikmasse verklebt, die sich beim Waten durch den Sugar Creek angesetzt hatte.
Für Ukwende hatten plastiküberzogene, ineinander verklebte Schuhe und Socken nichts Verwirrendes. Er bekam solche Schuhe und Socken täglich im Hospital an den Füßen von Kindern zu sehen, die zu nahe am Sugar Creek gespielt hatten. Er hatte sogar an der Wand des Erste-Hilfe-Raums eine Blechschere hängen, um die plastikverklebten Schuhe und Socken herunterzuschneiden.
Er wandte sich an seinen bengalischen Assistenten, den jungen Dr. Khashdrahr Miasma. «Geben Sie mal 'ne Schere», sagte er.
Miasma stand mit dem Rücken an der Tür der Damentoilette des Unfallwagens. Er hatte bislang noch nicht mit solchen Notfällen zu tun gehabt. Diese Arbeit war bisher von Ukwende und Polizei und einer Mannschaft der Zivilverteidigung gemacht worden. Miasma behauptete, er fände hier keine Schere.

Miasma hätte im Grunde wahrscheinlich überhaupt nicht auf medizinischem Gebiet oder wenigstens nicht in einer Umgebung tätig sein sollen, wo Aussicht bestand, daß Kritik an ihm geübt werden könnte. Er konnte Kritik nicht vertragen. Das war eine Charaktereigenschaft, die er nicht unter Kontrolle hatte. Glaubte er aus einer Bemerkung auch nur die geringste Anspielung herauszuhören, daß nicht alles an ihm großartig und fabelhaft wäre, dann wurde er automatisch zu einem nichtsnutzigen, schmollenden Kind, das nur noch nach Haus gehen wollte. Und so sagte er, als Ukwende ihn ein zweites Mal aufforderte, eine Schere zu holen: «Ich will nach Hause.» Aus folgendem Grunde war er, kurz bevor wegen Dwaynes Raserei Alarm durchgegeben wurde, kritisiert worden: Er hatte einem Schwarzen einen Fuß amputiert, der bei einiger Umsicht hätte gerettet werden können.
Und so fort.

Ich könnte fortfahren, weitere intime Details über das Leben der Leute in dieser Super-Ambulanz zu berichten. Aber wozu sollen solche Informationen gut sein?
Ich stimme mit Kilgore Trouts Ansichten über realistische Romane und die in ihnen üblichen Anhäufungen von nichtssagenden Details überein. In Trouts Roman *Die pangalaktische Gedächtnis-Bank* befindet sich der Held auf einem zweihundert Meilen langen Raumschiff, das einen Durchmesser von zweiundsechzig Meilen hat. Er holt sich aus einer Bibliothek-Zweigstelle in seiner Nachbarschaft einen realistischen Roman. Er liest etwa sechzig Seiten davon, dann bringt er ihn zurück. Die Bibliothekarin fragt ihn, warum er ihm nicht gefällt, und er antwortet ihr: «Über menschliche Wesen weiß ich Bescheid.»
Und so fort.

Martha setzte sich in Bewegung. Trout bemerkte ein Schild, das ihm sehr gefiel. Darauf stand:

Und so fort.
Dwayne Hoovers Wahrnehmungsvermögen wandte sich vorübergehend der Erde zu. Er sprach davon, einen Gesundheits-Club in Midland City zu gründen, mit Rudergeräten und stationären Fahrrädern und Strudelbädern und Höhensonnen und einem Schwimmbad und so fort. Er erzählte Cyprian Ukwende, bei der Gründung eines Gesundheits-Clubs käme es darauf an, ihn zu eröffnen und ihn dann so schnell wie möglich mit Gewinn abzustoßen. «Die Leute sind begeistert dabei, wenn es gilt, sich wieder in Form zu bringen und ein paar Pfund abzunehmen», sagte Dwayne. «Sie tragen sich in die Aufnahmeliste ein, aber nach einem Jahr etwa verlieren sie das Interesse und kommen nicht mehr. So sind die Leute.»
Und so fort.
Dwayne würde niemals dazu kommen, einen Gesundheits-Club zu gründen. Er würde nie wieder irgend etwas gründen oder eröffnen. Die Leute, die er so ungerecht verstümmelt hatte, würden so rachsüchtig gegen ihn prozessieren, daß er verarmen und in Not geraten würde. Er würde als einer der abgeschlafften Altmänner-Ballons im Skid Row-Viertel von Midland City behaust sein, das sich in der Nachbarschaft des einst so eleganten Fairchild-Hotels befand. Er würde keineswegs der einzige Stadtstreicher sein, über den wahrheitsgemäß gesagt werden könnte: «Siehst du den da? Ist das zu glauben? Er hat jetzt keinen Pfennig auf der Naht, aber er war mal unheimlich reich.»
Und so fort.
Kilgore Trout pellte jetzt in der Unfallstation Plastik in kleinen Stücken und Streifen von seinen brennenden Schienbeinen und Füßen. Er benutzt dazu seine linke, unverletzte Hand.

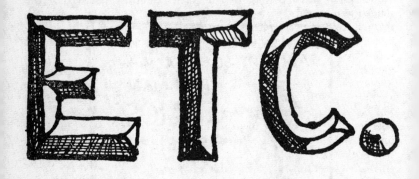

Epilog

Die Unfallstation des Krankenhauses lag im Kellergeschoß. Nachdem man seinen Fingerstumpf desinfiziert und geschient und verbunden hatte, sagte man Kilgore Trout, er solle nach oben zur Kasse gehen. Da er in Midland City nicht ansässig war, keiner Krankenversicherung angehörte und mittellos war, mußte er verschiedene Formulare ausfüllen. Er hatte weder ein Scheckheft noch Bargeld.
Er kam, wie es vielen Leuten geht, eine Zeitlang in den Kellerräumen nicht klar und verirrte sich. Er geriet, wie es vielen Leuten passiert, an die Doppeltür des Leichenschauraums. Er entsann sich automatisch seiner eigenen Sterblichkeit, wie es hier viele taten. Er stieß auf den Röntgenraum, der unbesetzt war. Er stellte sich automatisch die Frage, ob sich in ihm ein bösartiges Gewächs gebildet habe. Genau das fragten sich auch andere Leute, wenn sie in diesen Raum kamen.
Trout fühlte jetzt nichts, wie Millionen andere Leute – automatisch – auch nichts gefühlt haben würden.
Und Trout fand eine Treppe, aber es war die falsche Treppe. Sie brachte ihn nicht zur Vorhalle und zur Kasse und zum Geschenkladen und all dem, sondern zu einer Reihe abgeteilter Räume, in denen sich Personen von allen erdenklichen Verletzungen erholten oder nicht erholten. Viele der Leute waren durch die keine Sekunde nachlassende Schwerkraft zu Boden gerissen worden.
Trout kam jetzt an einem sehr kostbar ausgestatteten Privatzimmer vorbei, und darin hielt sich, von einem weißen Telefon und einem Farbfernsehapparat und Dosen mit Süßigkeiten und Blumensträußen umgeben, ein junger Farbiger auf. Es war Elgin Washington, ein Zuhälter, der sein Gewerbe von der alten Holiday Inn aus betrieb. Er war erst sechsundzwanzig Jahre alt, aber er war unheimlich reich. Die Besuchszeit war vorüber, und so waren alle seine Sexsklavinnen gegangen. Aber sie hatten Wolken von Parfum hinterlassen. Trout hatte ein Würgen in der Kehle, als er an der Tür vorbeikam. Das war eine automatische Reaktion auf die vorwiegend unfreundliche Wolke. Elgin Washington hatte gerade Kokain in seine Nebenhöhlen geschnupft, was die telepathischen Botschaften, die er aussandte und empfing, enorm verstärkte. Er fühlte sich um ein Hundertfaches seiner Lebensgröße erweitert, weil die Botschaften so laut und so aufreizend waren. Es war das Geräusch, das ihn elektrisierte. Was sie zum Inhalt hatten, war ihm egal.
Und inmitten dieser Turbulenz sagte Elgin Washington etwas Schmeichelhaftes zu Trout: «He, Mann; he, Mann; he, Mann», schmeichelte er

ihm. Früh am Tage hatte Khashdrahr Miasma seinen Fuß amputiert, aber das hatte er vergessen. «He, Mann; he Mann», röhrte er schmeichelnd. Er wollte nichts Besonderes von Trout. Von irgendwo innen her übte er sich eitel in der Geschicklichkeit, Fremde zu sich zu locken. Er war ein Seelenfänger. «He, Mann», sagte er. Er zeigte seinen Goldzahn. Er blinzelte mit dem Auge.
Trout näherte sich dem Fußende seines Bettes. Nicht etwa aus Mitgefühl. Er handelte wieder maschinell. Trout war wie so viele Erdbewohner ein vollautomatischer Blödling, wenn eine krankhafte Persönlichkeit wie Elgin Washington ihm sagte, was er wollte; was zu tun war. Beide Männer waren, nebenbei gesagt, Abkommen Kaiser Karls des Großen. Jeder, der europäisches Blut in sich hatte, war ein Abkomme Kaiser Karls des Großen.
Elgin Washington erkannte, daß er wieder einmal ein menschliches Wesen ins Netz gelockt hatte, ohne es wirklich gewollt zu haben. Es war seiner Natur zuwider, jemanden gehen zu lassen, ohne ihn irgendwie erniedrigt, ohne ihm irgendwie das Gefühl gegeben zu haben, daß er ein Idiot sei. Manchmal tötete er Leute, um sie zu erniedrigen, aber zu Trout war er nett. Er schloß die Augen, als dächte er angestrengt nach, und dann sagte er ernst: «Ich glaube, ich liege im Sterben.»
«Ich hol eine Schwester!» sagte Trout. Jedes andere menschliche Wesen würde genau dasselbe gesagt haben.
«Nein, nein», sagte Elgin Washington und hob, verträumt protestierend, die Hände. «Ich sterbe *langsam*. Ganz allmählich.»
«Ich verstehe», sagte Trout.
«Sie müssen mir einen Gefallen tun», sagte Washington. Er wußte selbst nicht, um was für einen Gefallen er bitten wollte. Es würde ihm schon einfallen. Gefallen fielen einem immer ein.
«Was für einen Gefallen?» sagte Trout; ihm war nicht recht wohl in seiner Haut. Er erstarrte innerlich, wenn von vagen Gefallen die Rede war. Er war so als Maschine angelegt. Washington wußte, daß er erstarren würde.
«Ich möchte, daß Sie zuhören, wenn ich das Lied der Nachtigall pfeife», sagte er. Er befahl Trout zu schweigen, indem er ihm einen bösen Blick zuwarf. «Was dem Gesang der von den Dichtern so sehr geliebten Nachtigall besondere Schönheit verleiht», sagte er, «ist die Tatsache, daß sie *nur* bei Mondlicht singt.» Dann tat er, was fast alle Schwarzen in Midland City getan haben würden: er imitierte die Nachtigall.

Das Midland City-Festival der Schönen Künste war des Wahnsinns wegen verschoben worden. Fred T. Barry, der Vorsitzende, kam als Chinese gekleidet in seiner Limousine zum Krankenhaus, um Beatrice Keedsler und Kilgore Trout sein Beileid auszusprechen. Trout war nirgends auffindbar. Beatrice Keedsler war mit Morphium in Schlaf versetzt worden.

Kilgore Trout glaubte noch immer, das Festival fände wie geplant an diesem Abend statt. Er hatte kein Geld, um sich in irgendeiner Weise dorthin fahren zu lassen, also machte er sich zu Fuß auf den Weg. Er begann den Fünfmeilen-Marsch über den Fairchild Boulevard auf einen winzigen ambragelben Punkt am anderen Ende zu. Der Punkt war die Midland City-Gedenkstätte für die Schönen Künste. Er würde den Punkt zum Anwachsen bringen, indem er darauf zuging. Wenn er durch seine Annäherung groß genug geworden war, würde er ihn verschlucken. Im Innern würde sich Eßbares finden.

Sechs Häuserblocks weiter unten wartete ich, um ihn abzufangen. Ich saß in einem Plymouth *Duster*, den ich mir mit Hilfe meiner *Diners' Club*-Karte von *Rent-a-Car* geliehen hatte. Ich hatte eine Papierröhre im Mund. Sie war mit Blättern vollgestopft. Ich zündete sie an. Es war eine soignierte Geste.

Mein Penis war siebenkommafünf Zentimeter lang bei einem Durchmesser von zwölfkommafünf Zentimetern. Dieser Durchmesser war Weltrekord, soweit ich wußte. Er schlummerte jetzt in meiner *Jockey*-Unterhose. Und ich stieg aus dem Wagen, um meine Beine zu strecken, was ebenfalls eine soignierte Geste war. Ich befand mich zwischen Fabriken und Warenhäusern. Die trüben Straßenlampen standen weit voneinander entfernt. Die Parkplätze waren leer, nur hier und da standen Nachtwächter-Wagen. Auf dem Fairchild Boulevard, der einst die Schlagader der Stadt gewesen war, war kein Verkehr. Durch die Interstate-Autobahn und die über die alte, Vorfahrt beanspruchende Monon-Bahnstrecke gebaute Robert F. Kennedy-Innenring-Schnellstraße war ihm das Leben genommen worden. Die Monon-Bahn war eingegangen.

Eingegangen.

Niemand schlief nachts in diesem Teil der Stadt. Niemand lungerte herum. Es war nachts eine Festungsanlage mit hohen Zäunen und Alarmeinrichtungen und umherpirschenden Hunden. Das waren Todesmaschinen. Furcht hatte ich nicht, als ich aus meinem Plymouth *Duster* stieg. Das war leichtfertig von mir. Ein Schriftsteller, der nicht auf der Hut ist, kann, da die Materialien, mit denen er umgeht, so gefährlich sind, jederzeit auf einen Donnerschlag gefaßt sein.

Ich war in Gefahr, von einem Dobermannpinscher angefallen zu werden. In einer früheren Fassung dieses Buches war er eine der Hauptpersonen.

Hören Sie: der Name dieses Dobermanns war *Kazak*. Er bewachte nachts das Versorgungslager der Baufirma Gebrüder Maritimo. Kazaks Abrichter, die Leute, die ihm erklärten, auf was für einer Sorte Planet er und was

für eine Sorte Tier er war, hatten ihm beigebracht, der Schöpfer des Universums erwarte von ihm, daß er alles, was er in die Fänge bekäme, töten und auch *fressen* sollte.
In einer früheren Fassung dieses Buches hatte ich Benjamin Davis, den schwarzen Ehemann von Dwayne Hoovers Dienstmädchen Lottie Davis, mit der Betreuung von Kazak beauftragt. Er warf rohes Fleisch in die Grube, in der Kazak tagsüber hauste. Er sperrte Kazak bei Sonnenaufgang in die Grube. Bei Sonnenuntergang brüllte er ihn an und bewarf ihn mit Tennisbällen. Dann ließ er ihn los.
Benjamin Davis war erster Trompeter beim Midland City-Symphonieorchester, aber er bekam dafür kein Geld. Also brauchte er einen richtigen Job. Er trug einen dicken Panzer aus Feldbett-Matratzen und Hühnerdraht, so daß Kazak ihn nicht töten konnte. Kazak versuchte es wieder und wieder. Der ganze Hof war übersät von Matratzenfetzen und Hühnerdrahtenden.
Und Kazak tat, was in seiner Macht stand, jeden zu töten, der dem seinen Planeten begrenzenden Zaun zu nah kam. Der Zaun war zur Straße hin überall ausgebeult. Er sah aus, als hätte man von innen mit Kanonen darauf geschossen.
Mir hätte, als ich aus dem Wagen stieg und mir mit soignierter Geste eine Zigarette anzündete, die merkwürdige Form des Zauns auffallen müssen. Ich hätte wissen müssen, daß ein so ungestümes Subjekt wie Kazak nicht leichterhand aus einem Roman zu streichen war.
Kazak lauerte zusammengeduckt hinter einem Stapel von Bronzeröhren, die die Gebrüder Maritimo am Morgen von einem Straßenräuber gekauft hatten. Kazak hatte vor, mich zu töten *und* zu fressen.

Ich stand mit dem Rücken zum Zaun, nahm einen tiefen Zug. Die *Pall Mall*-Zigaretten würden mich langsam umbringen. Und ich dachte geistesabwesend an den düsteren Festungsbau des alten Keedslerschen Herrenhauses an der anderen Seite des Fairchild Boulevard.
Beatrice Keedsler war dort aufgewachsen. Die berühmtesten Morde in der Geschichte der Stadt waren dort begangen worden. Will Fairchild, der Kriegsheld und Onkel mütterlicherseits von Beatrice Keedsler, tauchte dort in einer Sommernacht des Jahres 1926 mit einem Springfield-Gewehr auf. Er erschoß fünf Verwandte, drei Dienstmädchen, zwei Polizisten und alle Tiere im Keedslerschen Privatzoo. Dann schoß er sich selbst eine Kugel durchs Herz.
Eine Obduktion wurde durchgeführt, und in seinem Gehirn wurde ein Tumor von der Größe einer Schrotkugel entdeckt. Der hatte die Mordtaten verursacht.

Als die Keedslers zu Beginn der großen Wirtschaftskrise das Herrenhaus aufgeben mußten, zogen dort Fred T. Barry und seine Eltern ein. Das alte

Gebäude war nun von den Gesängen britischer Vögel erfüllt. Es unterstand jetzt der Grundstücksverwaltung der Stadt, und es war die Rede davon, ein Museum daraus zu machen, wo Kindern – anhand von Pfeilspitzen und ausgestopften Tieren und frühgeschichtlichen Gerätschaften von Weißen – die Geschichte von Midland City veranschaulicht werden konnte.

Unter der einen Bedingung, daß die erste Robo-Magic-Waschmaschine und die frühen Plakate, durch welche sie angekündigt wurde, ausgestellt würden, hatte sich Fred T. Barry bereiterklärt, für das geplante Museum eine halbe Million Dollar zu spenden.

Und die Ausstellung sollte auch zeigen, daß sich Maschinen genauso entwickelten wie Tiere, nur eben schneller.

Ich betrachtete das Keedslersche Herrenhaus, ohne auch nur im Traum zu vermuten, daß hinter mir ein Vulkan von Hund unmittelbar vorm Ausbruch stand. Kilgore Trout kam näher. Daß er sich mir näherte, war mir fast gleichgültig, obwohl wir uns folgenschwere Dinge darüber zu sagen hatten, daß er von mir geschaffen worden war.

Ich dachte statt dessen an meinen Großvater väterlicherseits, der in Indiana der erste behördlich zugelassene Architekt war. Er hatte für einige Millionäre in Indiana Traumhäuser entworfen. Sie hatten sich mittlerweile in Leichenhallen und Schulen für Gitarrenunterricht und Kellerlöcher und Parkplätze verwandelt. Ich dachte an meine Mutter, die mich einmal während der großen Wirtschaftskrise durch Indianapolis fuhr, um mir damit zu imponieren, wie reich und mächtig mein Großvater mütterlicherseits gewesen war. Sie zeigte mir die Stellen, wo seine Brauerei und wo einige seiner Traumhäuser gewesen waren. Jetzt waren es Trümmergrundstücke.

Kilgore Trout war jetzt nur noch einen halben Häuserblock von seinem Schöpfer entfernt. Meine Person beunruhigte ihn.

Ich wandte mich zu ihm hin, so daß meine Nebenhöhlen, von denen alle telepathischen Botschaften ausgingen und empfangen wurden, sich in ein symmetrisches Verhältnis zu ihm setzten. Wieder und wieder übermittelte ich ihm auf telepathischem Wege: «Ich habe gute Nachrichten für Sie.»

Kazak setzte zum Sprung an.

Ich sah Kazak mit einem flüchtigen Blick meines rechten Auges. Seine Augen waren Feuerräder. Seine Hauer waren weiße Dolche. Sein Geifer war Zyanid. Sein Blut war Nitroglyzerin. Träge in der Luft hängend, schwebte er auf mich zu wie ein Zeppelin.

Meine Augen berichteten meinem Verstand über ihn.

Mein Verstand gab Botschaft an mein Zwischenhirn und veranlaßte es, das Hormon CRF in die mein Zwischenhirn und meinen Hirnanhang verbindenden Gefäße zu geben.

Dieses Hormon regte meine Hirnanhangdrüse an, das Hormon ACTH in meinen Blutkreislauf abzulassen. Mein Hirnanhang hatte für Gelegenheiten dieser Art das ACTH-Hormon produziert und gespeichert. Und näher und näher kam der Zeppelin.

Und etwas von dem ACTH-Hormon in meinem Blutkreislauf erreichte die äußeren Hautgefäße meiner Nebennierendrüse, die für Notfälle Glucocorticoide erzeugt und gespeichert hatte. Meine Nebennierendrüse versorgte meinen Blutkreislauf zusätzlich mit Glucocorticoiden. Sie breiteten sich in meinem Körper aus und verwandelten Glycogen in Zucker. Zucker war Muskelnahrung. Er würde mich befähigen, wie ein Raubtier zu kämpfen oder wie ein Hirsch zu rennen.

Und näher und näher kam der Zeppelin.

Meine Nebennierendrüse gab mir auch eine Spritze Adrenalin. Ich wurde purpurrot, als nun mein Blutdruck hochschnellte. Das Adrenalin ließ mein Herz wie eine Alarmglocke schlagen. Es brachte auch mein Haar zum Sträuben. Es ließ überdies Gerinnungsmittel in meinen Blutkreislauf einströmen, damit meine Lebenssäfte, sollte ich verletzt werden, nicht abflossen.

Alles, was mein Körper bislang geleistet hatte, entsprach den normalen Funktionen einer menschlichen Maschine. Aber mein Körper traf eine Verteidigungsmaßnahme, wie sie bisher, unterrichtete man mich, in der Geschichte der Medizin noch nicht vorgekommen war. Ausgelöst wurde sie vielleicht durch einen Kurzschluß im Leitungsnetz oder durch das Aufplatzen von Dichtungsringen. Ich zog jedenfalls meine Hoden zurück in meine Bauchhöhle und brachte sie wie das Landegestell eines Flugzeuges in meinem Rumpf unter. Und jetzt erklärt man mir, daß nur ein chirurgischer Eingriff sie in die alte Lage bringen könne.

Wie dem auch sei, einen halben Häuserblock entfernt, jedenfalls, stand Kilgore Trout und beobachtete mich, ohne zu wissen, wer ich war, ohne auch etwas von Kazak und von dem zu wissen, was mein Körper, von Kazak bedroht, bisher in Gang gebracht hatte.

Trout hatte bereits einen vollen Tag hinter sich, aber das war noch nicht alles. Jetzt sah er seinen Schöpfer in voller Größe hoch über ein Automobil springen.

Ich landete auf Händen und Füßen mitten auf dem Fairchild Boulevard. Kazak wurde durch den Zaun zurückgeschleudert. Die Schwerkraft nahm sich seiner an, wie sie sich meiner angenommen hatte. Die Schwerkraft schmetterte ihn auf den Beton. Kazak war schwer angeschlagen.

Kilgore Trout wandte sich ab. Verstört hastete er zurück zum Hospital. Ich rief hinter ihm her, aber er beschleunigte nur seine Schritte.

So sprang ich in meinen Wagen und verfolgte ihn. Durch das Adrenalin und die Gerinnungsstoffe hatte ich immer noch Auftrieb wie ein Drachen. Ich hatte in all der Aufregung selbst gar nicht bemerkt, daß ich

meine Hoden zurückgezogen hatte. Ich fühlte mich nur unten herum wenig behaglich.
Trout war inzwischen in Galopp übergegangen. Ich stoppte, als ich ihn einholte, seine Zeit: er lief mit siebzehn Kilometern Stundengeschwindigkeit, was für einen Mann seines Alters ausgezeichnet war. Auch er war voll von Adrenalin und Gerinnungsstoffen und Glucocorticoiden.
Mein Fenster war runtergedreht, und ich rief: «Heda! Heda! Mr. Trout! Hallo, Mr. Trout!»
Er verlangsamte, als er sich bei Namen rufen hörte, das Tempo.
«Hallo! Ich bin Ihr Freund!» sagte ich. Er machte humpelnd halt, lehnte sich vor Erschöpfung keuchend gegen einen Zaun, der ein Versorgungslager der General Electric Company umgab. Im Nachthimmel hinter Trout, dessen Augen wild verstört waren, hingen Monogramm und Motto der Gesellschaft. Das Motto lautete:

UNSER WICHTIGSTES PRODUKT
IST
DER FORTSCHRITT

«Mr. Trout», sagte ich aus dem unbeleuchteten Wageninnern. «Sie haben nichts zu befürchten. Ich habe eine freudige Nachricht für Sie.»
Er schnappte immer noch keuchend nach Luft, und so war mit ihm als Gesprächspartner anfänglich nicht viel los. «Sind – sind Sie – von dem – Kunst-Festival?» sagte er. Er rollte hilflos die Augen.
«Ich bin vom *Jedermann*-Festival», erwiderte ich.
«Vom was?» sagte er.
Ich hielt es für eine gute Idee, ihm zu zeigen, wie ich aussah, und so versuchte ich, das Wagenlicht anzumachen. Ich geriet statt dessen an den Schalter für den Scheibenwascher. Ich stellte ihn wieder ab. Der Blick auf das Bezirkskrankenhaus war durch das herunterlaufende Wasser getrübt. Ich betätigte einen anderen Schalter, der aber den Zigarettenanzünder zum Glühen brachte. So blieb mir nichts übrig, als weiter aus der Dunkelheit zu ihm zu sprechen.
«Mr. Trout», sagte ich, «ich bin Schriftsteller und ich habe Sie zur Verwendung in meinen Büchern erfunden.»
«Wie bitte?» sagte er.
«Ich bin Ihr Schöpfer», sagte ich. «Sie befinden sich jetzt in der Mitte des Buches – nein, eher kurz vor dem Ende.»
«Hm», grunzte er.
«Haben Sie irgendwelche Fragen?»
«Bitte?» sagte er.
«Geben Sie sich ganz zwanglos, fragen Sie, was Sie wollen – über die Vergangenheit, über die Zukunft», sagte ich. «Einen Nobelpreis hält die Zukunft für Sie bereit.»

«Einen was?» sagte er.
«Einen Nobelpreis für Medizin.»
«Uuuh», sagte er. Es war ein unverbindliches Geräusch.
«Ich habe auch dafür gesorgt, daß von jetzt an ein angesehener Verlag Ihre Bücher bringen wird. Keine Biber-Bücher mehr aus Ihrer Feder.»
«Hm», sagte er.
«Ich hätte an Ihrer Stelle eine ganze Menge Fragen», sagte ich.
«Haben Sie einen Revolver?» sagte er.
Ich lachte in der Dunkelheit, versuchte nochmal, das Licht anzumachen, setzte den Scheibenwischer wieder in Gang. «Ich brauche keinen Revolver, um Sie unter Kontrolle zu halten, Mr. Trout. Ich brauche nichts weiter als das eine oder andere über Sie aufzuschreiben, das ist alles.»

«Sind Sie *verrückt?*» sagte er.
«Nein», sagte ich. Und ich vernichtete seine Fähigkeit, mich anzuzweifeln. Ich beförderte ihn zum Tadsch Mahal und dann nach Venedig und dann nach Daressalam und dann zur Oberfläche der Sonne, wo die Flammen ihn nicht verschlingen konnten – und dann wieder zurück nach Midland City.
Der arme Mann brach in die Knie. Das erinnerte mich daran, wie meine Mutter und Bunny Hoovers Mutter sich aufführten, wenn jemand sie zu fotografieren versuchte.
Als er nun vor mir kauerte, beförderte ich ihn zum Bermuda seiner Kindheit und ließ ihn dort Betrachtungen anstellen über das unfruchtbare Ei eines Bermuda-Adlers. Ich brachte ihn von dort in das Indianapolis meiner Kindheit. Ich ließ ihn dort in einem Vergnügungszentrum einen Mann im letzten Stadium der Syphilis und eine Frau mit einem kürbisgroßen Kropf sehen.

Ich stieg aus meinem Mietwagen. Und zwar laut, damit ihm, wenn er schon nicht bereit war, seine Augen zu benutzen, wenigstens seine Ohren Kunde von seinem *Schöpfer* gaben. Ich schlug die Wagentür krachend zu. Während ich mich von der Fahrerseite des Wagens her näherte, drehte ich meine Füße ein wenig im Kies, so daß meine Schritte nicht nur Wohlüberlegtheit, sondern auch Entschlossenheit ausdrückten.
Ich blieb mit den Fußspitzen am Rand des engen Umkreises stehen, den seine niedergeschlagenen Augen überblickten. «Mr. Trout, ich mag Sie», sagte ich freundlich. «Ich habe Ihr Inneres in Stücke zerbrochen. Ich will es wieder zu einem Ganzen machen. Ich möchte, daß Sie sich innerlich heil und harmonisch fühlen, wie ich es Ihnen nie zuvor gestattet habe. Ich möchte, daß Sie die Augen erheben und betrachten, was ich in der Hand habe.»
Ich hatte nichts in der Hand, aber ich hatte eine solche Macht über Trout,

daß er in meiner Hand sehen würde, was immer ich ihn dort sehen lassen wollte. Ich hätte ihm zum Beispiel eine Helena zeigen können, nur fünfzehn Zentimeter groß.
«Mr. Trout – *Kilgore* . . .» sagte ich, «ich habe in meiner Hand ein Symbol der Ganzheit, der Harmonie und der Nahrungsfülle. Es ist in seiner Schlichtheit orientalisch, aber wir sind *Amerikaner*, Kilgore, und keine Chinesen. Wir Amerikaner fordern Symbole, die farbenreich und dreidimensional und saftig sind. Nach nichts sehnen wir uns inniger als nach Symbolen, die nicht durch die großen, von unserer Nation begangenen Sünden vergiftet sind, von Sklaverei und Völkermord und verbrecherischen Unterlassungen oder von kommerzieller Profitgier und Verschlagenheit.
Heben Sie die Augen, Mr. Trout», sagte ich und wartete geduldig. «Kilgore . . .?»
Der alte Mann sah hoch, und er hatte das verwüstete Gesicht meines Vaters, als mein Vater längst Witwer war – als mein Vater ein sehr, sehr alter Mann war.
Er sah, daß ich einen Apfel in der Hand hatte.

«Ich nähere mich meinem fünfzigsten Geburtstag, Mr. Trout», sagte ich. «Ich läutere und erneuere mich für die ganz andersartigen Jahre, die kommen werden. Unter ähnlichen geistigen Voraussetzungen ließ Graf Tolstoi seine Leibeigenen frei. Thomas Jefferson befreite seine Sklaven. Ich werde all jene Personen in Freiheit setzen, die mir im Laufe meiner schriftstellerischen Karriere in meinen Büchern so treu als Komparsen gedient haben.
Sie sind der einzige, dem ich das sage. Für die anderen wird diese Nacht eine Nacht sein wie alle anderen. Erheben Sie sich, Mr. Trout, Sie sind frei. Sie sind *frei*.»
Er erhob sich schwankend.
Ich hätte ihm die Hand schütteln können, aber seine rechte Hand war verletzt, und so hoben wir unsere herabhängenden Hände nicht.
«*Bon voyage*», sagte ich. Ich verschwand.

Purzelbaumschlagend entfernte ich mich faul und vergnüglich in die Leere, die mein Unterschlupf ist, wenn ich mich auflöse. Die Entfernung zwischen uns vergrößerte sich, und Trouts Rufe nach mir verklangen.
Seine Stimme war die Stimme meines Vaters. Ich *hörte* meinen Vater – und ich *sah* meine Mutter in der Leere. Meine Mutter blieb weit, weit in der Ferne, weil sie mir den Selbstmord als Vermächtnis hinterlassen hatte.
Ein kleiner Handspiegel schwebte vorüber. Es war ein *Leck* mit Perlmuttgriff und -rahmen. Ich fing ihn mit leichter Hand und hob ihn vor mein rechtes Auge, das so aussah:

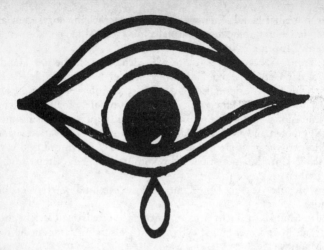

Was Kilgore Trout mit der Stimme meines Vaters hinter mir herrief, war: «*Mach mich jung, mach mich jung, mach mich jung!*»

Kurt Vonnegut jr. ist Sohn und Enkel von Architekten, die in Indianapolis lebten. Sein einziger noch lebender Verwandter aus dieser Familie ist ein angesehener Physiker, der unter anderem entdeckte, daß Silberjodid manchmal Schnee oder Regen erzeugen kann. Dies ist Vonneguts siebenter Roman. Er schrieb ihn größtenteils in New York City. Seine sechs Kinder sind erwachsen.

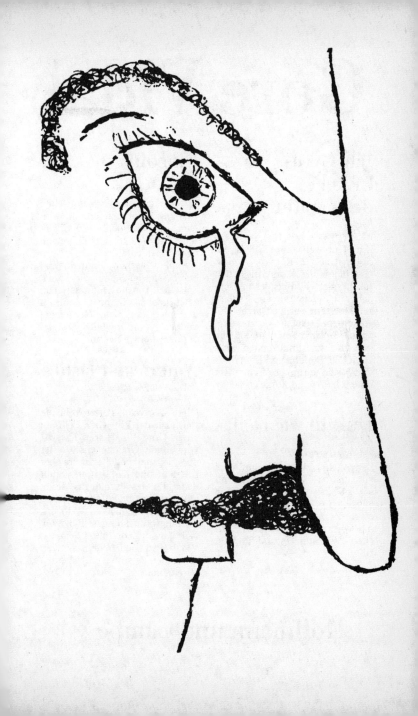

Gore Vidal

Ich, Cyrus, Enkel des Zarathustra

Roman
600 Seiten, gebunden

Ein Hauptwerk Gore Vidals, ein historischer Roman. Die Geschichte des 5. vorchristlichen Jahrhunderts als Beispiel menschlicher Schwäche und Größe glänzend in Szene gesetzt. Dargeboten von einem Enkel des Zarathustra: Cyrus Spitama schildert Könige und Kaiser, Philosophen und Generäle, Buddha und Konfuzius und das Leben am persischen Hof unter Darius und Xerxes.

Duluth wie Dallas

Roman
288 Seiten, gebunden

Leben wir schon in einer total künstlichen Welt? Mit »Duluth wie Dallas«, einer brillanten Satire, gibt der große amerikanische Romancier Gore Vidal eine Antwort, die uns – wie im Märchen – schmunzeln und fürchten läßt.

Lincoln

Ein Roman
736 Seiten, gebunden

Ein Meisterwerk des historischen Romans. Vidal schildert mit Abraham Lincoln, dem »amerikanischen Bismarck«, den überragenden Präsidenten, der sich im Kampf zwischen Freiheit und Schicksal – allein für die Macht entschied, um die Union zu retten. Mit Lincoln als Mann im Zentrum der amerikanischen Geschichte erleben wir die Tragödie und Wiedergeburt einer Nation.

American Plastics

Über Literatur und Politik
256 Seiten, broschiert

Diese Auswahl liefert brillante Beispiele der kritischen Schreibkunst Gore Vidals. Ein Essayist von hohen Graden, ein Meister der kritischen Feder, schreibt über Literatur und Kultur und nimmt dabei die Gesellschaft ins Visier. Ob über Sex und Politik, Gott und Geld, über Tennessee Williams, Hemingway, Thomas Pynchon, Nabokov, Leonardo Sciascia: Vidal setzt sich leidenschaftlich mit seinen Personen und Themen auseinander.

Hoffmann und Campe